主 编：陈 恒 孙 逊

光启文库

光启随笔

光启文库

光启随笔　　光启讲坛
光启学术　　光启读本
光启通识　　光启译丛
光启口述　　光启青年

主　编：陈　恒　孙　逊

学术支持：上海师范大学光启国际学者中心

策划统筹：鲍静静
责任编辑：施帼玮　蒋姗珊
装帧设计：纸想工作室

留下集

韩水法 著

图书在版编目（CIP）数据

留下集 / 韩水法著. —北京：商务印书馆，2021
（光启文库）
ISBN 978-7-100-19338-2

Ⅰ. ①留… Ⅱ. ①韩… Ⅲ. ①中国文学—当代文学—作品综合集 Ⅳ. ①I217.2

中国版本图书馆 CIP 数据核字（2021）第005984号

权利保留，侵权必究。

留 下 集

韩水法 著

商 务 印 书 馆 出 版
（北京王府井大街36号 邮政编码 100710）
商 务 印 书 馆 发 行
山东临沂新华印刷物流
集 团 有 限 责 任 公 司 印 刷
ISBN 978-7-100-19338-2

2021年3月第1版	开本 889×1194 1/32
2021年3月第1次印刷	印张 13½

定价：69.00元

出版前言

梁启超在《清代学术概论》中认为,"自明徐光启、李之藻等广译算学、天文、水利诸书,为欧籍入中国之始,前清学术,颇蒙其影响"。梁任公把以徐光启(1562—1633)为代表追求"西学"的学术思潮,看作中国近代思想的开端。自徐光启以降数代学人,立足中华文化,承续学术传统,致力中西交流,展开文明互鉴,在江南地区开创出海纳百川的新局面,也遥遥开启了上海作为近现代东西交流、学术出版的中心地位。有鉴于此,我们秉承徐光启的精神遗产,发扬其经世致用、开放交流的学术理念,创设"光启文库"。

文库分光启随笔、光启学术、光启通识、光启讲坛、光启读本、光启译丛、光启口述、光启青年等系列。文库致力于构筑优秀学术人才集聚的高地、思想自由交流碰撞的平台,展示当代学术研究的成果,大力引介国外学术精品。如此,我们既可在自身文化中汲取养分,又能以高水准的海外成果丰富中华文化的内涵。

文库推重"经世致用",即注重文化的学术性和实用性,既促进学术价值的彰显,又推动现实关怀的呈现。文库以学术为第一要义,所选著作务求思想深刻、视角新颖、学养深厚;同时也注重实用,收录学术性与普及性皆佳、研究性与教学性兼顾、传承性与创新性俱备的优秀著作。以此,关注并回应重要时代议题与思想命题,推动中华文化的创造性转化与创新性发展,在与国外学术的交流对话中,努力打造和呈现具有中国特色的价值观念、思想文化及话语体系，为夯实文化软实力的根基贡献绵薄之力。

　　文库推动"东西交流"，即注重文化的引入与输出，促进双向的碰撞与沟通，既借鉴西方文化，也传播中国声音，并希冀在交流中催生更绚烂的精神成果。文库着力收录西方古今智慧经典和学术前沿成果，推动其在国内的译介与出版；同时也致力收录汉语世界优秀专著，促进其影响力的提升，发挥更大的文化效用；此外，还将整理汇编海内外学者具有学术性、思想性的随笔、讲演、访谈等，建构思想操练和精神对话的空间。

　　我们深知，无论是推动文化的经世致用，还是促进思想的东西交流，本文库所能贡献的仅为涓埃之力。但若能成为一脉细流，汇入中华文化发展与复兴的时代潮流，便正是秉承光启精神，不负历史使命之职。

　　文库创建伊始，事务千头万绪，未来也任重道远。本文库涵盖文学、历史、哲学、艺术、宗教、民俗等诸多人文学科，需要不同学科背景的学者通力合作。本文库综合著、译、编于一体，也需要多方助力协调。总之，文库的顺利推进绝非仅靠一己之力所能达成，实需相关机构、学者的鼎力襄助。谨此就教于大方之家，并致诚挚谢意。

　　清代学者阮元曾高度评价徐光启的贡献，"自利玛窦东来，得其天文数学之传者，光启为最深。……近今言甄明西学者，必称光启"。追慕先贤，知往鉴今，希望通过"光启文库"的工作，搭建东西文化会通的坚实平台，矗起当代中国学术高原的瞩目高峰，以学术的方式阐释中国、理解世界，让阅读与思索弥漫于我们的精神家园。

上海师范大学光启国际学者中心
2020年3月

序 言

做学术研究,有如一场有去无回的远行,你得一直往前走,才能达到微茫处的那些遥远的目的。偶尔停下来,歇一会,回顾先前走过的地方,或会想起,曾经路过了许多景色瑰丽的地方,产生了那么多的念头而且记了下来。重温之后,做个标记,依然向前赶路,学本无涯,行难中辍。

收录在这个文集中的文字,就如学术途程上的一个回顾。除了制式的学术论文和著作,除了散文,多年来还写下了一些学术随笔,发表过的和未发表的,收集起来,竟有数十篇,可编为一本小册子。这里的文字算是真正的学术杂文。在内容上,从帝国主义到书画册页,从浪漫主义到汉语哲学,皆有论及,不少篇还是较为详细的阐述。就学术领域而论,它们大都在自己通常的研究范围之内,亦有少数几篇伸展至我仅仅感兴趣而非专业的领域。从文体上来说,从作为准论文的题解到发言底稿,从对谈到提纲,不拘一格,即便是题解,亦以自如的风格写就。

本集的文章只有两三篇与学术没有什么关系,其余的或直接切入学术问题,或围绕学术议题展开。在2008年,我将先前写就旨在记事、抒情和言志的散文编了一集,以《听风阁札记》为名出版。所以,纯粹以散文形式写成的文字并不收录在此集。诚然,这里也不存在明确的界限,《听风阁札记》也收录了几篇漫卷学术的文章。因此,各种文体之间,除了典型作品,并没有一个截然的界限,而必有逐渐过渡的区域。

这个文集所谈及和阐述的观念也不算是零碎的思想,而是持续运行中的思想的部分。有些或是片断,却围绕我关切的问题展开。文集所讨论的问题和表达的观点,我以为,多数现在还有效。有些观点已经改变,比如德国浪漫主义的源头,我现在认为,在于康德的《判断力批判》,而《"浪漫主义"工作坊题解》则以为费希特思想才是其滥觞。文集的若干文字提到了当年我打算从事的研究及其计划,其中一些还在进行,有的已放弃,盖缘新的研究取代了先前的兴趣。这个集子也算是记录了本人二十余年来学术研究领域的分布和学术兴趣演变的轨迹。不过,有一点,我的学术指向始终在基础理论一带,而前沿的亦常常是基础的。人类面临的问题太多,可以从哲学角度考虑的问题虽然并不同样多,但足够苦人心志,而为毕生之业。

这些学术随笔依其文体和形式可以分为几类,即题解、序跋、散章、发言、对话与访谈。散章就是散篇的随笔,其内容和形式皆无定型。有些文字其实在这几年的学术研究中还颇有深层的意义,这里就略为绍介几句。

题解是为《北大德国研究》每期的主题论文所写的引言性的文章。《北大德国研究》是北京大学德国研究中心的学术丛刊,近年来经中心创始人谷裕主编的筹划和经营,办得越来越有声色。它是同人专业刊物,不是正式杂志,更不用说"C刊",因此,要征得好稿的难度是可想而知的。依靠每年一次的中德学术论坛以及近年来在黄燎宇教授主持下中心日益丰富的学术活动，尤其是谷裕教授的努力，这个刊物每期都能征得若干优秀的稿件。从第四卷起，我受谷裕之邀，为每卷的主题论文撰写题解。这当然是一个困难的任务，富有挑战性。因为不仅大体参与了中心每一场主要的学术会议等活动，而且也经常参与学术活动的策划，我对每期主题就有一个基本的把握。从第四卷到第八卷，一共五篇题解，都收录在本文集中。回想起来，这些题目关涉当代的重大问题，且颇有前瞻性。按现在的估计，这样的题解还得接着写几篇。

在这个文集中，题解是最接近论文的文字，可以说，它是比较自由的学术论文。每次动手撰写，都颇有些压力，因为要从当时专注的研究内容转移到相距很远的题目上去，尽管在自己杂学旁收的兴趣范围之内，但要严肃、清楚和合理地阐述所要处理的现象和事件，而每个判断都要有可靠的根据，专业的阅读和考察乃是必不可少的前提；诚然，事实上这又拓展了自己的领域，并把先前杂学旁收的知识充分地运用和贯穿了起来。

文集中的序多半是为学生所出版的著作而写，其中有几本著作是我指导和审阅的，因此内容差不多烂熟于胸。撰写这样的序文几乎是导师的责任，而看到学生的成长，欣慰之情难免会流露出来。不过，为学生著作撰序，我有一个要求，即除了肯定，也会提出批评的意见，这是学术研究的规则。如果学生接受这一点，我就写，否则难以动笔。事实上，这样写法也是有困难的，其难度就在于掌握表扬和批评的分寸。不过，有一点却始终是必需的，这就是鼓励作者继续从事高质量的学术研究的志向。至于为主编或翻译的作品所撰的序，旨在介绍相应译著或文集的内容和缘起。不过，一些长而专业的序言并没有入选,因为它们已在随笔的域外。跋和后记则为记述相关学术劳作的简略事由。

收录在文集中的发言都是未经发表而此次特意整理出来的。在非学术的程式或仪式性的会议上发言,于我真是少得很。自进北京大学后迄今,这样的发言似乎还没有当年上中小学时的多。学术会议发言,尤其是自由的学术会议发言,则是一件很愉快的事情,可以比较自如地放开讨论,灵感或被激发,观念容易形成。不过,多数学术会议的发言最后形成为正规的学术论文发表了。这里所收录的是那些未扩展为论文而保留其质朴观点的原稿以及难以扩展为论文的思想片断。

需要稍微多说几句的是文集所收录的"新文化运动百年反思"系列会议上的若干致辞。这是由几位同人发起和组织的一个主题鲜明的会议系列。这个系列持续两年,原本计划以发言稿为基础出版五本论文集,以纪念伟大的新文化运动。在"新文化运动百年反思行动计划"的"宗旨"中,有这样一段话:"自十九世纪下半叶起,中国开始进入现代化的大变局。发源于1915年9月15日创刊的《新青年》的'新文化运动',乃是这个漫长的现代化进程中的一个高潮,一个标志性的事件,一个重要的转折。作为一场伟大的思想、文化和社会运动,它肇始了对中国传统的主流意识、文化、历史、习俗乃至文字语言的全面批判,并积极地启动对相应文化的新形式的创造;同时,它也导致了中国现代化的不同路线和派别的激烈争论和分道扬镳。这场运动不仅产生了重要的思想、文化和学术成果,也对百年以来中国的社会、政治、道德、教育、学术、文学艺术乃至经济实践,产生了重大的影响;而其遗响,至今未绝。"经过各位同人的努力,五场会议圆满举行,在国内学术界产生了不小的影响,促进了许多论文。不过,出于复杂的原因,原定的五本论文集最终没有出版,成为一大憾事,否则,它会为新文化运动百年反思留下一套标志性的成果。我自己在参与策划和组织这个系列会议期间，也写下了多篇学术论文，而几篇致辞乃是召集人义务的记录。

为了编这个学术随笔集，我翻阅和整理了藏在硬盘中的文档，发现了原来陆陆续续写下的不少旧稿，就如这里所收集的文章那样，有些原本是为记录自己的想法，或为进一步研究做的准备，而并不打算发表。这样的稿子其实还有许多。除了电子草稿，早年写在纸质稿纸上的旧稿也有不少，这次并没有时间和精力予以整理，有待于将来。现在亦体会到，当年那些写了没有发表的稿子，看起来还不符合当时的要求；如果发表了，它就成了公共的文献，而没有发表，它依然是自己的东西。

这本文集取名《留下集》，是为了向故乡致敬。自古以来，杭州旧城西面就是一方生气勃勃的水乡。留下镇在宋室南渡之前名为西溪市。宋高宗为寻皇宫地址，巡视了西溪市后，说了句"西溪且留下"，就到城南的凤凰山麓去建皇宫了。官员们为了恭维，就将千年古市西溪改名为留下。西溪是由多条溪流和水乡河流构成的水网地带，留下是西溪流域的首镇，现在的西溪湿地大约只是先前整个水乡面积的六分之一。这片土地群山与水网贯通，相互映照，旖旎多姿。我出生在这片水乡土地，而自上小学起至赴京求学前一直生活在留下镇。

我要感谢陈恒先生，他邀我将积年的旧稿编成文集，在他主持的"光启文库"的"光启随笔"系列中出版，既可让读者来批评，亦使我有机会反思和回顾自己过去的想法。感谢商务印书馆上海分馆鲍静静总编辑，她热情而负责；感谢第一编辑蒋姗姗女史，对拙稿做了相当认真而细心的编辑，纠正了不少书写和文字错误等；感谢续任编辑施帼玮女史，使拙稿以完善的面貌出版。

2020年8月28日写于北京褐石园听风阁

目录

序　言　　1

题　解

"浪漫主义"工作坊题解　　3
人类关切与未来想象　　10
转向抑或调整：民族－国家的当代抉择　　20
迁徙与文明冲突　　32
帝国的分野　　47

序　跋

序王利书　　69
信仰在康德批判哲学中的意义　　76
正当性证明的意义　　86
理智的诚实与现代性　　96
周黄正蜜书序　　113
"现代加拿大哲学译丛"编者序　　123

《民主视野》后记 137
《民主与资本主义》重译后记 140
序《政治哲学经典选读》 141
《汉英对照西方哲学名篇选读》前言 144
《汉英对照西方哲学名篇选读》后记 148
"北京大学外国哲学研究丛书"序言 150
《理性的命运》前言 152
《理性的命运》编后记 173
《北京大学哲学学科史》后记 175
《社会科学方法论》修订版后记 185
张岩书画册序 189
张岩书《西泠独坐记》跋 191

散　章

哲学史是可以这样写的 195
重新回答这个问题：什么是启蒙 201
法无定法 211
慈善与公民社会 213
学习心得 217
湖山又添长卷 222
北京大学德国研究中心沙龙倡议书 225
西方理性的过去与未来 226
中国文化的历史命运：旧文化与新文化 234

秩序与彻底性 236
视野、勇气和态度 240
关于文化创新和大学水平提高的两个建议 253
对《自由意志对刑法的意义》的评论 255
学以成人的开放性 260
合作与信任 264

发 言

《公民共和主义》讨论会上的发言 273
中西观念，谁主沉浮 275
"言论自由与公共理性"专题圆桌会议发言 281
理智的勇气 285
认同与复辟 288
"文学与社会"会议致辞 291
"问题与主义"会议致辞 294
"民主与科学"会议致辞 297
问题先于话语 298
"冀门对话·汉语哲学"开场白 303
青春、阅历与未来 305
汉语哲学：不同的视野不同的路径 308
中国大学改革的几个关键问题 316
北京大学德国研究中心2018年新年酒会讲话 326
王路教授《一"是"到底论》学术研讨会发言 330

先立乎其大	339
康德批评史	346
士林浪子与山水	352

对话与访谈

中国语境中的现代性和合理性	365
不忍终结，于是寻找出路	380
交叉学科问题	397
审阅博士论文杂感	400
汉语作为学术语言的前景	405
"二战"后我们如何理解和实践民主	409

题 解

瓦西里·康定斯基,《小世界IV》,1922年

"浪漫主义"工作坊题解

当代中国的德国研究从时代上来看可以简单地划分为两个方面,一个就是对现代亦即"二战"之后德国的研究,另一就是"二战"之前的德国研究。一般而言,"二战"之前的德意志哲学和思想、文学和艺术、社会和历史等方面,一直是汉语学界德国研究的重点,也是理解和比较现代德国社会的基本背景。譬如,汉语学界一位德国哲学研究者不了解哈贝马斯的理论并不令人奇怪,倘若不了解康德、黑格尔或胡塞尔他们之中的任何一位的思想,那么他的素养和学术能力就会受到质疑。二十世纪三十年代之前德意志社会精神领域的丰饶和多样,迄今依然对汉语学者具有巨大的吸引力,也仿佛是取之不尽的学术宝库。今天正常化(庸常化)的德国与战前多样化的德意志,尤其是其精神现象的多样性,形成了巨大的反差。

在前一个时期,尤其从十八世纪至二十世纪三十年代,在构成整个德意志社会、思想和艺术的流域中，浪漫主义是一条奔腾不息而水势恢宏的大河，并且通过各种支流和湖泊而与其他的大河交汇和通连。

它是德意志社会发展史的重要部分，关于德国的任何研究，只要稍一深入就无可避免地要触及渗透到各个层面的这种浪漫主义因素。倘若研究所指是德意志兴起时代和鼎盛时期的对象，那么学者就需要直接面对德意志浪漫主义。更何况对许多汉语学者来说，正是这一充满激情，昂扬直到疯狂，充满对人类各种情感、欲望和理想的无止境的追求的思潮和社会行动，在理性主义的、统一的、规范的和信仰的另一面，更能触发研究的兴趣和热情。他们要在这个本来就难以清楚表达却又确确实实地撩动人的巨流中寻找某种切合自己的东西，或者是狂放的体验，或者是被激发的灵感，或者是导向某种神秘的境域的暗示，或者是简单地通过对这种令人眼花缭乱的自在发挥来表现自己的独特性。无论是要在异域发思古之幽情，还是要以德意志之酒来浇中国的块垒；无论是仅仅出于对知识的理智要求，以求解现代德意志至德国的发展和变迁的来龙去脉，找到它如此演变的历史因果关系，从而在其中寻觅一般性的规律，还是力图从中发掘德意志至德国的发展的独特性，从而作为自身独特性的旁证，德意志浪漫主义都仿佛是令汉语德国研究者钟情，甚至神魂颠倒的风情万种而且始终不老的女人。

北京大学德国研究中心以浪漫主义为2011年工作坊的主题，理由就如德国浪漫主义现象一样是多元的，甚至是彼此矛盾的。

这既出于我们的学术兴趣，单纯的学术兴趣，甚至就是审美兴趣——对如此色彩迷离变幻不定的精神现象的惊奇，也出于我们理智的兴趣：具有如此丰富和深刻的精神创造力的民族为何会走上毁灭之路。那个时代的德意志精神的产物至今还以其深刻和博大在影响现代世界，包括中国，无论是积极的还是消极的，甚至后者有其更为绵长的持久性；而德意志最终以一个庸常的德国收场，一种以世界主义，以人类典型自居的族类，将创造力，无论是正义的还是邪恶的，传播到世界的其他地方，而自己最后却落得难以坦诚地以理智的诚实和彻底的精神来面对自己的全部过去。

我们还可以从更为学术化的角度来叙述工作坊选择这个主题的理由。从社会秩序的稳定和社会制度的公正来说，今天的德国更为人称道，更值得推崇。浪漫主义运动以及造就这个现象的人们所注重的乃是行动、活动和过程本身，愿望、欲望的实现和情绪的宣泄，并不在于稳定的社会秩序、原则和规范。

从德国所特产的浪漫主义这个视角来研究德国社会的变迁，对我们理解现代德国的变迁具有深刻的启发意义。这不仅在哲学、人文学科和社会科学上是如此，在自然科学上也是如此，在艺术和其他创造性的领域方面同样如此。而且从这一视角来研究当代德国人的心态，德国知识界对中国的态度和关系，同样也具有别开生面的意义。

比如，德国历史主义学派，尤其是经济学的历史学派就强调德国道路的特殊性。历史主义是以启蒙精神的反对者出现的，它坚持时代、民族和国家都有自己的特殊性,特殊的历史和价值,特殊的精神和发展过程,没有普遍的历史,也没有普遍的规律。这就与浪漫主义的核心观点相当接近乃至一致了;或者从另一个角度来说,历史主义其实也就是构成浪漫主义之河中的一个潮流。[1]李斯特在其《政治经济学的国民体系》有专门一章讨论民族精神与国家经济,强调每个国家的历史、文化、法律、语言和制度的不同,因此就有不同的发展道路和策略。历史主义学派反对世界主义和个人,强调国家或国民是一个有机体,以及相应的国家发展的国民特性和历史独特性。

尽管伯林认为康德已经开了浪漫主义的先河,但是德国哲学中的浪漫主义应当首先是从费希特开端的,经过谢林,在黑格尔那里达到了第一个高潮,然后就是不断地潮起潮落,从叔本华、尼采一直到海德格尔。[2]

在那个时代,德意志文学则更是浪漫主义波涛汹涌的海洋,或者准确地说,德意志文学就邀游在浪漫主义的海洋之中。

自然,当一些中国学者提出德意志浪漫主义的主题时,无论他们是否宣明,其中始终是隐含着中国视角和中国背景的。今天的中国正在继续百年以来的巨大变化,一部分人认为这是中国正在走向世界,趋向于人类共同的行为规范;另一些人认为,中国

---

[1] 伯林认为,德国的历史主义和浪漫主义在源头是相同的。参见以赛亚·伯林:《浪漫主义的根源》,吕梁等译,译林出版社,2008年,第66页。
[2] "存在主义的关键教义是浪漫主义的,就是说,世上没有任何东西能够依靠。"(以赛亚·伯林:《浪漫主义的根源》,第141页。)

正在走自己的道路，创造了中国模式，从而造就了中国特色。在这里所出现的以中国特色对抗普适价值的斗争，颇有点类似当年德国历史主义经济学反对古典经济学的斗争。虽然今天中国人的精神创造力不及浪漫主义时代及其前后的德国人，但是行动的创造力却越来越高涨，无论评价如何，中国社会的多元性在突破政治的锁链和社会的樊篱的过程中持续地展开，在内在拓展的同时也以不同的方式和途径冲向世界的不同地区。倘若说，当年德意志浪漫主义主要在精神上来反抗启蒙运动的普遍理性和规律，创造或展现出光怪陆离、五彩缤纷、充满彼此矛盾和冲突、细节与壮观并存、意象和感觉不断流动的精神世界——这是一个混沌的世界，但却是确确实实的观念存在；[1]那么今天中国特色的践行者则主要通过自己的行动来展现一个同样性质的混沌世界。

浪漫主义对德国是过去的记忆、曾经的激情，而在中国是每一个现实的人的活动；这种个人的活动或者是内在一致的，但与其他人和整个社会处于持续的冲突，为了求得和谐，它就分裂为二，有如黑格尔的绝对精神；或者他原本就是毫无头绪的，但因时时处处切合现实，于是，就在现实的社会生活中达到了一致。无论"神马"，无非"浮云"。

因此，浪漫主义的主题不论对北大德国研究中心还是对德国同行来说都是一个极富意义的主题。它既可供思想和想象力驰骋，又使学识和见解充分发挥，但在情感上却并不令人愉悦。就

---

[1] 参见以赛亚·伯林：《浪漫主义的根源》第一章《寻找一个定义》。

流俗所理解的康德美学的表层意义上,它是不美的;但在其深层意义上,它却正是美的实现。[1]当然,这原本就是一项困难的学术工作,但这正是我们所应当做的。

浪漫主义,无论是德意志人的精神,还是中国人的行动,都是一个混沌,但作为一个学术机构和一项学术活动,我们还得为它设定一些纲要,这是为了方便我们的讨论,而不是对浪漫主义的规定。

本次工作坊的主题范围:浪漫主义的精神及其表现;浪漫主义的行动及其表现;反思的或二阶的浪漫主义;中国浪漫主义与德国浪漫主义。

这个主题可以覆载如下内容:

——浪漫主义的界定,包括浪漫派与浪漫主义说法之争;

——浪漫主义的精神表现:文学和艺术的、政治的、历史的、经济的以及哲学的等等;

——浪漫主义的行动表现:多元的存在和活动,与普遍性的抗争,对所有规范的颠覆,以及这些行动的可能结局;

——浪漫主义时代与时代的多维性;

——历史主义与德国特殊性;

——德国的浪漫派:艺术与政治;

——中国特色与浪漫主义心态和行动;

---

[1] 参见韩水法:《〈判断力批判〉与现代美学十二问》,载《江苏社会科学》2004年第6期。

——其他相关的问题。

如果有人在这里忽然想到了后现代主义，那么你们就会看到，后现代主义者一旦脱下他们的后现代主义外衣，他们的浪漫主义内衣就会随风飘起。

2011年2月4日草于北京魏公村听风阁
（是文以《北大德国研究中心2011年"浪漫主义"工作坊题解》为题，
原载黄燎宇主编：《北大德国研究（第四卷）》，
北京大学出版社，2014年）

人类关切与未来想象
——人文和社会科学研究的向度与《北大德国研究》

我们生活在世纪转折的时段之中，这原本是纯粹偶然的事情。但是，一百多年之前的十九、二十世纪之交，世界发生了几件极其重大的事件，而这些事件奠定了二十世纪的历史发展的大势和格局，极大地影响了人类在这个时期的生活，而到了二十世纪下半叶，历史又出现了巨大的回转，人类在经历了惨痛的教训之后，现在看起来正努力走上正道。未来的局势虽然比二十世纪最后十年人们所预期的要暗淡一些，但前途总体上来说似乎还是明朗的。然而，十九世纪末的西方世界好像也曾经出现过这样明朗的景色，但不久，它们彼此之间就展开了新一轮的厮杀。由此而观，人类前景的乐观与否，取决于当代人的努力，而这种努力也就包括我们对十九、二十世纪之交的反省和研究，以及对其的切近观察和分析。基于这样的考虑，本期《北大德国研究》就以世纪之交的反思为主题。

科卡教授，这位北大德国研究中心热诚的合作伙伴，世界级的历史学家，在这一期里为我们提供了两篇颇有价值的文章。在《未来与历史学家》这篇讲演稿中，他提出了一个非常值得我们深入思考的命题，即对未来的想象会影响人们对过去历史的理解和阐释，更具体地说，关于过去、现在和未来之间关系的概念会决定某种历史思想的构成。在历史学的研究以及人们的历史意识时里，这是一个向来就存在的现象，中国传统的历史观就包含一种相当明确而影响颇大的观念，即以过去为榜样而向着未来演进，构建太平盛世。但是，科卡教授第一次清楚地将它表述了出来。

克罗齐说："一切真历史都是当代史。"[1]这个说法是就历史研究的实际而言的，它还缺少一个维度，即一切历史其实都是为着未来的工作，它的结果和意义必定都是在未来达成的。

所有的历史研究都蕴含人类关于未来的思考和想象，而这种思想核心就是对人类及其性质的深刻关怀。当代是一个不确定的说法，因为在日常语言中，它所指的就是一个短时段的过去、现在和未来。不过，在这个时段中，它还是以最近的过去为主。"一切真历史都是当代史"这个命题的实际含义就在于，历史的问题之所以凸显，其意义之所以形成，取决于当代人的兴趣和理解，而这种兴趣以及理解的基础奠定在当代人的经验和思想之上。[2]

---

[1] 贝奈戴托·克罗齐：《历史学的理论与实际》，傅任敢译，商务印书馆，1986年，第2页。
[2] 同上书，第2—3页。

然而，仅仅说到这一点还是不够的。历史研究，尤其是大范围多角度的历史研究，会向人们展示，那个特定时代的各种事件及其风云际会之中的关联，以及这些事件和其风云际会促发的多种可能性，而这些可能性之中的多数最终被错失了，被其他的形势压倒了，或者仅仅因为一些当事人的决策而流失了。历史就以其现在向人展示或存在的轨迹发展到今天，它仿佛是必然而不可抗拒的。但是，历史研究则是不断地从这个看似必然的发展过程中揭示出各种向其他方向展开的联系，促成或能够促成其他事件或事件的其他转化的各种因素，从而让人们既理解这样发展的大势和脉络，也给人们揭示实际存在的各种偶然因素和其他发展的可能性。

科卡的观点实际上揭示出了蕴含在克罗齐命题中的更深层的意思。当代史的意识包含和体现了当代人对未来的思考和构想，尽管在许多情况下，这样的意识是潜在而不自喻的。所以，科卡认为，这种关于未来的思考究竟如何影响历史学家关于历史的关联和构想，还是模糊不清的。自然，科卡说得非常诚实，而按照历史学的原则，他的观点还颇有些假设的色彩，只有在人们为此提供足够的证据之后，它才能够证明自身是一个事实。但是，有一点是确实无疑的，历史感是通过过去、现在和未来的区分才形成的，这就是说，没有对未来的思考和构想，历史就不是在时间的意义上，而在今天主要是进步的意义上展开的。因此，我这里能够予以进一步发挥的一点是，历史与未来的联系——主要是人们关于未来的思考和构想的关联——是双重的。第一，在现代研究者的眼光中，当时的历史向当时的未来发展的多种可能性；第二，当时的历史向今天的未来的发展的趋势和可能性，而这种分析包含以今天的人类原则来评判历史上的事件及其组成因素之间的各种联系。

正是在这个意义上，那句"历史不能假设"的俗语在我看来只在十分有限的范围内才有意义。倘若不做假设，人们就根本无法在历史材料——无论复杂的还是简单的——之中发现任何有意义的线索，也无法在这些材料之间建立任何有意义的联系，而历史的材料——无论何种材料——只能以其孤立的一项项的样式存在。有些材料，譬如考古发掘出来的器物和建筑遗址，以某种偶然的方式得到的孤立材料，人们只能予以单纯的物理的描述，或审美的描述，而无法给出历史的解释。

正是出于这样一种观念，我们才会为"一战"早期由德国那些重要的自然科学家和社会科学家，那些重要的艺术家和文学家签署的《告文明世界书》感到震惊。虽然很久以前就知道有这样的事情，那些平时国际主义喊得震天响的社会民主党人，一旦德国与其他国家发生战争，立刻就成为了积极的爱国主义者。但这样的文献还是第一次读到，尤其是签署者中有若干颇为我尊敬的科学家，如普朗克、伦琴和冯特，哲学家文德尔班等人。至于这份申明书的性质，黄燎宇教授已经予以犀利的批评，而我这里关注的是两个问题。第一，这份申明书充斥对蒙古人、俄罗斯人和黑人的鄙视也并不奇怪，但这份申明书的发起人大概不会想到，种族歧视二十多年后会以其极端的形式加诸他自己身上。在今天这个世界，无论西方，还是中国，种族歧视依然普遍存在，而持有这种态度的人始终就以自己高人一等的自我评判为基础，尽管也不妨存在那样一些不正常的人，他们因其种族和民族受到他人的歧视，但他们又去歧视另外一些被他们看作更为"低等"的种族。这些人或许不明白，种族歧视就像飞去来器一样，你抛掷出去，最终是要打回自己的。

在十九、二十世纪之交，种族主义和种族歧视在整个西方是一个普遍的现象，有人还为此提出了所谓的科学根据，美国施行《排华法案》，而在欧洲流行形形色色的种族歧视，德国无疑是最具典型性的一个国家。在这里，我们还得感谢黄燎宇教授，把德国皇帝威廉二世那个臭名昭著的讲演（世称《匈奴人讲演》）译成汉语，终于使之完整地呈现在中国读者面前。这位德国皇帝的这个讲演其实只是把当时许多德国人头脑中的想法口无遮拦地说了出来，所以它能够得到德国士兵的共鸣。它不能被视为信口开河，当人们把它与《告文明世界书》对照起来阅读时，就可以更加清楚地看到这一点。在八国联军侵入北京时，德国士兵兴高采烈地在紫禁城里放马，并非一时的冲动，而是出于他们内心的观念。这种观念即便在今天也会以各种方式曲折地表达出来，比如德国的《明镜》杂志有时就会如河水泛滥般地发泄一下。

《告文明世界书》和《匈奴人讲演》，对我们从事德国研究的学者来说，是一个困难的题目，需要许多深入的探讨，但它同时也是一个解开许多历史现象疑问的钥匙。不过，它们依旧构成一个挑战，这就是人类的普遍知识，包括自然科学、人文和社会科学，会在什么条件下多大程度上有助于人类在共同人性的基础上达成平等的合作？

在考察和研究德国现代历史时，人们经常问起而许多学者也难以令人信服地回答的问题就是：在十九与二十世纪之交，德国在自然科学、人文社会科学，包括大学体制在内，都达到了当时世界水平的顶峰，拥有那么多出色的科学家、哲学家、思想家和社会科学家，他们所提出的一些理论和观点即使在今天看来也依然有效和富有洞察力，那么，由这样一些杰出人才构成的德国为什么会发动和卷入第一次世界大战，不过才二十年的时间又极其短视地发动了第二次世界大战？这个问题无疑还有待人们的继续努力，才能给出更有说服力的解释。在这里，我们是否可以像科卡所说的那样，通过对未来的设想来理解、认识和反思这一现象？无疑，对未来人类发展的关切，必定要求人们说清楚这个现象。这种研究的一个现实意义，就在于它能够为人们提供如何避免在未来重蹈覆辙的经验和教训。

历史学与未来之间的关系还包括如下这样一层意思：对过去的或当下的许多事件，只有到了将来才能得到清楚和明白的认识，或者它们之间的联系和因果线索出于各种原因，比如，有意地掩盖以及人们不愿意正视现实的心态等等，只有在后来才能被充分地揭示出来。这个现象在过去一再发生，而在今后还会发生。十九、二十世纪之交发生的大事件和大现象的有些因果联系至今还没有完全揭示出来——历史认识的延迟就是未来对历史学有重要意义的标志。黄燎宇教授在文章中提到，直到二十世纪六十年代初德国历史学家弗里茨·菲舍尔才出来说明，第一次世界大战是德国蓄谋的结果。然而，这一说法却遭到无数德国人的抗议，还受到官方的打压。尽管在那个时候，德国政府已经承认德国人在第二次世界大战中犯下的罪行了。这样一个历史的事实，以及对这个事实的认识，对德国人反省第二次世界大战，无疑是极其重要的，因为它会导致一连串的认识和判断的颠覆。比如，第二次世界大战在相当大的程度上被德国人视为对自己在第一次世界大战及战败中所受屈辱和不公平的复仇之战。如果心怀这样一个想法，他们对第二次世界大战就会做出相当不同的判断。虽然多数德国人最终接受了第二次世界大战失败的事实，承认屠杀犹太人的罪行，但是，他们内心对此次战争的原因和其他事件事实上持有另外的看法。而一旦第一次世界大战也是德国人发起的，那么他们对自己所作所为的判断就必须做出巨大的调整，他们就要承担更多的事实上的和道义上的责任。这一点当时有许多德国人接受不了，这也在情理之中，难怪巴伐利亚州州长弗朗茨·约瑟夫·施特劳斯到了1965年还呼吁人们"清除"弗里茨·菲舍尔等人"对德国历史和德国形象的扭曲"。对中国人和中国学者来说，德国以及欧洲尚有许多现象及其因果还不为我们所知，从而不仅让我们无法准确和深入地理解欧洲人、欧洲历史和现实，而且也无法同样深入和全面地认识和理解我们自己。

在学术研究中，人们通常会偏向甚至热爱自己所研究的对象，而在国内学术界常常遇见的一种现象——甚至在许多博士论文中——是，人们往往会对自己的研究对象予以过高的评价，不少学者、文人往往喜欢通过西方一些名人的只言片语和事迹来批评和反讽国内的现象。但是，这篇告白书却让许多人看到了德国那些颇受尊敬的人物的另外一面。合理的态度当然不是由此而抹杀这些人的其他成就和思想，而是提醒我们自己要从不同的角度来全面地考察和研究一个人物和一种现象。在这里，核心之点依然是我们对未来的普遍人性的关切。

实际上，历史事实和现象就放在那里，许多材料和文献是现成的，人们没有意识到认识和研究的必要，或者他们不愿意去认识和理解这些事实和现象，还有一些人难以理解它们。要达到对历史本来面貌的深入认识，假以时日大概是一个不可避免的过程，但是，这并不意味人们可以坐等历史自己揭开自己的面纱。比如，张乐和孙进的论文《魏玛共和国时期的中等教育扩张与教育过剩危机——基于"长时段视角"的社会文化史分析》就引出了许多值得进一步探讨的问题，而其中可能蕴含了决定当时历史走向的一些看似并不重大却相当关键的因素。魏玛时代，也就是纳粹崛起的年代，德国中等教育的扩张，使学校和学生人数大幅度增加，尤其是在中学里面，出身于上层社会的学生比率从原来的二分之一下降到五分之一，而在魏玛共和国后期，出身于下层社会的学生又再次回落到魏玛共和国初期的十分之一。在这里，人们可以发现一系列值得考虑的问题：这些学生与魏玛时期民主的遭遇有什么关联？学生成分的这种起伏与纳粹思潮的高涨和纳粹上台之间又有什么关系？纳粹的青年力量与这些学生又有什么样的关联？纳粹的主要社会力量来自什么阶层？这些问题今天并没有十分明确的结论,而获得相关的材料似乎也并不困难。关键就在于人们对这些问题重要性的意识,以及从事相关研究的意愿。

此外,历史的重大趋势、大局面的发展和走向在开始阶段通常也是不明朗的,这往往要经过相当长的时间之后才会为人所认识,而为多数人所认识,则需要更长的时间,这意味着,它要在任何一个历史时段的未来才能够实现。自十九、二十世纪之交至今,一百多年过去了,人类是否取得了进步?进步当然是巨大的,但是这个进步在不同的国家、文明和民族中有其相当不同的局面;科学技术上的进步、经济上的进步与人类不同族类之间关系上的进步,也并非是同步和一致的。而且人们还要关注,这种进步是否是稳定不移的,还是可能面临重大的倒退?

学术为天下公器,它既出于理智的兴趣,也出于人类的关怀,但是,所有学术都事关人类的共同利益。这也就是历史研究与未来之间联系的大纲。只有这样,我们才能有热情、意志和精神去持续不断地从事这类艰苦的研究。人文和社会科学的研究通常被认为缺乏普遍性,其实,这种普遍性是确实存在的,它的基础就是真正的人类关怀。虽然,这种关怀和它的原则即使在今天也并没有得到所有人的赞同,但是,缺乏这种关怀,人文和社会科学的研究不仅难以达到真正的深刻,人们也无法由此而达到对自身的更加深入和全面的认识,偏见就会一再产生。而这类偏见一旦影响到有权势的人,影响到多数人,如雾霾一样弥漫开来,那么灾难性的结果就会接踵而至。

一种文明，无论在某些领域和方面多么发达，如果缺乏人类的关怀，它就完全可能在创造出其他各种伟大成就的同时，反过来加害于自身。《告文明世界书》的发起者福尔达的悲惨结局就是一个典型的例子。在这一点上，我还可以再补充一句：人文和社会科学，作为出于人类的关切而进行的研究，与追求真理，其实是等同的，没有根本的冲突。《北大德国研究》正是在这个方向上努力，所以它也就办得越来越有水平。

2015年7月24日写于北京圆明园东听风阁

（原载黄燎宇主编：《北大德国研究（第五卷）》，北京大学出版社，2016年）

转向抑或调整：民族-国家的当代抉择
——《北大德国研究（第六卷）》题解

一 引 言

世界形势的转折往往令人猝不及防，在二十一世纪到来与二十世纪结束的时刻，这颗星球北半部的多数人，尤其是包括知识分子在内的精英人士，对它的未来发展充满了乐观的向往。历史终结于既有的自由民主制度的预言已经做出，人们一面在隐隐地担心这种进步中止的社会是否百无聊赖，一面又惴惴不安地等待这一岁月安宁人世静好时代的降临。

那些自信的人们认为，自由民主制度已经取得了决定性的胜利，它花车巡游于整个世界的时刻指日可待。由此，不少人就乐观而盲目地进一步推论：自由民主制度将成为万年体制。他们相信，自由民主能够战胜一切非自由民主的制度，将一切与它异质的因素消融于自身之中，而将一切来自并习惯于异类政治文明之中的人纳入自由民主的环境之下，令他们自然而然地变身为这类社会的成员。

然而，这一美好的、想象的愿景在2016年遭到了致命的打击。不同族类、国家和文明之间的剧烈冲突成为这一年的主题。当自由民主的力量深入那些异类国家和社会的内部，集中优势兵力一个又一个地摧毁他们视为敌人的政权，并且在还来不及欣赏自己的丰硕战果时，由这些战争所引起和扩大的难民就如潮水一般涌入自由民主阵营的核心地带——欧洲，重新激荡起若干被民主硬壳所约束的情绪和态度，那种原本就因此而存在的民众对立不仅更为尖锐，声势亦大增，而不同国家之间因此引起的分歧更趋公开和表面。具有特定宗教背景的恐怖袭击不断地火上浇油，持续地强化欧洲社会的恐惧氛围。美国虽然是前述战争的主导者和主力，却并未罹受中东北非难民潮的冲击。然而，美国的主要政治派别却也因此为先前已经纷争不休的移民问题发动了政治决斗，要将他们各自的政策付诸实践。特朗普这样的势力乘机崛起，不仅要将移民墙切实地建造起来，并且趁势登上总统宝座。

今天，多数人，无论自诩多么睿智，仍旧处在此类现象激起的强烈情绪之中，亦无法看清它们的未来趋势，尽管在现实政治和社会实践中，人们也并非总是在对事件的因果关系了然于胸之后才开始行动。在理论上，至少有一点更加清楚地突现了出来：在这个世界上，任何事关族类和国家的事件都是多种因素纠缠的复杂事态——政治观念、意识形态、宗教、文明体系、种族、经济利益和国家利益等盘根错节。一般而言，经济利益可以替代其中的多种因素，但也不能够通约所有因素。所有这些错综的关系最后都通过族类和国家的形式综合地实现出来，换言之，民族和民族－国家的冲突事实上是所有上述这些冲突的集中体现。

有鉴于此，北京大学德国研究中心在2015年10月就举办了以民族和国家为主题的学术会议，邀请德国、日本和韩国的学者共同讨论，应当说，这实在体现了对国际局势的敏锐感觉。现在正当这个问题沸反盈天之时，本卷的出版也为人们的观察、思考和反思自己的情绪提供了出自不同角度的理论意见。

二　多样性

本卷的主题文章就是基于上述会议形成和约定的论文。从内容上看，这些论文关涉民族和民族－国家的观念、理论、政策和实践以及文学想象等重要的问题，相应地，分别讨论和分析了民族和民族－国家的共同观念——如新儒家思想的现代意义，民族－国家的普遍资籍——如公民身份的演变，民族－国家内部多族类共处的原则和经验——如瑞士联邦的现实，民族和民族－国家的文学想象和形象及其文化背景等问题。

这些论文的作者分别来自中国、德国、日本、韩国等不同的国家。他们视野各不相同，每篇论文入手处各自别开生面，读者就此所见及的乃是这个主题的各种不同的侧面。不过，这些论文也有一个共同点，即大都讨论十九和二十世纪之交的民族和民族－国家问题，而当代的问题却很少得到关注。尽管如此，人们依然可以发现，经过一个多世纪的演变，世界的格局和制度发生了翻天覆地的变化，但民族和民族－国家问题在新的条件之下，依然维持了一些持久的特征。这也就是近一个世纪之前的民族和民族－国家问题值得人们今天来重新讨论的一个重要理由。

另一个共同点就是，这些作者主要来自相对较晚才形成的现代民族－国家，而这就使得相关的讨论能够呈现出同一时代不同的民族－国家在其形成和发展过程所遭遇的不同的内部和外部环境，它们不同的经历。

中国建立和发展现代民族－国家的进程，除了其他方面的任务，还要解决如何平衡传统的和西方的思想资源以及当代实践经验这一困难。与一百多年前形势截然不同的是，一些学者大力争取儒家思想在中国现代民族－国家形成中的重要地位。讨论这个问题可以有不同的切入点，但是，就民族－国家的现代性来说，人们应当思考和研究：在当代中国，国家认同是否能够单单求助于那些古代观念，甚至那类由某些现代人理想化地——尤其是撇开它们在古代社会付诸落实时曾造成的各种实际的效果——构想出来的古代观念？有人试图求助于某种宗教，其所遭遇的困境也是一样的。简单地说，那些观念从来就没有胜任过如下的任务：为一个现代民族－国家提供一整套充分而有效的理论。当然，同样重要的是，现代国家的认同也无法依赖于当代的那些"先知"和"布道者"。现代国家具有普遍性的形式，落实在其成员身上，它就体现为平等资籍的普遍化，国家认同就是通过这种普遍化才达到的，而这要依赖于正当的程序而不是预言。白彤东着力证明儒家思想包含现代的普遍因素,所以他论证的目标就是证明中国现代国家的普遍性原则可以从儒家那里获得有价值的资源,但这并不承带现代社会复辟古代制度的意思。

日本学者平松英人关于日本市民和公民等身份的分析也说明了资籍的普遍性在现代民族-国家构造过程中的根本性。他在论文中指出,日本现代化过程的核心就是国民身份的重新建立,即日本民众从原来在政治、法律和社会上各具不同权利、地位和受到不同对待的群体逐步转化成为具有同等资籍的共同成员,而这种成员资籍具有普遍性。

这种普遍资籍的重要性也体现在文学作品之中。施密特的论文关注文学作品中反映出来的法律的普遍性与特殊性之间的冲突。这篇论文着眼于法律与正义的关系而讨论如下问题:未来民族-国家在人们的想象中究竟具有什么样的性质和作用。这是一个复杂的问题,但也可以做出简单的归纳:"法治国家的正当性[1]作为基本要素行使构建民族身份的职能。"[2]认同是现代民族-国家的团结和合作的核心,它关涉个人、国家与法律的运用之间的关系。施密特通过小说的文本分析试图表明,国家之所以得到承认,在那个时代依赖于人们对于未来公正法律的想象和期望,因为在小说所描写的那个一百多年前的德国,这三者之间的关系实际上处于不休的冲突之中。那个时代的文人所关注的自由和公正

---

[1] 原词为"Legitimität",本卷译为"合法性",酌改。
[2] 参见黄燎宇主编:《北大德国研究(第六卷)》,北京大学出版社,2017年,第67页。

同样属于未来的普遍性想象。但是，一如历史所表明的，缺乏普遍的自由和公正，现代民族－国家便无法真正建立起来。

在现代国家之中诸如民族等不同族类之间冲突的核心就是普遍资籍与特殊身份之间的平衡。个人资籍越趋于普遍，那么个人之间的关系就越趋于自由和独立，也就难以在国家之下形成稳固的族类。而倘若固定的族类关系超越普遍的资籍的重要性，亦即个人的某种政治、宗教、道德、民族或种族的身份比他们作为国家公民的一般资籍重要，那么，现代民族－国家就难以形成，即使勉强搭建起来最终也难免分裂。

不过，这种属于特定族类成员的身份对个人之所以重要的原因则相当复杂，既来自内部——比如，宗教的传承就相当家庭化，又来自外部，而其中最重要的就是认同的需要和歧视的作用，但无论认同还是歧视在许多情况下都相当主观，难以客观地判定，尽管如此，它们却必定会导致个人在社会中的不同定位，从而维持不同族类的存在并促进它们的发展。

现代民族－国家的根本就是多种族类之上的普遍的原则和资籍。在它内部，普遍资籍具有优先地位，必须首先满足，然后多族类的共存、合作和互惠才是可能的。莱辛关于犹太人形象的塑造，一方面表明，他承认如下一个事实，即德意志民族天生就是由多种族构成的[1]，并首次在德国舞台上塑造了正面的犹太人形

1　参见黄燎宇主编：《北大德国研究（第六卷）》，第113页。

象[1]。另一方面，在那个时代他还无法认识到，确认不同族类在一个民族-国家之内的平等地位，并不依赖那类想象的道德品质，而是依赖于对所有公民一视同仁的普遍法律。但是，即使建立了这样的现代原则，依然有一些技术性的问题需要解决，比如，个人的身体妆容与服饰。在研究莱辛的那篇论文中，作者说了一件事：腓特烈大王在1748年颁布了一项法令——为了容易辨认，犹太人必须留须。但是，在莱辛看来，这暗含了一种偏见和侮辱，因为在当时犹太人被视为具有某种特殊道德特征的族类。今天在许多国家，妇女被禁止穿戴具有特殊宗教和族类意义的罩袍。由此，人们就看到了这样一个古今对照，即犹太人要看起来像犹太人，与所有人的穿戴不能过分突出其特定族类的特征。这样两种看起来截然相反的举措当然表明了时代观念的差异，同时，它也突现了自由民主的普遍原则与个人独特性的表达之间存在着难以得到妥帖处理的技术困难。

只要一个现代民族-国家不是通过彻底同化乃至消灭主体族类之外的其他族类而形成并且持续坚持排斥移民的政策，那么，在今天它就会受到如下问题的困扰：不同族类之间的冲突，乃至某些族类要突破普遍原则而将自己族类的特殊原则凌驾于其上的危险；与此并行的另一个现象就是主体族类对秉持特殊宗教、道德，具有其他文明传统和种族特征的个人的歧视和过分防范。这两种情形在今天的世界以其最为外在的因而尖锐的、剧烈的，甚

---

[1] 参见黄燎宇主编：《北大德国研究（第六卷）》，第118页。

至残酷的形式表现了出来。

资籍的普遍性是否承带个人所有层面的一致性？在今天，与民族、民族-国家问题盘根错节地纠缠在一起的是有关政治正确的争论，因为它直接关涉人们在日常生活、交往和表达中如何描述和指称个人及至族群的各种特征。一般而言，政治正确乃是平等资籍所依凭的个人基本权利和自由权所承带的要求，但是，政治正确的范围和边界在哪里，则是一个颇多困扰的问题。政治正确的要求一旦过分，则会大大压缩人们言论的空间，而这同样会侵犯个人的基本自由权。从语言学的角度来说，它使得人们在指称个人时无法使用特征描述的词语，而这就意味着，人们难以通过语言来指称特定的事物。人类在长期进化过程中所发展出来的知觉能力——尤其是当下直觉及其构造（即aesthetic）的能力——通过空间位置、色彩、声音等感觉来认识、辨别和分别周围世界，换言之，人们总是使用直接、鲜明和突出的性质来分辨当下周围世界之中的人物和物体。但是，过分的政治正确就要求人们将日常语言的相当大部分转换为另一套不常用的语言。合理的政治正确的界限所带来的转换是值得的，但过分的政治正确除了上述可能的困扰之外，还可能阻碍一个现代社会所必需的独立的意见和批评。

三 当代性

人类社会问题始终以不均衡的样式在发展，民族-国家是现代国家的主流形式，但是，时至今日，依然还有不少国家尚在民族-国家的构造过程中，这些国家内部的政治制度也各不相同。因此，无论这些国家的内部，还是它们与外部世界，仍然要经历持续的冲突。这样的冲突具有高度的复杂性，文明、宗教、政治、社会、种族——尽管它们多半也只是血缘、外貌特征、想象、自我认同等的综合——等各种因素纠缠在一起，使得人们无法从单一手段来弱化和消除这种冲突。

从长期的发展来看，保障基本权利和自由权的普遍正义原则乃是最终解决所有这些冲突或至少将这样的冲突限制在最低限度的根本途径。但是，这个世界的民族和民族-国家形式的多样性，决定了它们彼此之间的差异将长期存在。向正义社会演变的条件、途径、机遇以及时间在不同的国家各不相同，至少现在看来并没有统一的模式可以用作衡量的标准。

但是，自由民主国家对那些处于发展和演变过程中的国家缺乏必要的耐心和节制，采取直接介入、干涉和战争的手段，不仅给那些国家带来巨大的灾难，造成持久的不稳定，也直接引发了更大的难民潮：大量尚未习惯自由民主制度的民众直接进入自由民主社会的中心。二十一世纪的难民现象在相当程度上归因于西方自由民主国家，在这个意义上，他们必须承担自己的判断、决策和行动的后果。那些单纯指责难民以及拒绝给难民任何帮助的西方人往往忘记了这种大规模现代迁徙的因果关系。

在今天，政治说教与政治制度之间的脱节，政治制度与政治策略之间的脱节，乃是一个世界性的现象。西方自由民主的人民急于改变那些尚未自由民主化的国家的政治制度,他们越俎代庖,直接介入。在所有积极的和消极的后果中,一个直接的"回报"就是:那里的一部分人民带着对富裕和安定生活的向往来到了干涉者的国度,亦不乏享受自由民主的期望。但是,他们同时带来了与自由民主制度以及西方社会文明并不那么相容的宗教信仰、政治信念和生活习惯,其中的一些人甚至要以他们所具有的宗教、政治和社会的律法和观念取代目的国既有的制度和观念。

西方一些政治家和包括知识分子在内的精英分子没有反省或者忘记了如下的历史和政治经验:任何政治制度,任何良好的社会秩序都需要具有必要素质的民众来维持。罗尔斯颇有洞察力地强调,一个正义社会的实现即使在理论上也需要包括自由平等的个人在内的政治文化的背景条件。[1]所以,我们看到,在历史上,仅仅由少数精英人士搭建起来的德国的第一个现代民主制度难以稳定地维持,就是因为人民还没有经历过足够充分的民主的学习、训练和锻炼。倘若具备足够的和平时期和相对稳定的国际环境,十九世纪和二十世纪之交的德国或许可以获得社会重建所必要的过渡期,从而相对和平地完成现代民族-国家的重构。但是,这个世界以及德国本身都没有给德国人提供这样的机会和条件。如果那个时代的人们无法认识到这一点,那么今天的人们就此已具有足够的历史的和现实的经验以采取合适的态度和措施。

---

[1] John Rawls, *Political Liberalism*, New York: Columbia University Press, p. 14.

四 历史和理论

本卷主题论文大都采用实证研究的路数,在这类研究中将道德判断与经验事实予以清楚的区分,不仅是理智诚实和学术规范的要求,而且也是让人们真正了解和认识社会现象的唯一有效途径。由于民族和民族-国家通过上述各种复杂的因素及其彼此之间的互动而形成,因此,片面的道德判断不仅无法解释复杂的现象,反而适足于蒙蔽人们的眼睛。

现代民族-国家形成的条件和原因是多方面的,除了核心族类、历史、领土等因素之外,还必须具备某些共同的政治结构、公共教育制度、经济结构、语言结构、观念结构和文明结构。[1] 道德的观念和宗教的教条仅仅是其中的部分因素,并要在与其他因素的结合和平衡之中才成为重要的因素。当然,人们也要充分认识到,在特定的历史时刻和形势下,激进的和极端的观念与主张落实为具体的行动时,而就一个国家而言,落实为具体的政策和国家行为时,就会对民族-国家的形成和发展带来与造成重大的或致命的后果。

现代社会依然有这样的现象,鉴于现实的民族和民族-国家制度关系和现象的复杂性,以及由此而造成的冲突的残酷性,一些人就或明或暗地提出复辟的主张。且不说,有关古代社会的许多艺术的和浪漫的想象并不符合历史的现实,而且即使古代的某

---

[1] 参见韩水法:《现代民族-国家结构与中国民族-国家的现代形成》,载《天津社会科学》2016年第5期,第14—15页。

些观念和措施对现代具有某种启发和借鉴意义，它们也无法直接用来解决现实的问题，更不用说面对现代无数新出现的现象，它们通常仅仅对其中很小一部分具有借鉴的意义。作为现代现象的民族和民族－国家所面临的许许多多问题，只有在现代社会的背景之下，通过现代的观念和手段并且面向未来才能得到解决，也才能得到解释。

当代世界局势纷繁复杂的变化一如本卷论文所揭示的先前的变化，因此，从基础理论方面全面和深入地研究当代社会事件的各种因果关系，就能够帮助人们理解，历史远未到结束的时候，而人类发展反而崭露出更多的可能性。然而，作为这种前景根据的当下现实却在周期性地出现各种类型的剧烈对抗和冲突。

瞄准切实的问题，邀集国内和国际的学者利用各种学科及学术手段进行研究，原本就包含在北京大学德国研究中心这样的综合性跨学科研究机构的宗旨之中。北大德国研究中心就此已经做出了许多努力。但是，就民族和民族－国家问题而言，本卷的研究还是一个初步，许多问题尚待进一步研究，并且这个现象本身还在持续地甚至快速地演变之中，它的趋势和发展无疑将极大地影响人类今天和未来的生活。因此，这个题目的研究不仅要深入，而且要力求具备洞察性。

2017年1月14日写于北京褐石园听风阁
（原载黄燎宇主编：《北大德国研究（第六卷）》，
北京大学出版社，2017年）

迁徙与文明冲突
——《北大德国研究（第七卷）》题解

今天，或者在先前的任何一个时候，我们坐下来谈论移民，那么不是在讨论一个新问题，而是在以当下的视野重新提起一个古老的问题。移民无非是人类迁徙的一种形式，而迁徙属于人类的基本生存方式。我们每个人之所以能够坐在一起讨论这个问题，亦是迁徙使然。

一 人类历史就是一部迁徙史

人类的历史就是一部迁徙史，这一点对当代的知识分子来说应当是一个常识。在世界范围内，现代所有稍大一点的民族-国家，无不是通过迁徙而最终形成的，甚至稍大一点的族类或族群大都也是通过迁徙而定居于现在所在的区域。迁徙的过程往往既是一个族群不断分裂的过程，也是它融合其他族类而更新自身乃至转变为一个新的族类的过程。通过长期的大规模的迁徙，世界上所有的族类，最终都成为形形色色的文化民族。这些乃是世界历史中的常规现象，然而，似乎是中国人最早认识到了其中的奥秘。

我们可以稍稍回顾一下蒙古帝国的历史。蒙古人在十三世纪迅速崛起，横扫欧亚大陆，建立起大蒙古国，蒙古人也因此散布在广阔的欧亚大陆。然而曾几何时，大蒙古国分裂为许多汗国，蒙古人在崛起过程中曾同化了许多不同的族类，在不断的征服和统治的过程中，却又被不同的被征服民族同化为若干操不同语言、接受不同信仰的各异的族群。

再来概观一下欧洲，现在的民族－国家的大体格局就是由古代日耳曼人诸部落在几个世纪内持续的大规模的迁徙以及中间必然出现的分化、同化而奠定的。英国就是由相继而来的迁徙群体建立起来的国家：从凯尔特人到日耳曼族类的盎格鲁－撒克逊人，从当时星罗棋布分布在英伦三岛大大小小的国家和许多到现在也无法弄清其名称和位置的小部落到后来统一的大英帝国。而当英国在世界各地进行殖民的时候，其殖民地的人民也开始移居到这个帝国的本土之上。因此，从今天的观点来看，英国就是一个地地道道的移民国家。

美国是一个移民国家，这是每一个人都知道的事实。但是，人们不太清楚的是，其实从大时段的视野来看，现在的德国也是一个由大规模迁徙而形成的国家。萨丕尔（Sapir）在他的《语言论》里通过词源分析指出，甚至日耳曼人的远古祖先所说的也是一种与印欧语系不相干的语言。[1]他们后来如何采用了印欧语系的一种语言，乃是一个尚未解开的历史之谜。我想，其中的主要原因应当包括迁徙。至于古代日耳曼部落的持续南下，民族大迁徙时期的部落迁移，在普鲁士等地区与斯拉夫等族类的融合，一直到"二战"之后大量原本祖居于其他国度的德裔人口迁居到当时保留下来的德国领土[2]，都是人所共知的事实。因此德国是不是一个移民国家，实际上依赖于如何定义移民国家以及德国人的自我认定，诚然，德国人多数不认为自己的国家是一个移民国家。

历史也表明，在古代，族类和人口的迁徙实际上没有什么界限，能够阻挡迁徙步伐的主要就是战争。今天欧洲的格局不仅是欧洲地区族群迁徙的结果，也是世界范围族群大迁徙的结果。相应地，今天世界上每个国家内部族群和人口分布的格局也是迁徙造成的结果。

中国的历史也是一部大规模的人口迁徙史。只要翻开任何一部中国移民史的著作，人们就可以发现，每一个朝代都在发生大规模的迁徙和移民。中国主体民族即华夏民族在远古的传说中，就是经过迁徙而来到中原。因为以农耕为生，他们才相对于其他族群比较早地成为定居的族类。也正是因为定居的性质，华夏族类才会与北方游牧族群之间发生历经几千年的冲突，而这种冲突

---

1 爱德华·萨丕尔：《语言论》，陆卓元译，商务印书馆，1985年，第190页。
2 "到1946年10月底，共有大约1 000万名德裔难民和被驱逐者"进入被肢解后保留的德国领土内。参见黄燎宇主编：《北大德国研究（第七卷）》，北京大学出版社，2018年，第81页等处。

也就又成了华夏族类大规模迁徙的一个主要原因，当然同时也成为华夏族类及其国家不断壮大的一个基本原因。

这种由迁徙和移民造就的历史和城市的景象，在中国现代史上展现得更加宏伟壮丽。上海就是中国最典型的现代化移民城市，或者换句话说，就是经由移民而现代化的大城市；天津的情况也是一样。上海作为一个移民城市，它的方言上海话主要是从另一个城市移植过来的。天津也是如此，许多人认为，天津话是从其他地区迁移而来的，只是它不像上海话那样有明确的来源地。

中国改革开放更是促动了全方位的现代化移民，从农村到城市，从内地到沿海，从相对落后的地区到发达的地区，每年的春运就是这股移民运动以及其中所包含的制度缺陷所造成的最为剧烈的年度性"悸动"。深圳是改革开放和移民运动所造就的一个奇迹，从一个小渔村快速扩张为一个国际性的制造和创新的大都市，人口从二十世纪八十年代初的30余万增长到现在1 000万以上。除了移民，没有任何其他的方式和力量可以让深圳发生如此这般人口变迁的奇迹。移民的动力来自改革开放和特区政策造就的移民差。

最后来看看北京。本人七十年代末初来乍到之时，北京是一个宽敞而舒展的城市，商业服务相对落后，人口871万。而今天，经过四十年的大规模的移民，北京已经扩展为一个超大都市，常住人口达2 170万以上。事实上，北京在历史上就是一个通过移民不断扩展的城市。

在中国历史上，迁徙以许多种形式出现，如征服、移民、戍边、难民、流亡、逃难和游牧等等。流亡与移民不一样。流亡主要指暂时的、被迫的迁徙。在古代，流亡通常是指紧急、被迫的乃至非法状态下的出走。唐代诗人韦应物在其苏州刺史的任上写过两句名联"身多疾病思田里，邑有流亡愧俸钱"[1]，这表明即便在盛唐，在江南富庶之地的核心，也时或会出现人民流亡的现象。大规模的流亡通常就是由战争或灾荒驱动的难民出逃。因此，流亡通常也就被称为逃难。

再往更古的时代看，一部春秋历史就充满了这样的流亡故事。在那个时代，人们给那些贵族和精英分子的流亡起了许多专门的名词，如出、奔、亡、流、逐等等。在今天，流亡仿佛成了精英人士的专利，比如流亡诗人、流亡政治家，很少有人将流亡用于一个平民。平民的去国离乡顶多就是移民，有些人甚至不得不偷渡。由此而见，自古以来，流亡一事的用词也是大有讲究的。西晋末年大乱，士族南逃，中原文明南迁，人们用衣冠南渡来指此事。事实上，中原人民亦相继流亡江南，但他们似乎不在衣冠南渡的指称之内。

这里我自然也就想到，中国的家谱就是一部迁徙与移民的谱系记录。每一部家谱是一个家族独立成派的历史，而其中最主要的一个外在原因就是因迁徙而分谱。因此，一部家谱所记载的世系或可以追溯到一两千年之前的先祖，但是在宗祠所在地的定居

---

[1] 摘自韦应物《寄李儋元锡》："去年花里逢君别，今日花开又一年。世事茫茫难自料，春愁黯黯独成眠。身多疾病思田里，邑有流亡愧俸钱。闻道欲来相问讯，西楼望月几回圆。"

时间最长的也只有几百年。几乎每个宗族的另立堂名或分谱都是迁徙的结果。

行文到此，我可以稍微总结一下有关迁徙的一些重要问题。（1）导致迁徙和移民的常见的原因和形式，包括游牧、殖民、战争、开疆拓土、逃难，以及现代化和城市化等。（2）迁徙与原住民会发生如下一些关系：取原住民而代之、同化原住民、与原住民融合或被原住民同化，最为消极的后果是外来的迁徙者与原住民一同灭亡。他们与迁徙途中遇到的原住民或其他族群也会发生相似的关系。（3）迁徙与文明之间复杂关系的特点就在于，就从智人出现以来的历史而论，毫无疑问，迁徙造就了文明。我们不必提到太古的事情，自有文字记载以来的历史表明，迁徙既能催生新的文明，也能毁灭发达的文明而导致历史的倒退；它也能够以一种文明取代另一种文明，或者通过混合和融合而造就一种新的文明。至于其中的冲突，我将在第三部分予以稍微详细一些的讨论。

二　移民——现代迁徙的困境

现代世界的迁徙与古代的所有迁徙相比有许多不同的特点，比如，从直观上来说，现代世界这场大规模的人口转移是以人类迁徙史上最短的时间完成的。这是其一。其二，在现代社会中，人类群体性的迁徙基本上就是目标明确的移民，而古代的迁徙则包含多种因素，大规模迁徙的目标通常是不明确的，而历时又可长达几百年。比如，突厥人的祖先从东亚北部经过几百年迁徙到现在的土耳其，就并非简单的移民，二十世纪六十年代土耳其劳动力大量进入德国也不能说是一种古代漫游式迁徙，而属于目的地明确的现代移民。

粗略地说，现代社会的人口迁徙主要有两种类型，第一是殖民，比如最早到达美洲的欧洲人。但是，首先从欧洲然后从世界各地向美洲的迁移，从早期的殖民到后期就演变为移民。第二是移民。为了简明起见，这里我主要讨论移民给现代社会带来的问题。

现代移民有其固定的流向，即从农村向城市，从小城市向大城市，从贫穷地区向富裕地区，从封闭地区向开放地区，从乱序地区向良序地区，从不发达国家向发达国家。这些移民的某种类型，比如欧洲现代早期，从农村到城市的迁徙，还伴随着人身的解放。人口向发达地区和大城市的流向属于无可避免的现代化趋势，即使像德国这样以中小城市均衡发展为特点的国家，近年来柏林等大都市的人口也在加速增长。因此，今天人们所要考虑的是如何建设大城市，而不是如何阻止人们进入城市。

现代性的移民是全球性的，只要有移民差，移民就是无可避免和阻止的，但在不同的国家或面临不同的困难。比如，在中国，现在最大的问题是如何使国内移民长治久安地定居下来，而不是产生一代又一代的暂住民；而德国所面临的重大问题乃是是否、如何接受国际移民。因此，由于社会、政治和经济的发展不同，不同国家或地区的移民活动各有其不同的特征和状态。

在这里，我把导致人们集体地迁移的动力原因称为移民差。它指农村与城市、贫穷地区与富裕地区、封闭地区与开放地区、不发达国家与发达国家、乱序地区与良序地区之间存在的综合性的社会水平差距，它同时产生了人们向移民目的地迁移的动力。在可以预见的未来，移民差的这些类型不会有太大的改变，但是移民的具体目的地即流向则会发生变化。这就是说，一些地区的移民差会降低，而另一些地区的移民差会升高。

与古代的迁徙不同，自二十世纪以来的现代移民越来越受到民族－国家或类似共同体的政策、制度和法律的控制，这也是迁徙收缩为单纯移民的一个重要原因。至少从现在看来，在现代社会不可能发生一个族群整体大规模地迁徙到另一个地区，取代或征服那里的原住民，新建一个大的族类聚居区或一个国家的现象，也不会出现一个族类整体地迁徙到一个原始的或无人的地区重建一个社会的现象。严格的边境管制原本就是现代民族－国家带来的制度。厄梅尔在《欧洲历史上的人口迁移》中引用了茨威格的一段话说："1914年以前地球属于全体人类。每个人，只凭他心意，能够去任何一个地方并且在任何一处停留，无须任何批准或许可。我在1914年之前到印度和美国旅行时，甚至从未见过一本护照，每当我向年轻人讲述这些情况时，他们表露出的惊讶神情都令我感到好笑。"[1]这就是说，即便在欧洲，护照也从二十世纪初才开始流行。尽管实际上在二十世纪之前，人们的跨国旅行和

---

[1] 黄燎宇主编：《北大德国研究（第七卷）》，第70页。

移民没有像所说的这样方便和随意,但严格的边界制度确实是二十世纪的产物。这当然也就使得古代那样的迁徙不再可能,而移民也要经过重重手续和批准。

不过,人们应当深刻地理解和认识如下这个非常有意思的现象。一方面,现代民族-国家的主体民族,大多数是由迁徙或移民而来,或者经历过大规模的迁徙,因此,在这个意义上,大多数现代民族-国家乃是移民国家。正是因为迁徙和移民,才出现了犹太人问题。另一方面,也正是在现代民族-国家体系建立起来之后,各种不同族类即民族、族群和部落等的居住地才固定下来。因此,移民才成为一种社会制度,一个法律问题。在这之前,移民当然是一个问题,比如社会、宗教和经济的问题,但大体上不是严重的政治和法律问题。

尽管人类迄今为止的历史就是迁徙史,人类社会却尚未找到有效应付和处理大规模迁徙的办法。即便像美国这样被称为移民国家的大国,它的总统特朗普的上台多半还是因为他提出了一套符合许多人想法的移民政策,因此那些对移民持消极态度的人把票投给了他。于是,长度或许仅次于中国长城的一道阻止外国人的长墙就将出现在美国和墨西哥边界,而这里原本是美洲原住民自由往来的地区。

在这些事件中,人们可以看到移民现象中的一个复杂关系:迁徙者与定居者之间的角色和身份转换,即迁徙者不会永远是迁徙者,定居者却常常把自己视为永久的定居者。当然也有个别的例外,比如到现在为止还有相当一部分的吉卜赛人依然属于迁居不定的流浪族群。

二十世纪初期，美国社会学家W. I. 托马斯和波兰社会学家F. 兹纳涅茨基两人合写的《身处欧美的波兰农民》，专门研究波兰移民移居欧美的现象，后来成为社会学的经典著作。在这本著作中，这两位社会学家描述和分析了如下事实：这些波兰农民移民到美国，成为美国现代工人阶级的有机组成部分，他们与来自德国、塞尔维亚的移民一起构成了现代美国产业工人群体，并且从他们之中"诞生了一个笃信'美国价值观'的中产阶级"[1]。我现在想说的是：这些移民的后代现在成了美国社会的主体，他们之中的一些可能以城市人自居，以美国人自居，反对新移民。老移民反对新移民，这就是一种现世的变换，也是在许多地区和国家都发生的事情。

角色的这种变换主要源于利益的转换，后者也同时导致观念和态度的转换。美国现在居民的绝大多数是移民的后代或本身就是移民，比如特朗普是移民第三代，但这并不妨碍他们对新移民持消极的态度。

再进一步说，人类永远无法找到或制定出一套一劳永逸地解决迁徙和移民问题的制度或法律，因为只要人类存在，迁徙就总会发生。所以，一切移民政策、制度或法律都只能在一段时间内有效。诚然，现代民族-国家既是迁徙和移民的产物，却也

---

[1] W. I. 托马斯、F. 兹纳涅茨基：《身处欧美的波兰农民》，张友云译，译林出版社，第137页。

为人类迁徙和移民制定了最多的规矩,而规矩就意味限制。人类的有序流动是现代人的理想,但是,即便实现,它也只能发挥短期的效果。从今天的形势来看,落后地区与发达地区的差异、贫富差距、战争、宗教迫害、民族迫害、政治迫害乃至社会制度的不同,作为主要的移民差的类型,在可见的将来会一直存在。因此,人类社会,尤其是处于移民差高位的地区和国家,就需要做好长期应对迁徙和移民的心理准备。

康德,这位历史上最不愿意挪动自身的大哲学家,却对迁徙和移民提出了最为一般的主张:"本来就没有任何人比别人有更多的权利可以在地球上的一块地方生存。"[1]康德基于世界公民的理想做出这样的断言,而事实上这与人类自智人以来的迁徙史正相吻合。因此,他面向未来做出的断言,却指出了过去人类定居与迁徙之间的一个基本事实,而未来人类的迁徙也必定要立足于如此这般的公平权利的主张。

三 移民与文明断层线的变迁

如前所述,人类迁徙在今天被各种制度和法律约束成单纯的移民,古代那类出于战争、争夺生存地和征服等原因的整个族群的大规模的迁徙,除了个别的例外,再难以发生了。移民虽

---

[1] 语出康德《永久和平论》,参见康德:《历史理性批判文集》,何兆武译,商务印书馆,1996年,第115页。

然包含族类的特征，但是多以孤立的家庭或个人，而不会以整个部落、地区或整个聚居区（如村庄）的形式迁徙。然而，物以类聚、人以群分，这个人类社会性的规则在移民到达目的地之后就会顽强地发挥作用。在现代的移民群体里面，宗教和种族成为族类或族群自主划分的最主要根据，亦即认同根据，并且自然而然地成为源于移民的文明冲突的最主要根源。因此现代移民与古代迁徙同样，必然带来文化和文明的冲突，尽管冲突的形式发生了不小的变化。在这里，我把不同的生活习惯和日常礼仪之间的冲突归为文化冲突，而把不同的宗教、语言、法律和权利观念之间的冲突归为文明冲突。

从表面上来看，现代的文明冲突与古代的在形式上似乎没有多大的变化。大规模而激烈的文明冲突通过征服、战争、迁徙和殖民等实现出来。在今天，这样的文明冲突虽然仍有发生，但迁徙或移民不是它们的主要原因。然而，这种冲突倒成了移民的重要原因。现在由迁徙和移民造成的文明冲突的场所乃在于日常生活，在不同族类杂居或混居的地方，个人之间不同的宗教信仰、语言和服饰、生活习惯和社会微结构等乃是形成冲突的主要因素，而宗教信仰则是文明冲突的最重要的因素。除文明冲突之外，移民也导致种族冲突，而它与文明冲突一样会持续相当长的时间。

在谈到冲突时，我要提及另一个现象：不同族类和群体的大融合造就新的族类，比如人们提过的"美国民族"就是通过所谓的民族大熔炉形成的。不同族类的融合通常要通过漫长的时间才能实现。与古代不同，在现代西方自由民主国家，这种融合需采取符合人权原则的方式。但是，这个原则既为现代族类融合提供了根本的前提和条件，同时却也留下了巨大的张力和腾挪的空间。

谈到融合，就自然联想起人类社会的另一个基本事实，即现代的族类或民族都不是所谓的纯粹族类或单一民族，所有的族类和民族都是在长期的迁徙过程中通过融合和同化而形成的。与古代相比，现代移民加速了这种融合，并且受到普遍性条件的支持和约束。但是，这种普遍性的条件包含了内在的缺陷，可为一些极端的派别或群体所利用，成为侵蚀和毁坏自身的工具。比如以对基本权利原则的无内在约束的解释向违反基本权利的所谓宗教规范让步，以宽容的理由助长不宽容的行为、团体和个人。另外，事实上，移民群体本身也千差万别，不同类型的移民差并非兼容和协调一致。追求富裕的移民，可能同时带来封闭的观念和社会关系，或者未经启蒙的宗教信仰；追求城市生活的移民群体，也可能带来乡村传统人际关系的潜规则。

近几年在欧洲和美国由移民引起的重大社会分歧、分裂和冲突现象表明，现代的自由民主制度并不能有效地应付和处理由移民带来的文明冲突，或者说，它还没有成熟到足以以其自身立身的原则来有效地处理由不同族类的移民或种族引起的形形色色的文明冲突的程度。

仅就欧洲而论，在那里由移民所造成的文明冲突如果按现在的趋势发展下去，必定会改变几大文明的地理分布。不过，由于随心所欲的政治正确的限制，以及眼光的狭隘，这样一个趋势现在很少有人提及，在专门讨论移民及文明冲突的《北大德国研究（第七卷）》中，人们也没有涉及这个问题。事实上，在北大德国研究中心日常举行的沙龙、工作坊和其他学术交流中，以及在我所参加过的其他会议中，这个现象及其所牵涉的问题经常为人提及。当然，关于这个现象的讨论，尤其是公开的、在事实材料充分的基础上的讨论和研究乃是十分必要的。比如，我们看到，黑格（Heger）通过论述和分析与移民相关的可能的犯罪行为，得出结论说，在德国，移民的犯罪率并不高。他的结论与人们通过媒体所得到的消息，以及在日常生活中的感受，虽然有相当大的差异，却有实证研究独特的说服力。

我们今天关注、研究这个题目，在一定的意义上也就是从由过去移民所导致的文明冲突之中预见未来文明冲突的走向和格局。亨廷顿在《文明的冲突与世界秩序的重建》中有关文明断层线的判断在今天看来存在重大的缺陷。[1]从二十一世纪以来的世界局势来看，文明断层线并不仅仅停留于国境线之间或地区之间，它已经推进到欧洲大城市的城区之间。这也就是说，文明断层线已经在欧洲文明核心地带的中心逐渐展现，而不再只是在欧洲文

---

[1] "文化相似的民族和国家走到一起，文化不同的民族和国家则分道扬镳。以意识形态和超级大国关系确定的结盟让位于以文化和文明确定的结盟，重新划分的政治界线越来越与种族、宗教、文明等文化的界线趋于一致，文化共同体正在取代冷战阵营，文明间的断层线正在成为全球政治冲突的中心界线。"引自塞缪尔·亨廷顿：《文明的冲突与世界秩序的重建》，周琪等译，新华出版社，1998年，第129页。

明的手边脚下徘徊。虽然亨廷顿也提到,在若干国家内部因为存在不同的宗教和文化集团从而也存在文明断层线。但是,在他看来,这样的国家不包括欧洲国家,尤其不包括西欧和北美的国家。[1] 现实是相当冷峻的,然而,就如我们所见到、听到——甚至私下所经历到——的那样,这些问题之中的部分在德国以及在欧洲的一些国家甚至依然还是一个禁忌。

确实,无论在社会的内部还是外部,中国都无法置身于文明冲突的局外,而其面临的冲突或许更加尖锐和剧烈,也更加多样。倘若我们不能认真、全面、客观地分析、研究和理解这个现实,深入思考和提出应对的办法,那么文明的冲突也会在中国的大都市里面出现。亨廷顿在这一点上大概是对的,哪里有断层线,哪里就有文明的冲突。

2018年3月4日改定于北京褐石园听风阁
(原载黄燎宇主编:《北大德国研究(第七卷)》,
北京大学出版社,2018年)

---

[1] 参见塞缪尔·亨廷顿:《文明的冲突与世界秩序的重建》,第145页。

帝国的分野

一　话题之缘起

目前，人类比以往任何时代都面临更多的挑战、更重大的危机和更无解的焦虑。有些挑战和危机近在眼前，人们看得分明，能够清楚地指陈出来，而有些挑战和危机则出自人们的直觉甚至推测，隐约存在，却难以诉说明白。这类莫名的危局或隐或显地影响人们的思想和行为，后者常常还会形成触发社会行动的巨大力量。包罗万象的人文社会科学体系和庞杂的媒体，看起来在帮助人们理解和把握——从政治-历史的视角着眼——这个时代的性质和方向这件事情上，至少暂时未起到所预期的作用。有人在二十世纪末断定，历史已经终结。这是一个全球化的时代，人类正陆续入住和谐共生的地球村。随后，又有人进一步论证，这是一个民族-国家和帝国主义国家之后的帝国时代，而另有人提出了自由帝国主义的概念。这两类帝国虽然在内容上不同，主旨亦有差别，但皆被用来表明，人类社会开始进入一种全新的以经济竞争为主的全球秩序。然而，伴随这种乐观预期的，还有不时起伏的恐怖主义浪潮。通过伊拉克战争等一系列中东战争，美国与其西方盟友痛击了其所认为的潜在威胁，却也在相当大程度上促成了"伊斯兰国"（IS）的崛起、大规模的难民潮，以及随之而来的宗教和文明冲突的汹汹舆论。作为一种标志或征象，亨廷顿所谓的文明分界线已经推进到西方文明的核心地带，在当代，许多恐怖分子是在西欧的核心城市出生和成长起来的。今天，中美两国之间的贸易战亦已经被视为新的冷战和文明的冲突。这场冲突会带来什么样的终局，人们并不清楚，而由这场贸易带来的世界秩序的混乱和危机，却为人们切身地感受到了。

恰在这场贸易战前夕，北京大学德国研究中心与德国合作伙伴商量2018年中德工作坊主题。北大一位教授提议，以"帝国"为主题。1918年正是德意志第二帝国倒台的年份，而当时离中国帝制终结也相去不远。此议甫一出口，不料即遭德国同行的否定。理由很简单：在德国学术界和公共领域，帝国乃是禁忌的话题。几番讨论，北大学者最后说服了德国同行，理由是：此话题在中国开放。于是，"帝国"工作坊于2018年9月在北大德国研究中心成功举行。中德学者从不同角度进行探讨，发言内容颇为丰富，讨论亦相当热烈，与会者的见识和观点随之增长，问题和疑惑却也随之增长。总之，大家对"帝国"现象有了更为深入的认识和理解，而会议的若干重要论文就在本期《北大德国研究》中呈现于读者面前。

　　帝国的话题何以成了禁忌？马尔登在一本以解释帝国概念为务的著作中提到："帝国在政治词汇中是一个最易触动情绪的词语，它正好指示了一个界域广大的政治环境。"[1]这个词语对德国人来说所触动的情绪则更为复杂。如果凌虚而论，那么帝国对许多人来说，大约很可以平添莫名的乡愁。这种幽情既可切近现世生活，亦可追怀遥远的古代传说。[2]它甚至激励一位学者以终生的努力追述一个伟大帝国的兴亡全程。吉本这样回忆自己的罗马游历："我踏上罗马广场的废墟，走过每一块值得怀念的——罗慕洛站立过的、图利（西塞罗）演讲过的、恺撒倒下去的——地方，这些景象顷刻间都来到眼前。"1764年10月15日，当他"坐在卡皮托山岗废墟之中沉思冥想时……撰写一部这个城市衰亡历史的念头第一次涌上我的心头"[3]。对吉本来说，罗马帝国既是异乡，亦是其所浸淫的文明的原乡。文学叙述无须给出严格的界定，激起人们情感便足矣，而学术研究却一定要追根溯源，给出清楚的道理。如此一来，这份原本美丽的意绪就化为枯燥的分析和考证，亦会呈现同样繁复的差异。

　　人们或许会从词源的角度来考究帝国的意义，这固然必要，

---

[1] James Muldoon, *Empire and Order: The Concept of Empire, 800—1800*, London: Macmillan Press LTD, 1999, p. 139.

[2] 参见黄燎宇主编：《北大德国研究（第八卷）》，北京大学出版社，2019年，第41页。

[3] 爱德华·吉本：《罗马帝国衰亡史（上）》，黄宜思等译，商务印书馆，1997年，第5页。

但对于理解无论古代还是现代的所谓帝国，远不足够。尤其在现代汉语和英语里面，缘于人们的使用，这个词语已经被赋予了极其丰富的意义和歧义。比如，即从字面上理解，欧洲古代的帝国，既无帝，亦无国，如果限于"imperium"的本义，这种权力体系反而与民有更多的关系。

在汉语中，帝的本义乃是指最高的天神，因此，它就生发出权力、权力来源等多层意思。作为地上君主的帝，譬如三皇五帝之帝的意思应是由此衍生而来。不过，帝国一词却是十九世纪之后从西方文献译入汉语的，因此，它是外来的概念。就此而论，帝国一词确实也难以触发起国人的思古幽情。帝国一词被用来指称各种类型的政治共同体或者某种权力或势力范围，主要基于其外来的意思。不仅如此，事实上，国人也用帝国翻译其他语言中类似于帝国一类的概念。比如，但丁的政治学名著《论世界帝国》的拉丁文名称是"De Monarchia"，原意为"一个人统治"。[1]

中国古代的传统国家和特定朝代被称为帝国，始作俑者亦是西方人，他们依其习惯触类引申。比如，孟德斯鸠在《论法的精神》中将中国称为"中华帝国"。从"中华帝国"到"清帝国"，如此等等，通过词同而义异的概念，中国古代的传统国家逐渐被矫拂为西方历史中的那类帝国。历史、政治、法律、社会和现实等意义的巨大分歧及其隐患亦由此而埋下。在汉语世界，虽然受到西方用法的影响，但除专家之外，在日常的应用中，包括媒体

---

[1] 但丁：《论世界帝国》，朱虹译，商务印书馆，1986年，第4页。

乃至学术著作中，帝国通常就是从皇帝之国的字面意义被理解，自然而然，中国以外的西方文献或媒体中所说的帝国也被如此理解。这种意义的深刻分歧缘于这两种政治共同体原本极不相同，然而鲜有人将其清楚地揭示出来。有些学者甚至根本不清楚，一些西方学者之所以用帝国来指称传统中国，原本包含一种别样的意义，并非中国士大夫和现代知识分子心中的家国天下。

帝国在现代汉语中的另一层意思来自同样源于西方的"帝国主义"概念。帝国在这一层意义上，乃是指以强大的国家实力侵略、侵吞、殖民或至少欺凌他国的不道德或不正义的国家。这层意义由前述西方帝国的行为引申出来，指那些奉行帝国行为准则的国家，尽管它们本身就结构和制度而言并非传统帝国那样的政治共同体。

二 帝国与秩序

从西方历史上各种帝国的行为和作用中，我们可以概括出帝国的一般意义和特征，即帝国乃是一种基于某种政治和军事等权力结构的世界秩序的体系。

西方历史上的城邦、城市共和国和现代国家等都是政治秩序体系，但都是政治共同体的内部体系，尽管它们必定要与其他政治共同体形成某种关系，即类似现代国际关系那样的体系。这种体系，一般而言，并没有一个权力的中心，在抽象的意义上，处于这种关系中的政治共同体的地位是平等的，至少彼此在形式上是独立的，尽管实际上不同政治共同体的权力、作用和影响力并不相等。封建社会的采邑及国家的情况比较复杂，因为一个领主相对于其各色封臣，或一个领有诸多封建采邑的封建国家，乃是一种契约式的等级附属体系，但封臣领地具有相当大的独立性，而相对于那些与其没有领属关系的封建领地更是独立的政治共同体。这是一种与帝国体系、国际关系或类国际关系都不同的封建世界体系。帝国的世界秩序的基本特征在于：某一具有特定地区的主流或优势的政治、军事制度的政治共同体，为了自身的利益、观念和欲望，以殖民、统治或其他手段将若干政治共同体纳入其所建立的政治、军事、经济和法律等秩序之下。在这种世界体系中，作为权力中心的政治共同体居于统治地位，主宰这个体系以及其中的政治共同体。通常，帝国也以这个权力中心命名，如罗马帝国。这是西方历史中的帝国的原型，而每个现实的帝国都葆有一些独自的特征。

在《伯罗奔尼撒战争史》中，雅典人清楚地表达了雅典帝国[1]对外和对内的正当性的不同理由。对斯巴达人，雅典代表团

---

[1] 汉译本的"帝国"从英文的"empire"翻译而来，但希腊语原文究竟为何并不清楚。就此我请教了同事程炜教授。他说，在英译本出现帝国一词的所在，希腊语文本没有这样的表达，甚至连其他对应的概念也找不到。希腊语似乎没有一个相应的概念，更不会是这个概念的起源处。他又提醒说："希腊人把波斯王叫作'basileus'，他的统治叫'basileia'，这算是类似王国或者王朝吧，从字面上来说接近德语的'Kaiserreich'了。当代的帝国这个词是来源于拉丁语的'imperium'，这个词对应的希腊语恰恰是"basileia"。但希腊人应该不会把自己的统治或者同盟称之为'basileia'的。"程炜的解释澄清了这个概念的源流。有赖于他的解释和提示，我从

（转下页注）

这样说:"只是一个帝国被献给我们的时候,我们就接受,以后就不肯放弃了。三个很重要的动机使我们不能放弃:安全,荣誉和自己的利益。我们也不是首创这个先例的,因为弱者应当屈服于强者,这是一个普遍的原则。同时,我们也认为我们有统治的资格。"[1]这些理由后来就成为帝国正当性诸种理由中最为体面的对外理由。而在对雅典公民的宣告中,伯利克里则强调传统和利害关切:雅典帝国是由祖先经过流血和艰辛获得而传给他们这一代人的。[2]他说:"对政治漠不关心的人真的认为放弃这个帝国是一种好的和高尚的事,但是你们已经不能放弃这个帝国了。事实上,你们是靠暴力来维持这个帝国的:过去取得这个帝国可能是错误的,但是现在放弃这个帝国一定是危险的。主张放弃帝国,并且劝别人采纳他们的观点的那些人,很快地将使国家趋于灭亡;纵

(接上页注)

维基百科查找相关的资料。维基百科对"basileus"的解释如右:"Basileus是一个希腊术语和称号,它用来指称历史上各种类型的君主。在英语世界,它大约被最为宽泛地理解为意指'国王'或'皇帝'。这个称号亦为古代希腊历史上的主权者或其他有权威的人、拜占庭皇帝和现代希腊的诸国王所使用。"(Basileus [Greek: βασιλεύς] is a Greek term and title that has signified various types of monarchs in history. In the English-speaking world it is perhaps most widely understood to mean "king" or "emperor". The title was used by sovereigns and other persons of authority in ancient Greece, the Byzantine emperors, and the kings of modern Greece.) 参见 https://en.wikipedia.org/wiki/Basileus。很显然,在西方历史上,帝国概念,就如其现象一样,经历了一个演化的过程。雅典帝国是后人的翻译,提洛同盟缘何被称为雅典帝国,尤其它在当时的现象以及雅典人如何理解这个现象,还有待考察。尽管如此,本文还是依照通行的说法,尤其是雅典主宰这个同盟的原则,采用"雅典帝国"这个名称。

1 修昔底德:《伯罗奔尼撒战争史》,谢德风译,商务印书馆,1960年,第55页。
2 同上书,第130页。

或他们自己孤独地生活着,也会使国家趋于灭亡。"[1]

从今天来看,古代希腊地区只是一块小小的地盘,但建立了其数至今不明的许多城邦,出现过几种同盟。雅典帝国的对手是以斯巴达为盟主的伯罗奔尼撒同盟。在这个帝国中,雅典是主宰和支配者,主要靠暴力维持这个体系,从其他附属国获得政治、经济和军事的利益,也获得了荣誉。它是西方帝国的原型。罗马始终是一个城邦,在共和国时期就统治和殖民了广大的海外领地。因此,即便在那时,罗马实际上就是一个帝国,类似于雅典帝国。[2] 罗马从共和走向帝制,并不改变它具有本文所定义的那种帝国的一般特征,只是罗马城邦内部的统治形式发生了重大的变化。比如,它有了一个最高的统治者,即所谓的皇帝,即便这个皇帝起初由选举而立;它从公民的民主走向了独裁。因此,罗马帝国可分共和制的、帝制的,就如大英帝国之英国乃是议会民主制的。

罗马——无论共和国还是帝国——大有异于现代国家。它没有统一的行政管理体系。"中央元老院仍然负责掌管罗马城和整个意大利,它本身没有行政机构,靠一系列官员和地位较低的长官来履行这个职责。"[3] 而在罗马之外的领地,更是"杂乱无章、七零八落的地盘"[4]。罗马的行省也并无一致的治理体系,更谈不上

---

[1] 修昔底德:《伯罗奔尼撒战争史》,第148页。
[2] 约翰·瓦歇尔:《罗马帝国》,袁波等译,青海人民出版社,2009年,第16页。
[3] 同上书,第75页。
[4] 同上书,第73页。

统一的行政体系。"一些地方由元老院委派的总督治理。"有些则是由军事长官治理，有的甚至由作为代理人的军人掌权。在大多数行省，军队始终是统治的支柱。[1]这些行省有的是盟国、有的是殖民地和被占领的地区，包含操各种语言、风俗各异的民族和部落。有些行省甚至被认为是皇帝的私人财产，如埃及。即便意大利，也无非是一些"从属于罗马的、自治的和半自治的城邦和部落的联盟"[2]。在意大利，自由民身份分为六类[3]，而"行省的居民被认为是绝对没有权利的臣民群众，他们被课以高额的租税等等"[4]。"行省居民则不论是在出身方面，在语言方面，还是在风俗习惯方面都是属于和罗马人毫无关联的民族。"[5]

自秦汉起，传统中国就形成了早熟的现代国家的基本结构，这就是从中央到地方的统一的行政和官僚体系，齐民和郡县制度乃是其核心，虽然包含许多民族和部落，但主体民族不仅占人口多数，而且拥有共同的语言、历史和文化。[6]这个体系还容纳土司等制度，但正如所有传统的政治共同体都包含各种例外一样，这些制度虽然与中国传统国家制度的主体并不一致，但并不改变其早熟现代国家的基本特征。如果中国被称为帝国，那么它与罗马帝国一类西方经典帝国迥然有异。朝贡体系虽然可以被视为一种

---

1 约翰·瓦歇尔：《罗马帝国》，第77页。
2 科瓦略夫：《古代罗马史》，王以铸译，上海书店出版社，2007年，第203页。
3 同上书，第198页。
4 同上书，第204页。
5 同上。
6 参见韩水法：《现代民族－国家结构与中国民族－国家的现代形成》，第16—21页。

世界体系，但绝非西方帝国的世界体系，因为它只是一种名义上的宗主关系，并无实质的统治，尽管存在例外。大英帝国是西方经典帝国的现代版本，与罗马不同，帝国权力中心即英国乃是现代国家，它在其殖民地也建立了程度不等的行政管理体系。与传统帝国相同的是，它通过战争不断扩张它的领土、殖民地等，并且同样具有无可遏制的扩张欲望。与此对照，中国传统国家虽然为早熟的现代国家，亦不具有西方现代帝国的主要特征。

不过，传统中国作为一个规模巨大的国家，文化又长期领先于周边的政治共同体，因此，它自然而然地对这个地区的古代的国际关系发挥了主导作用，就此而论，一个大型国家难免拥有若干与西方经典帝国相同的影响和作用，更不用说，不同政治共同体之间截然分明的界限并不存在。总之，如果把帝国理解为西方传统的或现代的帝国的经典类型，那么传统中国根本不是一个帝国。如果帝国可从最为宽泛的意义上来理解，它或许可勉强归入其中。

三 联盟与冲突

人类有文字记载的历史表明，不同政治共同体在一个地区的共存自然会冲突，也必定会形成某种处理政治共同体之间关系的体系，而帝国的世界体系就是其中的一种。这是一个经验的事实，而对帝国的学术研究就要建立在这样的基础上。如果以今天主流的政治观念和道德来判断，那么，历史上所有的帝国都应当受到批判乃至否定。学术的和历史的态度当然大有异于此。不可否认，一些帝国的形成和出现不仅不可避免，且也发挥了积极的历史作用，而另一些帝国则主要是原有较好秩序的破坏者，给人们带来更大的灾难。

在人类能够建立比帝国更为有效的世界体系之前，帝国的观念、梦想和人们的实际利益就会驱动人们不断去建立新的帝国或类似的体系，其基本原则就是雅典人原则，即强者统治弱者，基本动力则是武力，而无论名义如何高尚或野蛮乃至无耻之极。汤因比认为，统一国家不朽乃是历史上的一种顽固信仰，他以此来解释帝国的不断出现或再生。他为此提出的证据："就是在这些统一国家已经以自身的灭亡证明其并不是不朽之后，使它还魂的做法。"他接着说："巴格达的阿拔斯哈里发就是这样还魂为开罗的阿拔斯哈里发，罗马帝国也还魂为西神圣罗马帝国和东正教社会的东罗马帝国；而远东文明里的秦汉王朝也还魂为隋唐帝国。罗马帝国创业者的名字在德文以 Kaiser（皇帝）、在俄文以 Czar（沙皇）复活了，而哈里发的头衔，原是穆罕默德的继任者的意思，却时常出现在开罗，后来又递随到伊斯坦布尔，一直到二十世纪，还是在西方化的革命者手里被废除掉。"[1] 无疑，汤因比是一位具有非凡的宏观历史眼光的历史学家，概括了帝国现象在历史上持续出现和再生的共性。不过，因为倾向于宏观叙述，他的论述忽略了这些帝国之间原有的重大差异，以及不同帝国所建立的

---

1 汤因比：《历史研究（下册）》，曹未凤等译，上海人民出版社，1986年，第7页。

秩序的不同作用。此外,他也没有认识到,传统中国文明的恢复以及国家的重新统一,根本原因在于其传统制度在当时相对而言的有效性和合理性,其坚韧性亦由此而来,而并非汤因比所说的仅仅因为统一国家的信仰或因为高级宗教的退步。[1]再者,西方的和中亚的文明在异地的再造,与中国文明在原地的复兴,两者之间亦有重大的差异。除此之外,国家和帝国在汤因比这里也没有得到仔细的区分。

今天,西方历史上经典的帝国不复存在,而各种形式的世界体系则日益发达,从综合性的到以政治或军事或经济等为主要宗旨的,各有其位,各逞其能,但其中综合的和经济的居多,亦最重要。准确地说,即便以某一领域为主的区域的或世界性的组织亦必定兼具其他性质,而不可能是纯粹单一的。在今天,就其所建立的世界秩序而言,欧盟显然颇具历史上若干欧洲帝国及其梦想的风范。它的长远目的乃是建立一个整合诸多欧洲国家的超级政治共同体。多国家的联盟在现代历史上先后出现过苏联和美国。前者最后在分裂之后演变成为一个以民族国家为核心的联邦,而后者到现在也逐渐成为一个民族-国家。然而,欧盟的最终趋势不可能是一个民族国家,尽管它未来会是什么,现在尚难以断定。但有一点是肯定的,无论怎么发展,这样一种世界秩序以及维持这个秩序的制度和机构乃是欧洲甚至世界所必需的。

联合国不在帝国类世界秩序谱系之上,帝国虽是世界体系,

---

[1] 汤因比:《历史研究(下册)》,第137页

但只限于区域性的世界体系，而非囊括整个世界的体系。这一点对理解帝国及其作用相当重要，而它同样也有助于我们理解今天不同国家和国家集团之间的竞争和冲突。据此而论，哈特和奈格里所宣称的那种帝国观念和体系，既非事实，也不可能实现。他们认为："我们基本的假设是主权已经拥有新的形式，它由一系列国家的和超国家的机体构成。这些机体在统治的单一逻辑下整合。新的全球的主权形式就是我们所称的帝国。"[1]因为"民族-国家正在衰落的主权和它们对经济、文化交流不断减弱的控制力，事实上是帝国主义正在降临的主要征兆之一。民族-国家的主权是帝国主义的奠基石，它由欧洲列强在整个现代当中树立"[2]。这个帝国的核心政治共同体是什么？一个帝国如果没有一个核心政治共同体，或权力中心，那么就如神圣罗马帝国那样，倒很适合成为内部冲突的场所。

与哈特和奈格里的帝国图景相似的还有二十、二十一世纪之交闪现的自由帝国主义。他们的观念显然受到了福山的影响。他们认为，福山的历史终结论意味着"大规模冲突的时代已告终结。主权力量不再面对它的他者，不再面对它的外界。它正在逐步扩大它的疆界，直至最终整个地球都成为它的领土"[3]。

我们看到，目下这种乐观的帝国观念已经被随之而来的一系

---

[1] 迈克尔·哈特、安东尼奥·奈格里：《帝国——全球化的政治秩序》，杨建国等译，江苏人民出版社，2003年，第1页。
[2] 同上书，第2页。
[3] 同上书，第190页。

列的事件冲得七零八落。在这个世界上，没有权力中心或核心政治共同体的帝国难以想象，而诸如欧盟那样的实体与欧洲历史上经典帝国之间有根本的差别，比如在原则上，欧盟是平等国家的民主联合体，以人权为根本宗旨。另一方面，这个世界只有一个权力中心的情况到现在为止也难以想象。整个地球统一于世界政府之下或成为一个帝国的情况或许只有在外星类人生命迫临地球之时才有可能。

2019年4月30日，美国国务院政策规划主任斯金纳强调，中美竞争是不同文明和不同种族之间的竞争，而当年与苏联的竞争仅仅是高加索白人之间的竞争，即无非兄弟阋于墙。她说："当我们考虑那场竞争（'冷战'）中的苏联时，在一种意义上，这是西方家庭内部的一场战斗。……在中国，我们有一个经济竞争者，我们有一个意识形态的竞争者，一个确实寻求一种全球影响力的竞争对手，我们许多人在几十年前没有料到这一点。而且我认为，令人瞩目的是，这将是我们第一次具有一个并非高加索人的强大竞争对手。"[1] 当斯金纳说到这个份上，我不说明她是一位黑人女性，在政治上就是不正确的。或许在她看来，政治、经济和意识形态的冲突可以改变种族的特性。

人们大可以从正面来领会这种观点，它不啻一盆冷水，浇灭了人们讨论问题时单纯的意识形态狂热，而使他们可以冷静地从事实出发进行判断和做出决定。自然，就如中国亦有许多不同的

---

[1] 参见 https://www.newsweek.com/china-threat-state-department-race-caucasian-1413202。

声音一样,西方世界更是众神喧哗。西欧和美国彼此各有不同的利益和观点,同理,整个世界在今天是由若干具有不同观念、利益和文化传统的国家和集团构成的,因此国家间的同盟自然会形成,而它们之间的冲突一样不可避免。当我们在讨论帝国这一题目时,我们自然怀有一种现世的精神:冲突虽然不可避免,但人们需要以最大的智慧、耐心和努力将它限制在非战争的形式之内。

四 追忆与预期

本卷《北大德国研究》的多数论文围绕帝国而沿欧洲和德国及其关系的主线展开,这样的编排体现了执行主编谷裕教授的用心之深。在关于德国的国际关系研究中,人们经常谈论欧洲的德国或德国的欧洲,然而,无论是欧洲的德国,还是德国的欧洲,都隐隐透出了帝国的水印。[1] 帝国可以超出欧洲,也可以仅仅局限于欧洲或欧洲的某个地方。就如帝国本身那样,既有其宏大的叙事,亦有细微的日常行迹,而这些在本卷的论文中皆受到关注和研究。

任剑涛对德意志帝国的历史做了一番雄辩的宏观阐述,并从现代德国那些最具争议的思想家追索出德国帝国主义的观念和理论。由此,他表明,帝国主义乃是诸如施密特和海德格尔这样一

---

[1] 黄燎宇主编:《北大德国研究(第八卷)》,第67页。

类思想家的政治灵魂，而从黑格尔到海德格尔的思想脉络乃是德意志中心的、帝国的和等级制的。这样阐述之新颖当时在会场上就引发了争论。

但是，扬茨的观点仿佛是从侧面支援了任剑涛的观点，他说道："老帝国很容易让人心生对新帝国的幻想。对自家历史的自我解释往往是对过去的新解和美化……对黄金时代的回望还有个重要功能，即它一方面可以满足我们对未来期待的迫切需求，我们都想知道未来发展的走向——回望过去能增强我们对未来的信心；但另一方面，那种希望经过主观美化的过去能够回归于当下的历史阐释，却很容易为人所利用。为了国家事务而有意阻挠当下急需的进步和革新，往往是这种历史阐释的目的。大家可以看到，从历史阐释到反动的历史阐释策略之间的距离，有时候并不遥远。"[1]

然而，对过去的美好想象容易被坚硬的现实打破。比如，黑格在论文中就指出，在神圣罗马帝国，从十五世纪开始，诸如纽伦堡和法兰克福这样的城市开始制定基于罗马法的地方法，而传统上的旧德意志法也在十六世纪通过罗马法重新诠释，而这样一来，反而在社会基本结构的基础方面导致了社会的倒退。"这一过程加强了上层阶层的利益……根据罗马法解释这些旧权利，那么首先对农民不利。按照罗马法，农民对土地的共同所有权仅被理解为佃租，因此可以在不另行通知的情况下终止关系……罗马

---

[1] 黄燎宇主编：《北大德国研究（第八卷）》，第64页。

法的定位对于自由农或其他与土地捆绑的农奴来说则更加严厉，因为罗马法并无有关农奴的明确规定，只能用罗马奴隶法对待他们。因此，在农民战争中农民的要求之一，就是从自身的角度恢复旧法，这不是没有理由的。"[1] 一种旧时代的法律、制度和观念，甚或旧时代的理想，看似合理而或有用于当代社会的必要或价值，但是，如果不经重大修正而照搬于当代社会，就必然会带来大规模的消极后果。

所有的帝国在现代都经历了转型。帝国瓦解，核心国家则转变为现代民族-国家，而其殖民地、附属国、统治地、海外领土或占领区等同样也不可避免地由独立而转向现代民族-国家。不过，传统帝国的现代转型，毫无例外，都是国际形势变局之中的事件，而非孤立的帝国内部事件。格兰迪茨指出，后奥斯曼时代的东南欧社会向现代民族-国家的转型进程，并非单纯西方化的过程，因为西方社会当时也面临巨大挑战，并没有一个理想的现代化范式可供诸如后奥斯曼时代的东南欧社会模仿。[2] 他旨在强调，在现代民族-国家的转型过程中，后奥斯曼时代的东南欧国家不仅体现了自身的特征及前社会的连续性，也有自己的内在动力和发展共性，因此它们的发展并不能被归入落后文明社会的现代化模式。[3] 这个见解无疑有独到之处。不过，与此同时，人们也不能忽略另一个方面，即至少在十九世纪之后，向现代国家的转

---

1 黄燎宇主编：《北大德国研究（第八卷）》，第27—28页。
2 同上书，第31—34页。
3 同上书，第39页。

型无论在欧洲、亚洲或世界其他地区，如果不考虑时间的先后的话，既是一个全球性的过程，亦皆为国际性事件。没有任何一个国家的单单内部因素足以促成它的现代性转型。正是在这个意义上，我们可以说，传统的帝国是一种区域性的世界体系，而它们的瓦解和现代民族-国家的形成，乃是进入一种全球性的世界体系。所谓全球化就是对这样一种现象和趋势的概括。

在分析德意志第二帝国的政治和社会状态时，秦明瑞认为，当时德国各社会群体之间的等级界限不但没有逐渐消失，反而还被加固了[1]，而其原因乃是在于，德国各阶层将民族视为帝国的最终可靠的纽带，而整个社会则缺乏自由主义，也无法形成议会民主制。[2] 如果从政治社会学的角度来看，德意志帝国虽然实现了德意志各民族的统一，但是现代民族-国家——尤其大的民族-国家——必不可少的两个整合——亦可谓统一——并没有实现。第一，消除等级而实现国民的政治平等，即建立公民社会；第二，实现各个民族之间的政治平等和融合。一个建立在等级制和民族区隔上的民族-国家缺乏内在的凝聚性，不仅不合理和不成熟，亦必然不稳定。博希迈尔对德国精英人士关于"何谓德意志"之问的分析，让我们看到，这些人物虽然给德意志做了各种内容和特性丰富的描述和规定，但最终并没有为这些形形色色的特性奠定一个现代的基础，即德意志首先是平等个人的政治共同体，没

---

1 黄燎宇主编：《北大德国研究（第八卷）》，第14页。
2 同上书，第8页。

有这个基础，即便把德意志定义为世界主义，亦难免陷于虚骄和狭隘的民族主义的泥坑。[1]而这个讨论也正好与秦明瑞关于德意志帝国内部的等级和隔离的分析相呼应。徐健和邢益波对伯希纳有关德意志和犹太人之间的关系及其世界主义主张的分析[2]，从另一个侧面考察和分析了同类的问题。

本卷对已逝帝国的研究和追忆，一如前述，原本就包含相当深厚的现实关切，而这同时蕴含对未来世界体系的预期，连玉如在其论文最后对中国当下处境的回述就清楚地提示了这一点。长久以来，人们对当今世界的基本秩序形成了习以为常的看法。哈特和奈格里在构想他们的未来帝国时，将历史上的帝国划分为两种基本模式：其一为罗马帝国，其二为中华帝国、阿拉伯帝国以及其他一些帝国。他们理所当然地将他们的构想"主要集中在罗马帝国上，因为正是这一模式激发了欧-美的传统，并引来当代的世界秩序"[3]。且不说这种观点相当地不学术，因为他们弄不清楚不同帝国之间的区别，而中国与阿拉伯帝国之间的差异，要远甚于罗马帝国与阿拉伯帝国之间的差异；其实他们对罗马帝国的认知也有颇大的知识缺陷，但态度却相当傲慢，以罗马帝国为天下秩序之范。罗马帝国在一千多年的历史中历经变化，而为西方现代不同类型的帝国提供了不同的范本。比如，苏联式帝国亦源自罗马。这个单纯的政治军事帝国虽然一度庞然傲世，却缺乏合理

---

[1] 黄燎宇主编：《北大德国研究（第八卷）》，第105页及以下诸页。
[2] 同上书，第119页及以下诸页。
[3] 迈克尔·哈特、安东尼奥·奈格里：《帝国——全球化的政治秩序》，第7页。

的市场经济的支撑，它的帝国行为和耗费并未给它带来有效的经济利益，最终就在日常生活物资极度匮乏中瓦解。美国并无帝国之名，却有现代帝国之实，它对其势力范围的政治、军事和观念的作用和影响，始终以强大和高效的自由经济为基础和原则，至少就此而论，这乃是切合现代社会、政治和生活方式的帝国模式，从而使持续的霸权地位与人民长期的高水平的物质生活协调一致，并行发展。自由帝国主义的构想就是由此而衍生出来的。

然而，帝国模式，即便在最弱意义上的帝国的传统中国，都与现代社会格格不入，本文起首提及的人们的不安、焦虑和迷惘正是来自未来世界体系的极不确定这样一种预期，而民众总是希望普遍的和平和共同的富裕，但这需要一种新的、合理且正义的世界体系。

2019年7月23日改于北京褐石园听风阁
（原载黄燎宇主编：《北大德国研究（第八卷）》，
北京大学出版社，2019年）

序　跋

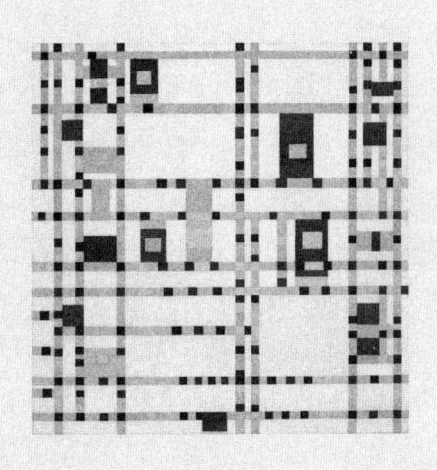

皮特·蒙德里安,《百老汇的爵士乐》,1942—1943年

序 王利书

伟大的思想都有一个鲜明的特征，这就是它们为后来的解释提供了多样的可能性，为原创性的思想提供了激发灵感的观点。霍布斯的思想就是这样一种思想。伟大的思想还有另外一个鲜明的特征，这就是它们提出了某种划时代的判断和理论，从而宣告某种新的体系的诞生，确认某个新的时代的到来。霍布斯的思想也是这样一种思想。

在哲学领域，研究这样的思想体系乃是学术活动的主要内容，而在相关的人文学科和社会科学领域，也属于重要而基本的工作。对于学术领域的新进来说，这样的研究除了基本训练的意义之外，也是养成学术综合素质的必要实践。

对这类思想体系的研究，通常有两种类型。其一就是所谓专业性的研究，它以文本为基础，着重于文本分析、思想阐述和解释，其中最为经典的一个例子就是康德研究之中关于《纯粹理性批判》第二版先验演绎结构的分析解释。而在霍布斯这里，吸引专业研究关注的问题虽然并不像康德的例子那么经典，却也有其颇为丰富的内容，从对利维坦概念本身的诠释，到义务、公民与共同体问题，而至于整部《利维坦》的结构，和霍布斯思想的历史渊源与英国普通法的发展等。另一种类型就是所谓营造的研究，此种研究的宗旨在于提出自己的观点和思想，研究对象的文本和思想被视为构建自己体系的基础和平台，而分析和解释乃是通向自己思想的途径。在霍布斯研究里面，麦克弗森的工作在一定程度上可以归入此类，他通过重新诠释霍布斯的理论来为自己的占有式的个人主义做论证。

在中国学术传统中，这两种方法分别被称为"我注六经"和"六经注我"。不过，两者之间的界限并不是截然分明的，一种深入的专业研究总是要以某种思想和观点为纲，而营造的研究也必须以扎实的文本知识以及相关的背景知识为基础。不仅如此，即便专业的研究也始终要以新的见解为基本的目标，而不论这种新的观点是就一个或若干术语、一个或若干命题、一种或若干观点的新的考证和解释，还是对整个体系或结构的新的解释和梳理，否则学术研究就会失去意义。因此，虽然大多数的研究属于前一种类型，但是仔细考察一下，它们实在也可以说是居于两者之间的。营造的研究因为旨在创新，所以通常是一种更为艰苦、风险更大的工作，虽殚精竭虑也并不一定达成，所以成就者也只在少数。

王利的霍布斯研究如其所言，冀求某种对"建成强大、正义和持久的国家"的"普遍有效的教诲"[1]，因此就其目的来说，已经超出专业研究的领域，而试图营造某种自己的东西。高远的志向必须立足于坚实的基础，而在这里就是对《利维坦》的全面而深入的把握，对霍布斯思想体系的全面而深入的理解，对相关研究材料的必要的了解，以及对霍布斯思想的社会和历史背景的领会。就后者而论，王利在硕士研究生期间就拟订了一个计划，要逐个地研究西方近现代政治思想史上重要人物的理论，从而达到把握其发展大势和具体内容的目的。对一名中国学者来说，这确实也是一个宏大的目标，因为迄今为止尚无人在深入研究各位思想家原始著作的基础之上完成过如此宏大的工作。对一位决定以学术为业的青年学者来说，这样的志向是值得嘉许的，当然也不免要补充一句：要坚持到底也是相当不容易的。在研究了斯宾诺莎之后，王利把霍布斯作为自己的博士论文题目，专心致志，深入其中。此刻要来考察上述志向的意义，衡量的根据主要就在于其研究本身所花费的功夫。

王利博士研究工作中最令人印象深刻的部分就是其对文本的深入研究。他第一次提交提纲时，还附有对《利维坦》全书所做的逐章的分析报告，这体现了他在钻研文本上面所下的苦功——自然这一功夫也是颇有成效的；除此而外，他对霍布斯的其他著作也下了不小的功夫。如此这般的文本研究不仅令他熟悉霍布斯著作的细节，更要紧的是使他能够进入对霍布斯思想的全面而中

---

[1] 参见王利：《国家与正义》，上海人民出版社，2008年，第3页。

肯理解的境域，从而做论证时可以自如地引证原文，这样自然也就为提出一些在专业研究层面独到而有根据的见解奠定了基础。

还值得一提的是，王利对霍布斯研究文献——从同时代人的评论到不同流派、不同类型的研究著作——所做的搜集、整理和研究的工作，可以说是国内鲜有的全面和仔细。全面了解前人的研究成果，包括以汉语和其他语言撰写的研究文献——实际上，主要是英语、德语或法语的文献——是达到真正有价值的学术研究成果而非灰色学术成果的必不可少的前提。在这个前提之下，视野自然就会开阔，而所提出的独到的见解自然也就是真正具有独特性的东西，而不是一隅之见——人们所常见的那种将自说自话自认为新见的东西，是无法放到台面上来经受实际的批评的。

王利在本书中提出两个简明而基本的判断，即在政治上，利维坦是绝对的；在道德上，利维坦是正义的。就前者而论，作者努力以此来为霍布斯通过利维坦所设计的国家提出一种支持性的论证；而就后者而论，作者尝试将自然权利视为利维坦的道德原色。与此直接相关，作者为本书提出的任务也就是分析和阐述利维坦的结构即国家的政治构成及其道德基础，同时又以政治理想主义与政治现实主义之间的张力和冲突来为上述两个判断可能面临的问题以及霍布斯思想固有的矛盾解围。

王利以此来谋篇布局，以重新构造《利维坦》论证结构的方式和路数对霍布斯的思想进行重新解释。这一重构和解释对《利维坦》本身来说，可以说是有意义和富有启发性的，这也是体现本著原创性的要点。除了一般的自然权利、自然状态、自由等概念，本书还突出了《利维坦》的其他一些概念的重要性以及它们彼此之间的冲突，比如理性、激情、恐惧、人造的（或人为的）。上述的努力，使霍布斯的思想具有了一种运动的节奏，而整部作品的进展也显得自然而流畅。

霍布斯乃是近代政治学、政治哲学和一般社会理论的奠基者。其学说对现代政治哲学和政治学一直发挥着重要而现实的影响。在这个意义上，霍布斯思想属于现代政治哲学研究的必读文献和基础知识，同时也是政治哲学和政治学研究的重要课题。进而言之，不熟悉霍布斯，自然就无法有效地从事现代政治哲学的研究，也无法有效地从事关于现代政治思想与政治哲学史的研究。

但是，霍布斯思想的这种重要性究竟落实在哪些观点和理论上面，在学界是大有歧见的，唯有一个判断是人们大体能够取得共识的，即霍布斯从哲学上以及一般社会理论层面上宣布并且系统地论证了如下一个命题：政治共同体及其社会制度是由人出于自己的意志而建立起来的。毫无疑问，这样的观点既非霍布斯的首创，亦未在他那里达到顶点。那么霍布斯的重要性在哪里？人们为自己建立社会制度的可能性、条件和关键之点又是什么？如此建立起来的社会制度应当具有何种性质？在这些问题上，霍布斯与其同时代人、其后来者显然有着不同的见解；而研究者不仅对这些区别有不同的见解，就是对霍布斯本人的观点也有不同的理解。这一切以及其他不能毕举的因素，正是霍布斯思想具有吸引力的渊薮之一。

政治哲学之所以属于哲学，原因之一正是它可以通过分析、推理的手段从一些基本的观点来构成原理和理论体系，并且以此来分析和批判现实的制度。但是，这些基本观点乃至观点的构成元素的起源却并非单单通过政治哲学而能够获得答案的。并且对像霍布斯这样的大思想家的研究，始终也不可能限于单一学科的领域，因而也不可能是单单政治哲学的研究。政治哲学之所以是政治的，因为它乃是一门实践的学科，所以必然要证之于人的现实活动，即历史的或社会的实际行为。于是，从一个更为广大的历史视野来考察，可以一般地说，霍布斯的政治思想乃是英国政治制度、法律制度、经济制度长期变迁的结果，同时也直接受到当时社会各种势力之间斗争的影响。但是，从这样一种变迁的历史与现象之中观察到并且总结出一种新的社会构成方式，这就需要独特而深刻的眼光，而把它系统地表达出来，更需要强大的思想力量。在这个意义上，霍布斯的理论有其多重的独特性。在研究霍布斯思想时，从单纯的原理分析和结构研究起身，出于其外来环视一下它的历史和社会境域，对理解那些基本元素和原理，有其十分重要的意义，而在研究的目的又包含"普遍有效的教诲"这种现实的指向时，那样的参考就更是必不可少的了。

思想的力量最为突出地体现在两个方面，这就是批判和构造。分析在本来的意义上与批判是同义的，不仅在几种主要的西方语言中是如此，在汉语里也是同样如此。无论析与判，在通常的情况下是要用刀的，于是，思想的力量就要像干将莫邪一样锋利，然而又要直指要害，切中肯綮。人们在研究一位思想家时，会喜爱其思想而至于为其辩护，这是学术研究中常见的现象。这个现象也可以反过来说，正是因为被研究者的思想有令人感兴趣、为人所赞成、佩服和同情的内容，才会令人兴起研究的念头、产生探索的动力，甚至觉得有回护的必要。大概出于这样的原因，王利对霍布斯的思想吝于动刀，这固然无伤于霍布斯的体系，却也使作者的思想力量无法充分地实现出来。当然，我也有充分的理由说，思想的锋芒是要在学术争论中磨砺，然后才能脱颖而出。

王利的著作是汉语霍布斯研究的一个优秀的成果，它也是王利学术生涯中坚实的第一步。毫无疑问，与此同时，我期望王利在自己的学术道路上迈出更为出彩的第二步、第三步。

2007年10月29日写定于北京魏公村听风阁

（原载王利：《国家与正义》，上海人民出版社，2008年）

信仰在康德批判哲学中的意义
——序《批判哲学的定向标：康德哲学中的道德信仰》

在康德哲学里，无论是前批判时期，还是批判时期，信仰都是一个无法回避的基本问题。批判哲学以其理论的彻底性颠覆了出于基督教传统的理性与信仰的关系，使得信仰从属于理性，而在其实践的运用中，使信仰从属于道德。康德有关信仰的基本学说就是：德性规定了信仰的核心，而不是相反。这样的信仰，康德名之为理性信仰。道德信仰也就是理性信仰，只是康德并不常用。据我所知，康德最早使用这个词是在《一位通灵者的梦》的最后一节，那里讨论了道德、宗教、人对未来世界的期待和希望之间的关系。他在这里表达出来的思想已经透露出批判时期理性信仰学说的一些要点：人在此世的道德行为或崇高心灵乃是未来世界的基础，而不应当将人的道德行为的实现放到遥远的未来世界里面。在此处以及后面的文字里，人们明显可以看出，前批判时期的康德道德哲学反射了新教的精神：人们在"未来世界的命运在很大程度上取决于我们在当前的世界里如何掌管我们的职责"[1]。

在《纯粹理性批判》第二版序言里，康德就理性信仰的意义说过一段著名的话，即为了理性的实践运用，就要设定上帝、自由和不朽，而为此他就要扬弃知识，为信仰留出地盘。他强调，他此处所谓的信仰是理性批判之后的产物，而那非批判的独断论的信仰其实是与道德性相冲突的。[2]过去有相当长一段时间，这一段话在汉语学术界曾经使康德蒙受许多粗野的批评。所谓粗野的批评，就是在没有把握康德整个体系的基本原则，不了解当时的社会思想状态，或者无视这种原则和状态的情况下，单单依据字面的意义，指责康德对信仰的让步。批评者秉持朴素的反映论，以为科学知识是无远弗届的，而信仰在康德哲学体系不应当有其位置。所以，批评者中确实会有人讶异，康德竟然会为了信仰而限制知识。其实，如果从十八世纪依然是宗教专制，或者在某些地方稍微宽松一些，基督教乃是普遍信仰这样一种境域来考虑，人们所要惊讶的乃是康德何以有如此彻底的理论勇气，将科学知识和出于理性的道德法则置于基督教信仰之上，而后者相对于前者来说，被视为只具有主观的充分性。

在康德的主要著作中，信仰，尤其宗教信仰，都是一个重要的议题。在批判时期，康德宗教思想的要点就在于确立理性的首

---

[1]《康德著作全集（第二卷）》，李秋零主编，中国人民大学出版社，2004年，第376页。
[2] Immanuel Kant, *Kritik der reinen Vernunft*, Hamburg: Felix Meiner Verlag, 1993, B-XXX.

要地位，诠证在宗教信仰与道德的关系里，前者正是依据后者才取得了正当性：不是宗教信仰为道德奠定基础，相反是实践理性为宗教信仰奠定了基础。正是在这个意义上，康德通常以理性信仰来指称这种以道德为宗旨的宗教信仰。

什么是理性信仰？在《实践理性批判》里面，康德给出了相当全面、详细和清楚的论述。康德指出，在自然的进程里，亦即就人的自然生命而言，人们的道德行为并不总是与幸福相偕的。人们敬重道德法则而身体力行，却可能是不快乐的，因为理性的法则原本就是对情感的抑制。[1] 在这种情况下，道德行为并没有达到至善。德行虽然是无上的善，但要成就至善，也就是完满的善，那么还必须加上幸福。康德认为，理性的存在者是配当幸福的，这也正是其"人是目的"原则所要求的。"德行和幸福一起构成了一个人对至善的拥有，但与此同时，与德性（作为个人的价值和得到幸福的配当）极其精确地相匹配的幸福也构成了可能世界的至善。"[2] 但是，在自然之中，由于人的生命的有限性，"与德性价值精确切合的幸福是无法期待的，是被看作不可能的"[3]。于是，为了至善的可能性，不仅设定践行道德的个体生命的不朽，而且设定一个道德的创造者来保证"自然王国与道德王国之间精确的协调"[4]，就具有了必然性。因为很显然，至善乃是道德的客

---

1 康德：《实践理性批判》，韩水法译，商务印书馆，1999年，第80—81页。
2 同上书，第122页。
3 同上书，第158页。
4 同上书，第159页。

体。所以,"纯粹实践理性的自由关切决定认定一个智慧的世界创造者:这样,在这里决定我们判断的原则,虽然主观上作为需求,但同时也作为促进客观上(实践上)必然的东西的手段,是具有道德意图的认可之准则的根据,亦即纯粹实践的理性信仰"[1]。

理性信仰,或曰道德信仰,所要处理的就是这么一个问题。

从基督教神学或信仰为人类所有精神产物的中心和基点,到以理性为中心和基点,这是一个巨大的转变。这个转变涉及所有观念类型的东西的定位。科学知识和道德法则固然是整个康德哲学体系的两个中心关切,但除此以外的其他理性形式,也都是康德思考和研究的题目。我们看到,康德在《纯粹理性批判》和《逻辑学讲义》里面都专门辨析了科学知识与其他知识样式之间的差异,后者主要是意见和信仰,而信仰在那里要高于意见。我们也可以说,从理论哲学、实践哲学到判断力的理论,从总体上来看,康德所做的工作就是确定人类理性的不同功能及其形式的性质和范围,让知识、道德、审美和信仰等各安其位。

康德工作的革命性意义及其成果的丰硕自是不必多说的,但他的思想其实也常常为人所误解。比如关于信仰,它虽然在某种意义上可以与知识分庭抗礼,但却始终是出于道德的需要,是以实践理性为根据,而不是相反。倘若有人将它与理性对立起来,以为它与理性也分庭抗礼,那么这就不再是康德的思想了。其实,康德的这个转换也符合新教发展的内在逻辑。当人们直接地

---

[1] 康德:《实践理性批判》,第159页。

而不是通过任何其他中介面对其所信奉的神或上帝时,唯一能够以理性的方式获得的启发,或者以理性的方式表述出来的信仰或信念,只能是某种行为的规范,亦即道德原则。

在康德的文本中,理性信仰(Vernunftsglaube),与纯粹宗教信仰(reine Religionsglaube)和道德信仰,所指都是一样的。不过,采用不同的词和概念,其意义也就有所差别。理性信仰之所以为康德所常用,乃是因为它清楚地表明了信仰服从于理性这一根本之点,虽然其所信仰的,乃是理性无法予以确实证明的东西。在《逻辑学讲义》里,康德有一大段话辨明信仰的知识性质,此处当不嫌其长地引证一下:

> 信仰或由虽然客观上不充分,但主观上充分的根据而来的认以为真[1],与这样的对象有关:关于这种对象人们不但一无所知,而且也提不出意见,更说不出什么概然性,而只能确定,像人们想象的那样去思维这类对象是不矛盾的。除此而外,信仰是一种自由的认以为真,它只是就实践上先天综合给予的目的而言是必要的,——我认一物为真,是出于道德上的理由,其所以如此,是因为反面永远不能证明。[2]

道德行为本身无须信仰,否则就会与自由和自主矛盾,既然

---

[1] "Fürwahrhalten"在汉语里有不同的译法,我在《实践理性批判》译文里把它译为"认可"。
[2] 康德:《逻辑学讲义》,许景行译,商务印书馆,1991年,第59页。

如此，理性信仰又还有什么意义？这是康德宗教学说中的中心，也是常常困扰康德研究者，尤其是汉语研究者的一个难题。对这个问题的恰如其分的回答，既不夸大，也不缩小，并不是一件容易的事情。在这里我们可以再来重温一下康德为自己，也是为启蒙时代及其以后的人们提出的四个问题：

（1）我能够知道什么？（2）我应当做什么？（3）我可以希望什么？（4）人是什么？[1]

理性信仰就是对第三个问题的回答：人是可以希望至善的，这就是德行与幸福的整体，是最大的幸福，即洪福。就此而言，个人的不朽与上帝的存在是并存的条件："品行端正的人就很可以说，我愿欲：有一位上帝，我在这个世界的此在，在自然连接之外仍然是一个纯粹知性世界里的此在，最后，我的持存是无穷的，我坚信这些并且决不放弃这个信仰。"[2] 在康德那个时代，这对于安顿任何一个持有基督教信仰的普通人的心灵，正是必不可少的。海涅曾就此调侃康德，说他在袭击天国而使上帝倒入血泊中之后，看到他的仆人因不再有今生受苦而来世善报便悲伤和惶恐不安，于是怜悯起来。他为康德虚构了一段话说："老兰培一定要有一个上帝，否则这个可怜的人就不能幸福，——但人生在世界上应当享有幸福——实践的理性这样说——我倒没有关系——

---

[1] 原文为"1) Was kann ich wissen? 2) Was soll ich thun? 3) Was darf ich hoffen? 4) Was ist der Mensch?"参见《逻辑学讲义》。
[2] 康德:《实践理性批判》，第157页。

那么实践的理性也不妨保证上帝的存在。"[1] 保证一说自然是不正确的，但道德的意向需要这样的设定，却是充分的主观理由。康德是这样解释的："理性的创造物能够配当分享至善，后者是与他个人的道德价值而不单单与他的行为相切合的。这样，自然研究和人的研究在别处谆谆教导我们的东西，在这里也是相当正确的：我们借以实存的那个玄妙莫测的智慧应得的尊敬，在他拒绝给予我们的东西方面并不比在它允许我们得到的东西方面小。"[2]

人倘若是一个纯粹的理性存在者，那么对超感性王国的微茫的希望于其就是不需要的，但是，人是兼具理性的自然存在者，因此，希望对于他们是不可或缺的。在这一点上，人是什么？人原本就是一个复合的存在者。

道德与信仰的分离，准确地说，信仰从属于道德而不是相反，这也是现代社会人类基本行为规范的根据。不过，人们在这一方面的意见分歧和争论并没有停息。有一种观点认为，因为现代社会是宗教日益衰微的世俗世界，道德失去了宗教的或超感性力量的支持，所以道德也就日益衰微。但是，没有充分的证据表明，在现代的宪政社会，比起在基督教专制时代，或任何其他宗教的或意识形态的专制时代，人们的道德水平更趋低下或者人们犯下了更大的罪行，而社会更不稳定。当然，为了争论的切合而非风马牛不相及起见，对道德和罪行需要予以明确的规定，比如

---

[1] 亨利希·海涅：《论德国》，薛华等译，商务印书馆，1980年，第305页。
[2] 康德：《实践理性批判》，第161页。

反人类的罪行，大规模的屠杀，社会不安全，人身的、食品的或其他方面的不安全，多数人失去自由，如此等等。至于个人生活方式等等的差异和变迁，在宗教和思想专制的时代或许属于道德问题，而在现代社会却属于个人的选择。

事实上，就如我在别处所论证的那样，在现代宪政社会里，凡是能够普遍化的规范都属于正义的原则，尽管它们中的一些原先是以道德的形式出现的，而其余无法普遍化的便成为个人的倾向和选择。我们从罗尔斯和诺齐克等人的思想里面可以看到，康德实践哲学为此不仅提供了主要的原则，而且也提供了必要的方法。

张会永的这本著作以康德道德信仰为题目，主旨在于探讨出于道德的信仰对康德哲学体系的意义。博士论文的选题，出奇制胜不失为一个好的策略，这有助于研究者从常人所忽略的或未觉察的问题入手，见微知著而发现人所未见的意义和要点。这也包括从一个特殊的角度来考察已经为人反复考察过的题目，从而揭示出此前隐而不显的层面。不过，这样的结果最后都要建立在有效的文本研究和理论分析的基础之上。就康德研究而论，这样的做法有更大的难度。因为康德是一位思想相当一致的哲学家，尽管批判时期的一些观点在不同的著作里在具体的论述方面有所变化，但其绝大多数观点——更不用提主要原则，基本上是前后一致的。

本书虽然以康德生前出版著作中只出现过几次的道德信仰这一概念为论题，但其目标是宏大的，尝试将它论证为康德体系的定向标。为了完成这个任务,除了康德生前出版的著作,张会永还参考了康德的其他文献,即讲稿。这对理解康德思想的细节和发展,是确实有帮助的。不过,引证这些文献,也需要格外地小心,因为它们并非康德本人的文字,是经他人之耳之心之手而形成的,引证时不仅需要考虑每个讲演的整体思想,而且也需要参照康德手订的著作,后者才具有真正的权威性。作者也参考了时下一些重要的研究著作,从而展现了较为宽广的思路。总之,本书完成了这样一个有意义的任务:康德主要著作中有关理性信仰的学说被重构为一个道德信仰的学说。任何的研究,都会强调所研究的题目和问题的重要性。不过,如何准确地定位其重要性,就关涉学术的原则和判断力。

博士论文通常既有锋芒初出的锐利,又有新长成的青涩。论文在理解和分析道德信仰的基本意义时,因为不离理性信仰的左右,所以切合康德的思想。但是,在一些段落中,在对问题和文本进行深入分析或在展开发挥时,如何掌握分寸这一点是有可以再加斟酌的余地的。关于康德概念的概括、理解和翻译,是康德研究的基本功,需要大花力气。稍有不慎,就会导致误解,比如书中关于理性概念的界定[1]就嫌粗疏,因为理性在康德那里至少有三种意义。还有,将"Wollen"译为"期望",也是值得商榷的,不仅因为要照顾到这个词的本义,而且也要考虑康德思想的体系。我们只要回想一下康德的四个问题,就可以体会康德在遣

---

[1] 参见张会永:《批判哲学的定向标:康德哲学中的道德信仰》,第41页。

词用字上面的深思熟虑。

张会永博士论文修改完毕之后即将出版而嘱序于我,我就写了以上的文字。

2011年4月20日于北京魏公村听风阁

(原载张会永:《批判哲学的定向标:康德哲学中的道德信仰》,光明日报出版社,2011年)

正当性证明的意义
——序《确证正义：罗尔斯政治哲学方法与基础研究》

每个人都可以谈论权利、民主、自由、和平等一类问题，一些受过高等教育的人还能够长篇大论地谈论这些题目，但是，倘若要清楚、一致和有根据地分析和讨论上述问题，那么就需要一定的基础的知识和基本训练。因为政治哲学是一门严肃的学科，有其基本的问题、基础的知识、核心的观念和方法论等等。而当人们想要就此发表某种新的观点和想法时，严格的专业训练和厚实的基础知识就是必不可少的。诚然，对于任何一门学科来说，情况都是一样的，为什么在提及政治哲学时我要突出这一点？众所周知，政治哲学在今天是一门显学，自二十世纪九十年代以来，随着政治哲学进入中国，学人与相关的著述一时蜂起，使之成为热潮。相对于经济学科的日益技术化，哲学其他学科的抽象和思辨，社会科学的实证要求，政治哲学对一些人而言成了一个方便遐思和发表宏论的场所，在这里人们尽可以自由发挥自己的想法而无须顾及基础知识和专业要求。就如其他不少领域一样，在滚滚热潮中，基本观念、基础理论和专业研究的进展，是由少数人所取得的，而许多人热衷于制造出各种各样的灰色文字，当然也不乏自称少费功夫就将罗尔斯等人的政治哲学的主要理论体系一举推翻的牛人。灰色的学术是受到体制的支持的，真正的基础性研究就逐渐地成为某种边缘性的和少数人的工作。

摆在读者面前的丛占修的著作正是当今汉语政治哲学研究中为数不多的一项严肃认真的工作的成果。

在今天，研究政治哲学有两个合适的切入点——这主要是从基础理论上来说的，第一，罗尔斯理论，即他的《正义论》和《政治自由主义》；第二，康德实践哲学。康德的实践哲学自然包括其所有主要的内容，而核心乃是道德哲学和法哲学。虽然一般而言，从康德实践哲学的基本原理和方法出发，可以直接进入现代政治哲学基本问题的讨论，就如罗尔斯在其《正义论》的序言中所指出的那样，不过，从康德的道德法则到现代正义原则之间，尚须经过必要的变换——这也正是正当性证明所关涉的问题。罗尔斯与康德思想之间又具有直接的继承关系，就如我在其他文字中所指出的那样，他的基本原则和主要方法是取自康德而发展的。于是，研究罗尔斯必然要追溯到康德，而如果从康德入手研究政治哲学也一定要顺流而至罗尔斯。

丛占修考入北大攻读博士学位伊始就立志研究政治哲学，很快就选定了罗尔斯的理论作为自己的研究题目，无论就学习还是就研究而言，这样的目标都是一个合理的选择。为此，他也花费了相当多的功夫研究康德实践哲学。不过，从以罗尔斯理论为研究目标，到选定以罗尔斯正义观念的正当性证明为题目，中间是需要以认真的研究做准备的。

政治哲学在过去和现在，始终就是一门综合性的学科，除了哲学，它还依赖于社会科学的基础和方法。它之所以是哲学，是因为它关涉价值正当性的确证，需要概念的分析和界定，需要推理，但这些都需要从头做起，而不是可以像经济学那样简单地假定理性人的存在就可以的。这是政治哲学所主张的观念和原则需要正当性证明的缘由，也是其困难和根本性之所在。

此外，罗尔斯正当性证明还有另一个基本的难题——这或许是当代政治哲学所共同面临的问题：在经验主义的原则之下，如何在经验的范围内，证明一种原则的普遍有效性。这个问题的难度，其实与康德依据先天的条件证明一种理性实践法则的存在和有效性，是同样大的。罗尔斯在正义理论的基本原则和方法上祖述康德，但在这一点，也就是在据守经验主义的原则上面，他无论如何不可能重复康德的观点。虽然经验主义者无法在这一点上提供最终的确定性，但它却能够对任何非经验的前提、理论和证明，提出有杀伤力的批评。

然而，适用于每个人的普遍性，无论如何都是要突破经验的界限的，因为在正义原则及其理论中，即便多元正义原则及其理论，普遍性都是一项必要的性质和规定。在经验的基础上确立普遍性这样一个任务的困难性，罗尔斯当然是清楚的，但它却又不是简单的解释能够说清楚的。社会契约论，从其诞生之日起，就存在这样一种困难，而在经验主义的原则之下，这个困难其实是无法解决的。但是，在现实的社会政治生活中，人们是通过自己的活动来消除这种障碍的。一般的、共同的或基本的契约一直在订立，尽管它们也一直受到质疑和破坏，前者主要出于理智——无论出于何种关切和兴趣，后者多数出于人们自己的利益，当然也不乏出于理智的考虑。而无论如何质疑和反抗，都没有阻挡如下一个趋势：越来越多的普遍性规范将现代社会越来越绵密地组织起来。

自二十世纪以来，经验主义在理论上的成功，使得任何理论的证明都被视为诠证，即它既是解释，同时也要展示有效性的证据。最容易受到质疑和攻击的，主要还并不是理论的范式或所设计的程序，而是所有观念、原则及其证明的前提，这就是正义理论或政治哲学的主体：个人及其性质。

但是，证明依然是必要的。在罗尔斯那里，证明的目的并不在于所要证明的内容的先天真理性，而在于现实的有效性和实用性。其实，罗尔斯的主要方法，亦即此著所研究的对象，都既是经验主义的，又是试图超越经验的限制的，原初状态是如此，构成主义是如此，反思平衡——它更体现了经验的以及超越经验的这种双重的特征——也是如此。政治哲学的证明，从另一个角度来看，固然是说服他人的一个方式，亦是说服自己的一个过程。反思平衡也就是一个持续进行的自我说服的过程：关于任何一个思想设计、任何一个原则、任何一套权利体系以及任何一个证明，在理论的形成过程中，都需要持续不断的思考、推理和调整。

人是理性存在者这一点，在政治哲学里面，自然也是首先要予以设定的，但与其他人文学科和社会科学不同，它也要在理论结构之中得到证明，而这也并不是不可能的。然而，这里也是困难和问题的渊薮。最易犯的错误、最常见的困难就是所谓的循环论证。所有社会基本结构和原则的有效性最终都依赖这个基点，而它很可能在默运之中被阐述成了社会基本结构和原则的结果。人的变化和时间秩序在这里是一个破解循环的重要的契机。罗尔斯在《政治自由主义》之中明确区分了人的理性的双重属性，这就是理性和合理性。它对正义原则之所以能够构成提供了更为周密的证明和解释。在《正义论》中它们是暗含的前提，而在《政治自由主义》中实际上被设定为明证。因此，人们也就不难理解，有关罗尔斯理论，包括其正当性证明的质疑，最终都会关涉这一点。

由此，有一点也需要在这里揭明，即政治哲学所要证明的正义原则和社会的规范，它们的付诸实现最后都需要外在强制性的约束，而它们普遍性的完全实现，也是依靠外在强制性来落实的。但是，正义规范的这个品格不但没有减弱证明对它的重要性，而是使得理论证明变得格外地重要：现代社会基本原则和规范一个不可或缺的要求，就是要获得人们的普遍认同——尽可能普遍的同意。虽然在经验主义的基础上，所有的理论证明都不是最终的，都要不断地调整，而事关社会政治结构和规范的证明，更是如此。不过，现代社会的结构，相对于人类历史上的任何其他社会结构和规范而言，更具有普遍意义上的稳定性——稳定原是罗尔斯正义论所要追求的正义目标的一个重要方面。因此，尽管存在这种变动性，人们依旧需要持久的原则、规范和稳定的结构。

丛占修切实地认识到了理论证明在政治哲学中的重要性，他认为，罗尔斯的正当性证明乃是这一类证明的典范，主要是方法论上的典范。虽然人们认为罗尔斯开创了政治哲学研究方法的新路径，但后者却也形成了聚讼之点。有鉴于罗尔斯这一理论的复杂性使得人们未能对他的理论视角、层次和结构形成一个全面的把握，丛占修为自己设定的具体任务就是对这些问题做一个系统全面的研究和梳理，努力着重从方法和结构的角度来研究罗尔斯正当性证明理论的性质和层次，各个观念本身的结构和内容，以及它们之间的可能关系。他认为罗尔斯正当性证明的方法可以归结为三种，即契约主义（原初状态）、反思平衡和构成主义。

罗尔斯的正义理论的实践目的，就是提供一个正义且稳定的民主社会如何可能的理想方案。丛占修认为，罗尔斯正当性证明的几种方法以及它们之间的关系都是围绕这一问题展开的。原初状态、反思平衡和构成主义这三个观念的统一性可以从两个角度来理解。其一，从罗尔斯对正当性证明的两个阶段及其对应的诸自为者和公民的视角出发，原初状态之中的诸造的构造属于第一个阶段，康德式的构成主义与重合共识属于第二阶段，反思平衡则是把这两个阶段协调一致。其二，从理性的层次出发，构成主义强调的是公民的实践理性，原初状态是公民实践理性的表现，而作为反思平衡的理性活动是人们寻求正确表现公民实践理性的过程。这三个层次是从不同视角透视同一个建筑结构得出的不同画面。

原初状态、反思平衡和构成主义，并不能够看成是相互递进的，而是同一个方法的不同层面。如果它们被看成是相互递进的，就会出现理解上的困难。丛占修清楚地认识到了这一点，这对准确理解罗尔斯的正当性证明是相当重要的一个观点。这有如现代西方社会的发展中，资本主义的发展、民族国家的建立、民主制度的逐渐形成，以及权利的逐渐普及化，是同一个进程的不同层面，而不是相互递进的一样。社会契约论正是对这样一个多维度的进程的概括。当然，在这样的进程中，不同的维度和层面发展的时段并非是齐头并进的，而是参差不齐的。现实的历史是如此，理论的进程其实也是如此。该著关于这一点的阐述是尚不足够的。

政治哲学的方法，除了技术性的内容，即有关理想设计或证明的逻辑、语言和其他相关限制外，都依赖于现实的条件。因此，从根本上来说，所谓正义观念的正当性证明，就是在分析、探索以及最后要以令人信服的方式表明：现代政治共同体的成员可以在哪一些观念上达到尽可能的一致意见，或最高度的一致性。这是我们理解政治哲学证明的一个要点，没有这样的一个综观，人们在陷入技术性的关联和结构时，即技术设计、手段和方式的复杂和繁难，就容易迷失于其中而不得要领，由此不敢提出自己的批评性分析。

现实的政治结构和规范处于不断的调整之中。不过，越是基础的观念和规范调整所需的时间越长,调整的幅度越小,而从属的法律和规则等变动则幅度要大、要频繁一些。一般而言,一种相对稳定的理论设计和观念体系,与现实中某种稳定的社会制度具有明确的对应关系。现代民主社会并不是自然而然地形成的,相对于历史上所有的政治制度,民主社会是最为有意识和慎重地构造起来的,尽管有些政治共同体可能直接地借鉴和模仿了其他成功的民主模式。

这里或许还要提及一下重构在学术研究中的意义和必要性。一种理论,一种学说,甚或一个复杂的观点,简而言之,一种体系性的思想,通常会在其论述的展开过程中留下一些跳跃的步骤、混合在一起而未清楚展示出来的不同层面或孤立的洞见。在研究中,人们发现,或者论证的步骤是可以调整或修正的,或者浓缩和混合在一起的思想是可以逐层展示出来的,或者分散和杂乱的洞见经过适当的连接可以形成一个体系的基本元素。为了准确地理解原始的思想,重构就是必需的;但是,重构的关键并不在于复原研究对象当时的思想,因为重构本身就超出了原始的文本,结果也要逾越原文的界限,而是在于展示这些思想因素之间合理的关联,后者很可能是原作者尚未清楚地意识到的,或者就是未认识到的。

在丛占修博士论文的导师评语中我列举了该论文六个方面的优点,在这里重提一下也有助于读者理解该著。第一,对罗尔斯理论和正当性证明学说都下了相当大的功夫,从而能够对罗尔斯的思想进行系统的梳理和研究,比如,对涉及罗尔斯正当性证明的基础概念都做了清楚的分析和界定，对该证明在《正义论》和《政治自由主义》之间的区别也做出了较为细致的分辨。这看似一个简单的评价，但严肃的学术评语不会轻易给出，因为罗尔斯理论确实不是轻易就读得懂的，因而认真地反复阅读的研究者也不多。第二，掌握最新的主要文献，并对它们做了较为具体的分析和比较，甄别它们的优劣之点。丛占修阅读的研究文献比较而言是很多的，这可以从其所列的参考书目以及引证中看出。按道理，参考书目当是作者所参考过的文献，但在今天，这可不是能想当然的事情。因为不少博士论文虽然列了许多参考书目，其实其中的多数是未读过的，而靠少数几本参考书完成博士论文的也大有人在。在外国哲学领域，研读二手研究文献既是一项基本要求，也是一项困难的工作，同时它也是相关研究取得原创性成果的基点。但是，在这一点上真正下功夫的研究其实并不多见。第三，论文的任务和目的相当明确，整个论文的论述相当集中；作者也清楚该项研究所面临的各种困难，以及在这个问题上的各种分歧之所在。第四，论文是关于方法的研究，而该论文亦相当注重自身的方法和结构，整篇论文看起来布局合理、逻辑严谨。第五，起点较高，该论文努力提出自己关于罗尔斯正当性证明的新的观点和解释，最后也基本上达到了这一目的。现在国内每年出产无数的博士论文，有不少是不靠谱的。因为有些论文所谓的创新之点经不起核查和检验，通常也就是自说自话。第六，论文遵守学术规范，在引证和转述他人观点时相当严谨。

总之，在有关罗尔斯的汉语研究中，丛占修的博士论文是一篇优秀文献，同样也是近年来政治哲学研究中的一项优秀成果。自然，我也希望大方之家对此进行批评。该著所做的分析是否周全，所做的论证是否完全内在一致等等，都还要经受专家和同行的批评。

我一直以为，理智的诚实，是学术所须臾不可或缺的基本态度和立足点，意志和持久之心则是成功的动力。具备这样的精神和意志，并且在政治哲学领域这个方向长久地坚持、深入地持续下去，丛占修就一定会做出更好的成果。在今天的中国，从事学术研究而有潜力的人不少，但能够取得有价值的成就的人并不是很多，原因就在于理智的诚实和恒久之心的薄弱。

政治哲学是一门综合性的学科，经济学、法学、政治学和历史学的基本知识，对于政治哲学的任何基础性的研究，尤其是旨在获得某种原创性见解的研究，都是必要的素养；而倘若研究西方政治哲学，那么对西方历史的深入了解，也是必不可少的前提。至于见解的深度、观点和思想方面的洞察力、对社会的判断力，以及想象的能力，则都要通过广博的知识和深入的研究才能够发挥出来，是炉火纯青的表现。要达到这一步，丛占修还需要付出艰苦的努力。

2011年11月9日写于北京听风阁
（原载丛占修：《确证正义：罗尔斯政治哲学方法与基础研究》，
人民出版社，2011年）

理智的诚实与现代性
——序《资本主义与现代人的命运：马克斯·韦伯合理性理论研究》

我们确确实实生活在现代社会，享受现代化所造就的各种便宜，分担它带来的各种忧虑，就如这些文字是通过电脑敲出来，通过互联网发送出去的，而正是在此刻，北京雾霾满天。我们是现代的人类，不过，我们之中的许多人最不明白的问题就是：什么是现代性。这就是现代人生存的一种状态，人们也喜欢一般地说，这就是人类的命运。

因为现代性的概念是不清楚的，所以命运的意义在这个语境中也同样是不清楚的。那么，人类是先进入了现代社会，然后才意识到现代性的问题，还是先有了现代性意识，然后才过上了现代生活？命运这个词语告诉我们，这两种说法都是可能的，它取决于如何理解命运。无论如何，如何理解现代性在这里才是决定性的。

在诠释现代性的各种学说中，韦伯的理论是最具普遍而深入的影响的一种。韦伯理论的重要性体现在两个方面：第一，其现代性理论是基础性的，它总结和构造了现代人行为的基本样式和根本原则，而后者事实上主要是精神或观念层面的东西。第二，其理论包含自觉和明确的方法论，而这使他的基础性理论具有高度的实用性。

一

韦伯现代性理论的核心和主线是合理性。它几乎贯穿韦伯理论所有的层次和方面，从个人的行为样式，社会的行动样式，社会运行的原则，直到方法的范式。因此，所有关于韦伯现代性理论的研究，都必须措置合理性问题，当然，人们更不妨直接从合理性入手来讨论现代性及其问题。刘莹珠《资本主义与现代人的命运：马克斯·韦伯合理性理论研究》一书正是从合理性入手来研究现代性问题，考察了现代性所包含的两个性质分明的问题以及它们之间的关系：资本主义颇富政治色彩，而人的命运则有不言而喻的形而上学色彩。刘著把马克思、西方马克思主义者和尼采等人的理论引入关于韦伯合理性理论的讨论，从而进一步强化了这两个问题各自的特色，当然，它是在不同观点的对照之中来突出不同的理论家对现代性的不同态度，以及对人类命运的不同理解。

刘著关注和考察了韦伯"目的-合理的"与"价值-合理的"

这两种行为方式在现代资本主义社会之中的矛盾，以及由此导致的形式合理性与实质合理性之间的冲突，由此引入关于现代人类的存在价值和意义的思考。这样的思考体现了作者对人的命运的一般关切。这无疑是一个颇为重要的研究。

合理性与现代性之间的关系在韦伯的学说里包含许多层次，并且它们之间的联系也并非是必然的。在人类社会的各种不同的形态中，合理性的因素是以其片断的、孤立的或局部关联的方式存在于社会生活的各个领域。从今天的角度来看，在不同的社会中，合理性因素的多寡，这些因素彼此之间的关联程度，是不同的，甚至有很大的差异。按照韦伯的理论，现代社会与传统社会之间的区别，并不在于合理性因素的有无，因为在任何社会中，无论多少，这样的因素始终是存在的，而在于这些因素之间彼此关联的程度。更明白地说，现代性与传统性的分野就在于如下一点：这些合理性因素通过一个契机彼此联系起来，并形成了一个巨大的合理性体系。在此之前，社会是传统的，而在此之后，社会就进入了现代的阶段。这个契机是在西方首先并且唯一地出现的，它本身则充满了宗教的、社会的和政治的辩证。传统的基督教即天主教会极度否定人的现世生活的意义和价值。如果这种状况一直持续下去，向来存在于西方社会中的各种合理性因素整合起来的这种偶然的事件就不会发生。但是，新教革命改变了信徒与上帝的关系，使每个信徒都能够而且必须直接面对上帝；上帝永恒地决定了个人得救的命运，个人便无法通过任何仪式和形式来改变上帝的决定——上帝是绝对自由的——但又必须保持对上帝的坚定信仰以及自身得救的坚定信仰。仅仅这些说法当然不足以让新教徒们信服并且有所作为。新教教义还为教徒提供了一种世俗的途径：以现世的功业来证明自己信仰的坚定和得救的命运。于是，现世的生活就这样被赋予了神圣的意义：个人可以采取任何有效的手段来从事现世的工作，而不必顾忌任何传统的、情感的或其他的因素、规矩和限制。一切有利于现世成就——当然是正派的职业——的手段都是在宗教的意义上正当的，个人的职业由此就赋予了神圣的意义，天职的概念就这样诞生了。不过，个人通过这样的职业而在现世所获得的所有成就和财富是属神的，他只是为上帝管理这些产业，所以，个人还必须过禁欲的生活——这是否定现世生活意义的基督教精神的底色，也是新教禁欲主义的本意。

但是，一旦所有合理性的因素整合了起来，一个自主运转的体系——资本主义体系，或现代合理的社会体系——就形成了。在这之前，作为信徒的个人与上帝的关系虽然变得直接了，但却也变得更加脆弱了：它是个人对上帝的关系，不再也不必由天主教庞大的世间组织来保证。在有了那个已经发动起来并且开始自主运转的巨大的现代社会体系的情况之下，个人与上帝的这种联系就很容易脱节了。韦伯理论的玄妙之处，或者韦伯所解释的新教教义的玄妙之处就在于如下一点：上帝的绝对自由和永恒决定赋予了个人在现世生活的高度的自主性，而它必然造就个人的完全的自主性，包括道德选择的自主决定。

因此，撇开这层直接而脆弱的神圣关系，合理性完全就是现世的、眷顾现世的、为了现世生活的。简而言之,人在现世的合理生活就成了合理性的核心意义,合理化的归宿。

在传统的基督教世界里,现世生活是为应付赎罪才需要的,人们在这里通过贬低自己的存在和生活的意义而满怀希望,个人生活的泰半或更多部分为教会所辖束。所谓一神论,必然是外在强制的,出自它的道德的规范也无非如此,因此,为他们提供上帝的福音及其解释——同时提供戒律以及通向上帝的中介的僧侣和教会,就有着无比重要的作用。但是,当个人直接与上帝发生关系时,从事上帝与个人之间关联的中介一下子失去了存在的必要性,变得无所事事了,从神的代言兼代理人沦落为与混同于任何一个普通信徒的此在。所以,我们看见,首先反抗这种状况的乃是一些具有这样的意识、定位和责任的精英分子。韦伯那两篇著名的讲演也处处针对这样的人群发出告诫。所谓信念伦理和责任伦理的区分,就是要求精英阶层在这个已经完全沦陷于现世和日常生活的现代世界里,在倡导某种信念、发布先知预言、提出宗教主张乃至发动宗教力量时,必须顾及后果,谨慎从事。

因此,这里可以归结出现代性的两个特征。第一,现代性的社会是人类自己来做主的社会,因此,如果有什么价值和道德适用于现代社会,那么,它们就是出自人类理性的原则和法律。第二,普遍性,人类的自主承带对每个人的有效性。这样,即便出自人类理性的原则和规范也必须是普遍的,而那些无法普遍化的价值和道德主张,就只得听凭个人自己的选择。上帝或神一类的事物,因为无法在所有人那里达成共识,所以,也就只能归诸个人的事务。在今天，感叹现代社会缺乏意义和价值的人们，在通常情况下就是那些在精神上软弱到无法独力承担自己独特的伦理和价值，而又不愿意接受普遍的原则和观念的人，他们总是想要其他人——甚至不妨以强制的手段——来为他们承担他们倾向或热衷的那些东西，从而证明他们自己的价值和意义。他们这样做，常常不计后果。韦伯说："如果有人企图在没有新的、真正的先知的情形下，谋划宗教的新生，那么，就会出现一种在内在意义上类似的怪物，只是它的作用更加恶劣。"[1] 为了防止这种情形的出现，韦伯要人们区分信念伦理和责任伦理，而采取一种对后果承担责任的态度，尽管韦伯并没有清楚地说明，这种责任伦理的具体内容是什么。

二

在《伦理合理化：禁欲的新教伦理与资本主义精神》直接讨论本题的那一章的结尾，韦伯曾经抑制不住自己的情绪，逾越自己价值无涉的学术界限而直接就当代社会的价值和信仰发表了自己的看法：深切忧虑现代资本主义文明——当时的主要特征是机器的和石化的——这个自动体系。他的忧虑包含两个层面：其一，在这个机械一般的体系里，人们的精神和道德从何而来？其

---

1 Max Weber, *Gesammelte Aufsätze zur Wissenschaftslehre*, Tübingen: J. C. B. Mohr, 1922, p. 554. 参见韦伯：《韦伯作品集I：学术与政治》，钱永祥等译，广西师范大学出版社，2004年，第190页。

二，这个体系是否自此就奠定了人类的最终状态？事实上，韦伯把两者视为同一个问题的不同层面。倘若情况果真如此，那么，历史将会终结在没有灵魂的专家和没有信念的享乐者这个状况上面，这是一个虚无者——当然仅仅关涉信念——的世界。现代社会的起因是由精神的东西即宗教伦理激发起来的财富创造体系，人们将它如同薄斗篷一样披上身，以为可以轻轻地掀下，然而，一俟现代性确立，禁欲精神却同时逸出，单单物质财富以及追求它们的力量就使之成为一件铁衣（stahlhartes Gehäuse）[1]，紧裹个人，再也无法脱下。[2] 情况是否就是如此？

在表达了这样的忧虑之后，韦伯马上解释，他违反了自己制定的学术纪律——然而，这里还是必须强调：这确实透露了他内心的忧虑。这种忧虑也体现在《作为志业的学术》一文最后[3] 他引用《圣经》的那一段文字里面："守望人！夜还有多长？守望人！夜还有多长？"守望人回说："黎明来了，可是黑夜还在！"[4] 韦

---

[1] 这个语词的汉语翻译由于受到英语翻译的影响，一直被译为"铁笼"。"铁笼"翻译的始作俑者是帕森斯。无论从德语本身来说，从韦伯的语境来说，还是从欧洲的历史来看，它的正确译法应当是"铁衣"。欧洲历史上的一种刑罚是给人造一个铁面具戴上，使其无法以真面目示人；与此相似的，是作为刑具穿在全身的铁衣。在语境上，韦伯上文提到的是可以轻轻地脱下的斗篷，而与此对应的应当同样是衣服一类的东西——尽管是特殊的铁衣——否则说斗篷变成牢笼或笼子也显得过于不伦不类。

[2] Max Weber, *Gesammelte Aufsätze zur Religionssoziologie Bd. I*, Tübingen: J. C. B. Mohr, 1920, p. 203. 参见韦伯：《韦伯作品集 XII：新教伦理与资本主义精神》，康乐等译，广西师范大学出版社，2007年，第187页。

[3] Max Weber, *Gesammelte Aufsätze zur Wissenschaftslehre*, p. 555. 参见韦伯：《韦伯作品集 I：学术与政治》，第191页。

[4] 参见《圣经》，《以赛亚书》第二十一章第十一、十二节。

伯对现代社会的不满和担忧是一望而知的，不过，通常引用这段话的人往往忽略守望人回话的第一句是"黎明来了"。那么，黎明在韦伯那个时代意味什么呢？韦伯所看到的希望又在哪里？人类是否还要期望一个先知的出现而长期等待呢？韦伯的结论显然是否定的，他说，听这个话的民族等待了两千年，等来的却是令人不寒而栗的命运。[1] 许多等待新先知和新救主的人们，都身处同样的处境。

这里令人想起了尼采。尼采是一个现代的——唯其如此，他才可以被称为——先知，因为古代的先知，除了要表明自己与某种超验的存在——无论它是什么——的关联之外，还要给人明示一些具体的规范，比如，儒家的仁爱，基督教的山上宝训，或者佛教的戒律。这些甚至是普通人也可以把握和理解的。但是，在现代，那些道德和规范中可以普遍化的内容基本上成为了明确的原则和法律，得到多数人的承认——尽管如何使之有效地普遍应用尚依赖于人们的实践——和理解，而它们的有效性通常也是可以切实地验证的。因此，今天的先知为证明自己先知的地位，就需要抽象地否定和贬低科学、道德和其他具有普遍性的知识和规范的价值，将它们视为人类堕落或软弱的表现，但也并不完全否定。为了证明自己的超验，先知们就要尽量使用晦涩的语言来表达对这个现世的不满、愤怒和痛恨，以及关于未来的隐喻，比

---

[1] 韦伯没有料到的是，在他这个断语的十几年后，这个民族将在韦伯的祖国罹受空前的灾难。

如超人、异化和永恒的回归,如此等等,但是,要尽最大的可能避免对未来提出明确的计划和断定,否则就会沦落为可笑的占卜人。

三

在论及现代社会的精神问题及其发展的前景时,韦伯在字里行间多次谈论先知,但是,实际上,他非常明确地认识到,在现代社会,倘若先知真会出现——这无非是隐藏在韦伯心底深处留恋传统和历史的浪漫情怀——也只是在遥远而不定的未来,在可以见及的当下和预期的未来,他们的身影是难以出现的。因此,人们无须等待,而必须付诸实际的行动,来改善这个世界。这就是韦伯所说的理智的诚实。[1] "我们的时代——与其自身的合理化和理智化,尤其是对世的祛巫一起——的命运,正是恰恰一切终极而最崇高的价值已经退出公共领域,要么退入神秘生活的世界背后王国(hinterweltliche Reich),或个人之间直接关系的兄弟之谊。"[2]

为了理解韦伯的上述体现了理智的诚实的观点,这里需要先来分析一下韦伯理论中的一个重要概念,"entzaubern"(Entzauberung),即祛巫。刘莹珠的著作采用了这个准确的译法,而在多数的韦伯

---

[1] Max Weber, *Gesammelte Aufsätze zur Wissenschaftslehre*, p. 555. 参见韦伯:《韦伯作品集 I:学术与政治》,第190页。

[2] 同上。

译著和研究著作中，它被译成了祛魅。新教教义断定，上帝绝对自由，个人得救的永恒决定，不受任何人的影响。这同时意味着，世界上的一切都是最终决定了的，除了上帝，其他任何的神秘力量不复有意义。天主教各种仪式的实质无非在于通过人的行为来影响上帝的意志和决定，而这一切在新教那里都被断然否定和排除了。在汉语里，能使神或其他神秘力量听从人的旨意而有利于人的行为，就是巫，或者巫术。"entzaubern"一词的要害是"Zauber"，即巫术，它的重点是祛除巫术，而并非祛除神的力量以及神秘的力量。这就是说，新教废除一切试图对上帝施加影响的仪式和行为——在新教看来这就是巫术——当然，这也就承带废除一切试图通过各种行为求助于神秘力量的做法的正当性。除了上帝的永恒的决定，现世的一切均取决于人们自己的信仰和选择，而这种选择的原则，在韦伯的理论中，就被归结为合理性。一些译者把"entzaubern"（Entzauberung）译为祛魅，就是完全没有理解这个概念所包含的宗教改革所导致的人与上帝之间关系的根本转变这一深层的意思，当然也完全没有理解韦伯所强调的新教祛除一切巫术，乃至禁止一切出于情感的行为的教义的意义。祛魅的译法当然大大减损甚至歪曲了韦伯这个概念所包含的宗教改革所造就的人在这个世界的行为的根据彻底转变的意义，而使之变得莫名其妙。

正是在这个意义上，祛巫与合理性是同一个趋势的不同层面。合理化，尤其是作为体系的合理化，乃是祛巫的结果。这个结果除了巨大的现代社会体系之外，还包含了个人精神的自主。

这种自主的要求给现代人造就了困境。但是,"我相信,恰恰对一个确实在宗教上'音调铿锵的'人的内在关切,现在以及永远是毫无帮助的,倘若通过一个替代品——所有讲台上的先知皆如此类——对他和其他人掩盖如下基本事实:他要承受的命运是生活在一个对神陌生,并无先知的时代"[1]。韦伯的意思非常明确,在没有救世主也没有先知存在,或者他们传布的福音也没有人相信的情况下,那些拿着国家薪水的教师就没有必要去把自己扮成一个小先知,以迷惑学生。不过,在今天的中国,确实还有许多这样或小或微的先知扮演者,但与韦伯所批评的对象略有不同,这些先知来自五湖四海,流派五花八门,多数把异国情调当作遥远的故乡,少数把遥远的故乡当作异国情调。他们唯一的共同点就是痛恨实证的精神,仇视现代性的普遍原则。

为了防范这些可能的伪先知的不负责任的行为,韦伯在《作为志业的政治》里面费力地区分信念伦理与责任伦理——前者与价值-合理的样式相当,类似于义务论,后者与目的-合理的样式相当,类似于后果论。不过,韦伯所说的信念伦理偏向于消极的方向,而且没有普遍性的约束。韦伯在这篇论文中说:"让人无限感动的是,一个成熟的人——无论年老年少——真正地和全神贯注地意识到这种对于后果的责任,并以责任伦理行事,在任何一个关头,他说:'我别无他选,我就站在这里。'这就是那种人

---

[1] Max Weber, *Gesammelte Aufsätze zur Wissenschaftslehre*, pp. 551–552. 参见韦伯:《韦伯作品集 I:学术与政治》,第186页。

之真正所是，动人心魄的东西。只要我们的心未死，我们中间的每一个人必定会在某一时刻面临这种关头。在这个意义上，信念伦理和责任伦理不是绝对的对立者，而是互补，两者一起才造就了真正的人，一个能够拥有'从事政治的志业'的人。"[1]

四

如何准确地把握韦伯学说的要点？综观韦伯本身的所有研究，人们无疑可以明白地领会，其学说的中心任务之一就是论证，现代性是西方文明的一个伟大成就。韦伯清楚地表示，这个成就使得西方文明胜于其他文明——无法否认，韦伯具有西方文明优越的心态，然而，同样无法否认的是，西方文明所造就的这样的现代社会存在巨大的问题，而且它的前景极不明朗。但是，韦伯同样没有表达过如下的想法，西方传统社会优于现代社会。

那么韦伯一再提及古代的先知，除了浪漫的情怀，还有什么其他的寓意呢？古代先知带领人们走上了一条通向今天的道路，但现代并非历史的终点，韦伯内心最大的担忧就是这个其实令人并不舒服的现代社会将成为历史的终点，因为韦伯虽然以其巨大的努力和出色的工作，说明了它之所以产生的复杂的历史因果关系，但却无法找到走出这种状况的方向。所以，他多少抱有一

---

[1] Max Weber, *Gesammelte Politische Schriften*, Munchen: Drei Masken Verlag, 1921, pp. 448–449. 参见韦伯:《韦伯作品集Ⅰ：学术与政治》，第272页。

种浪漫的期待：某一天，新的先知出现，带领人们走出这个现代性的巨大体系，从而将历史推进到一个更高的阶段，那里令人舒适，符合人道，充盈着道德的精神。他所谓的黎明已经来临的隐喻就是指向这一层意义。然而，韦伯基本的态度却是现实的：人们无须等待。因为即便怀有浪漫情怀，他也已经清楚地认识到，这是一个完全取决于人类自己的时代，即使精神和道德匮乏，也依赖于人类本身才能够得到改善。韦伯颇富宗教情怀的话语，虽然常常为人引用，其实非关宗教，但确实关涉精神的、道德的层面。

这里必须做一个辨析，即在韦伯那里，现代性的根本问题究竟在何处？首先必须确认的一点是，合理性从根本上来说，是一种观念，具有精神性的品格，而并非物质的东西。在现代社会，宗教的精神虽然不再发挥作用了，但合理性的原则却依然在发挥作用，否则，巨大的现代化的体系是无法自主运转的。这样，现代社会确实有什么冲突和矛盾的话，那么，从根本上来说，还是观念对观念，精神对精神的冲突和矛盾。这是精神之间的对立，如果一味把它解释为精神与物质的对立，那是错会了韦伯的意思，把他的一个说法，当作了整体的结论。即便韦伯的思想有许多层面，并且多有歧义，也只能得出这样的结论。只是在将合理性的原则也抽掉的情况下，现代社会才单单剩下物质和财富的东西。但，这是不可能的。所以，韦伯也把现代社会称为理智化的时代。

为了深入把握韦伯的思想，这里可以分两个层面来进行讨论。第一，韦伯清楚地认识到，现代世界已经不再需要一个一统天下的宗教——通过某种一神论的神——来颁布规范和秩序；第二，这个才出现不久的状况，长期持续下去对人究竟意味什么？对此，韦伯并没有十分清楚的把握，所以他用颇具情感色彩的命运这样的词来表现现代人的境况，而命运在这里其实是非合理化的。

在此，我们可以追问，韦伯是否意识到：现代自由和民主已经替代了传统宗教的作用而建立起自己的普遍规范？宗教的这种作用已经被取代了，就这一个方面而言，宗教有关善恶的教条实际上已经空心化了。人们虽然还可以采用上帝、信仰和先知等大词来表示对那样一个时代和状况的怀念，但这种过去的浪漫主义至多是情感上的，而无法发挥普遍性的作用。

考察韦伯实际的政治态度和主张，人们可以发现，韦伯不仅肯定现代的民主和法治制度，而且也热衷于现实的民主政治的实践，尽管不免受到当时政治局势和思想潮流的影响，但并不对自由民主制度抱悲观的态度，尽管这对当时的德国人，对韦伯来说，乃是一个新鲜的事物。

韦伯矛盾的心态确实是存在的，于是，就如韦伯理解一个时代的新教徒的心态和精神状况，乃至所有宗教信徒的心态一样，我们自然也要理解韦伯的心态及其所处的境域。

韦伯的理论最为深刻地揭示了现代社会转折的关键：新教神秘至极的超验的要求导致极其现世的合理化的结果。但是，从西方历史的整体来看，从启蒙运动起到韦伯的时代，西方社会依然处于基督教之后的精神断奶期。韦伯在《经济通史》的结尾提到，启蒙运动的乐观主义已经取代了新教的禁欲主义，但是，他以虚拟的口气说道，只要它能许给人们以现世的幸福，人们就能够接受他们的命运。[1]韦伯的系列研究揭示了新教巨大的历史功业，但现在它就要退出历史舞台而无所事事了。精神上的这种依违不定和理智上的明确决定，正是韦伯心态的如实写照，当然也是那个时代，甚至更晚时代西方人的精神写照。

与此同时，西方社会正处在从贵族和精英统治转向民主政治的过渡时期，上层群体和精英阶层需要时间来适应这个过程，就如普遍民众要适应这种过渡一样。不仅信仰和道德不再需要由统治者和精英阶层来布施了，而且民众竟然可以自己组织起来了。而这种自己组织起来的民主政治，尤其不需要任何一种一神的宗教的规范，同样也不需要多神的宗教的规范。韦伯在他自己的研究中，非常强调神力（Charisma）式人物在政治和社会运动中的作用。在现代化之前的社会之中，这样的人物与唯一的宗教教义相结合便能够改变社会，引导社会向各种方向前进。但是，现代社会的合理化，巨大官僚体系的出现，使得这样的人物出现的可能性越来越小，虽然民主政治还提供这样的机会，但彻底改变社会，扭转世界历史方向的人物，看来再也难以出现了，因为合理性社会是理智化而能够自主运转的社会，领袖人物不再是神力式的，而只是体制中所必不可少的一个职位的拥有者。这一点也正

---

[1] 马克斯·韦伯：《经济通史》，姚曾廙译，上海三联书店，2006年，第231页。

是那个时代的西方人所要适应的政治变迁。

所谓诸神的斗争，在世界历史的范围内，是始终存在的。即使在基督教内部，不同教派之间的上帝始终有其不同的形象和规定。就此而言，诸神的斗争也是基督教内在发展和分化的动力——否则马丁·路德与天主教会之间的严重冲突以及宗教战争那种你死我活的残酷性不就成了荒唐无聊的闹剧吗？不过，在一般的情况下，某一种神或某一种形象和规定的神的有力的代理人总是以武力的威胁和强行清除其他形象和规定的神，荡平那些信仰及其信徒。因此，一神一统天下的局面似乎是存在的。其实，韦伯也意识到了这一点，他说："我们文明的命运是：我们已经再次清楚地意识到这个状况[1]，这是在对基督教伦理的伟大庄严的那种据说和误以为唯一的专注已经长达千年蒙蔽了我们对这一状况的目光之后。"[2] 读者需要留心的是，在这里韦伯用"据说""误以为"和"蒙蔽"这三个词的用意。

以上所述表明，现代社会与合理性之间的关系，在韦伯的理论里面，包含了极度复杂的联系。刘莹珠的著作试图从现代人的命运这个独特的切入角度来揭示韦伯思想深处的矛盾、冲突乃至无奈，是一项非常具有挑战性的工作，而其研究的成果也是很有意义和启发的：这就是韦伯无法解决资本主义体系的合理性及其普遍性与每个个人自主价值之间的冲突。

---

1 指韦伯上文提到的多神的状态。
2 Max Weber, *Gesammelte Aufsätze zur Wissenschaftslehre*, p. 547. 参见韦伯：《韦伯作品集 I：学术与政治》，第181页。

韦伯在他有关宗教社会学的系统研究中，始终把西方通过合理化进程所取得的成就来比照其他非西方文明以及西方文明中的非新教文明，凸显西方文明，尤其是新教文明的巨大成就。韦伯这个宏大研究本身，以及韦伯清楚表达的对这个伟大成就的赞赏，其目的并不是为否定它，而恰恰是要肯定它。但是，作为一个严肃的学者，韦伯自然要揭示现代社会的各种现象，包括他所认为的消极的或不愿意看到的现象，除了道德和人道精神的缺乏，还有官僚制的无限度扩展，如此等等。而韦伯对过去社会历史因果关系的深刻阐释，并不等于他就能够清楚地预见未来的发展。

道德在现代社会不再成为主要的问题。一旦道德成为个人的选择，那么决定这个世界的秩序和规范的乃是正义原则。这里也可以借用韦伯的理论来做结说：合理性以其巨大的理智力量，将一切能够普遍化的道德规范造就成为正义原则，而其余的一切就留给个人自己去消遣。这是一个单纯而平实的道理。[1]

2014年10月21日晨写就于北京圆明园东听风阁
（原载刘莹珠：《资本主义与现代人的命运：马克斯·韦伯合理性理论研究》，人民出版社，2014年）

---

[1] Max Weber, *Gesammelte Aufsätze zur Wissenschaftslehre*, p. 555. 参见韦伯：《韦伯作品集 I：学术与政治》，第191页。

周黄正蜜书序

自二十一世纪以来，中国的康德研究取得了可喜的进步，在这个进步中海外学成归来的年轻学者正在发挥越来越积极的作用。康德研究是一个国际性的学术事业，这些海外归来的学者不仅带回了国际康德研究的最新文献、方法和关注的问题，也带回了他们的成果；通过邀请他们的导师和老师来华讲学和参加学术会议，拓展和强化了中国康德学界与国际康德学界的联系和交流。他们开设康德研究课程，积极参与和组织国内康德研究的工作坊和会议，促使康德研究向各个不同的方向深化。

周黄正蜜就是这样一名优秀的青年学者，而这本《康德共通感理论研究》就是她在德国几年艰苦研究的出色成果。此书的德文版已经收入"康德研究增刊丛书"（Kant-Studien. Ergänzungshefte）[1]，

---

[1] 这是著名哲学杂志《康德研究》旗下的一套康德研究著作丛书。

自该丛书1906年出版至今，周著是收入丛书的第一本中国人著作。无疑，这是一项值得称赞和庆贺的学术荣誉。现在，此书的中文版在商务印书馆出版，为汉语读者带来康德研究的新消息。

本书脱胎于周黄正蜜的博士论文，研究主题是康德的共通感理论。初读之下，周黄正蜜的研究令人觉得相当专业而规范，全面而详细，在思路、方法和文献等方面都颇具新意。

在康德理论中，共通感是一个相当困难的问题。它之所以困难，主要出于如下三个原因。第一，共通感是康德理论体系之中难以界定的学说。这个可溯源至古希腊哲学的观念流传至近代成为一个在哲学、政治和社会等领域皆被视为理所当然而不明其所以的基础性的理智，其概念由拉丁文、英文而至德文形成了一个概念簇，在许多文本里它们是可以彼此替换的同义词，而在一些语境中它们却各有特殊的意义。综观之下，康德在其著作中并没有给出一个明确的定义，他只是直接把它们拿来使用了，诚然，有时是在对照中使用的。这一点周黄正蜜在其研究提到了。第二，共通感与康德在三大批判中所分别批判的三种高级能力之间的关系，在康德的文本中亦没有一个清楚的说明，尽管在理论哲学和实践哲学的讨论中，康德常常用这簇概念中的某一个或几个与纯粹知性或理性的先天形式进行对比，以突出前者的普遍而必然的性质；在《逻辑学讲义》中，这样的对比也经常出现。但是，这样的对比在意义上面常常卷入甚至更不清晰的表达。同时，共通感与感性之间的关系是如何的，康德也没有给出清楚的说明。第三，康德对共通感的理解和态度在他的理论里经历了变化。在批判哲学的前期，亦即在他着重从事理论理性和实践理性研究的时期，他将共通感视为泛指的普遍理性，而这虽然是批判的出发点，但不是批判的对象。并且，就如我们所了解的康德对经验主义哲学的态度，他对这个在当时显得极具英国经验论色彩的概念相当警惕，如果不是完全拒斥的话。

显然，研究康德的共通感，就不仅要面对而且要着手解决这些问题。首要的工作就是梳理康德所揭示和发现的各种理性能力：划分理性各种能力的不同层次和功能，确立它们彼此之间的关系，澄清某些晦暗不明的部分，并标明那些实在无法说明的内容。在这类前提和基础的工作之上，共通感与理性这些能力的关系才有得到澄清和确定的可能性，共通感的位置和性质也就能够刻画或至少勾勒出来。自然，这是对研究的一种理想的描述，实际的研究必定有其进程的特殊性。

周黄正蜜的著作是对康德共通感的系统研究，在方法上，它采用了两个结构来处理上述的综合性问题，并将整个研究贯穿起来。第一个结构就是本书的纵向组织，即依照康德三个批判的顺序来分析共通感在这三个范围的不同意义和作用，以及这簇概念及其意义的演化。它也构成了本书论述的主要次序。第二个结构就是主体际与主体内的功能，它们构成这个研究的横向纲要。这一结构看起来是作者参照现代哲学自己分析和建立起来的。在作者看来，共通感在认识、道德和审美三个领域都发挥着这样的作用。不过，在实际的论述中，只是在著作的最后部分作者才明确地拎出这条线索。无论如何，我们看到，此书的所有其他材料都被组织进这两个结构里面,而相应的分析和论证在很大的程度上就要用来支持这两个结构。

这两个结构的前一个在于告诉读者本书的论述范围,而后者则给出了理解共通感功能的两个向度,有如参观名胜古迹的指导线路,为理解康德的共通感提供了一个专门的维度。在这里,我们可以具体地来检视本书结尾处的一个综合性的表格,这是作者在康德《判断力批判》导言的高级能力表基础上设计的一个更加综合和全面的表格,尝试从与共通感的关系这一角度着眼将所有的高级能力和低级能力及其应用都按照一定的领域分类和排列起来。这个表格可以这样来理解,作者向人们展现了在上述两个结构之下所要和所能理解与把握到的康德共通感学说所包含和所关涉的主要的内容和层面。

这无疑是一个非常有益的原创的想法,诚然,它也相当困难而有风险。

康德的批判哲学首先以系统的形式揭示了人类理性能力多维的活动方式和结构特征。相对而言,理论理性范围内各种能力之间的功能和结构的关系最为复杂,先天综合判断是理性各种能力之中纯粹形式最为有效地结合起来并共同作用的样式。在这个样式中,感性与知性能力和形式之间的关系不是平面的,也没有时间上的次序,而是以格式塔样式同时发生作用。实践理性的作用也是如此。看似简单的意志的自由决定,实际上要以多种其他能力、形式和活动为前提和条件,并且其他能力和形式也会一并发生作用,如道德情感。

人们理解和研究康德理论的困难多半来自难以把握和处理这种多维功能的并行活动。在认识论和心理学领域，康德早就被人们确立为格式塔理论的创始人，因此，人们应当反问，格式塔的认知方式可能是线性的和平面的吗？当然不是。在《判断力批判》的起首，康德分析和讨论的重点是理性在自然和自由两个领域相互过渡的问题，而从今天的角度来看，这就关涉如何处理适用于不同对象的不同理性能力彼此重叠、交叉地发生作用这样一些现象。事实上，正是由于理性这样多维的作用，自然的存在才会分别被构造为认识的对象、审美的对象和道德的对象。当三个批判的原理被综合起来考虑的时候，这种关系的性质就显现得更加清楚和明白了。简单地说，人类理性是在四维——就如康德反复强调的那样，时间在这里是一种不可或缺的内在条件——的结构中发挥作用的。尽管康德对空间和时间的理解深受牛顿理论的影响，但是，人们必须清楚地认识到，康德哲学的方法论原则乃是解决一切实际出现的问题，这样，牛顿的理论和观念或许会影响康德的思路和方式，然而解决问题的宗旨又会促使康德突破这类限制。这一点我们可以从康德理论的结构中清楚地看到。

因此，我们可以想到，康德的三个批判就揭示了一个当时他所能发现并证明的理性立体的或四维的结构的最主要内容：这些结构的形式、它们的功能、发挥作用的方式，以及通过这样的结构而获得的各种结果，如认识的、审美的和道德的对象。

当我们也以这样的方式来思考周著的那个表格时，那么我们的思路当然不应该仅仅停留在由表格的纵列横行所表示的关系，也可以考虑它们之间的斜向的关系,这样,一种多维的关系和结构就露出了端倪。

这张内容颇富的表格里,作者用四个领域来安置共通感和由其衍生出来的若干概念,以及作者自己概括出来的概念。如果从上述的多维的和立体的角度来考察,那么,这张表格在分类及其根据等方面就需要完善和调整,这就是说,作者需要为每一项表格的概念和内容提供必要的理由和说明。而这种理由就包括其中每一项与其他一项之间的关系。不过,这些不同的领域、功能和其他项目,结合康德的自然和自由的两大领域、三个批判,以及作者最后挑出的主体际和主体内两个向度的关系来考察,都指向一个更为广阔和基础的理智世界,这就是共通感,一个需要从多种角度来考察从而获得更清晰的理解的人类一般能力。

这样,当人们从一种新的角度,以一种新的方法来考察共通感时,实际上也就是揭示了这个现象及其概念的新的关系。从西方哲学史和观念史上来看,共通感的思想不仅有其悠久的历史,亦在经由不同哲学的发现和诠释之后积累了丰富且也可能相互矛盾的意义,而这些意义中的最主要部分,就如作者简要的论述,体现在了康德的共通感思想之中。不过,康德对共通感的思想和概念的态度在他的个人思想史上是有变化的,而这种变化在另一方面也可以说体现了它的不同意义在康德理论中的不同展现,或者用一种较具思辨性的说法,是逐渐展开的。

在我看来,康德的共通感思想亦可以主要地概括为前后两种观点。第一,在早期,尤其在理论哲学和实践哲学领域内,它指那些经验性的、未经批判的人的一般理智能力（understanding）。在欧洲近代哲学中，这样的理解是广泛流行的，但是哲学家们的努力正是要超出这种一般的理解。需要指出的是，康德对共通感的理解受到英国哲学的影响。在近代英国，尤其是苏格兰启蒙运动中，共通感的思想无论在为人的认识和道德提供一般的基础，还是为政治的和民族的认同提供共同的根据，都发挥了重要的作用。但是，它无可避免的经验主义的色彩使康德对其持谨慎而远之的态度。

第二，它指人的一种最为广泛和一般的能力，或者如周著所称的那样，智性能力，而我更愿意采取一个习惯的用法，即一般的理智。共通感就是指示这样一个最广泛意义上的人的能力。它关涉康德的整个哲学体系。在《判断力批判》等晚期著作里，对这样一个比广义的理性更宽广的概念，康德近乎采取一种积极的态度，因为在这个时期他试图为所有的先天的理性形式——它们仅仅是人类理智能力的一部分——寻找一个共同的基础，而这是它们彼此之间能够协作和共同作用的条件。康德的这个做法，当然冒着沾染某种经验主义色彩的危险。此外，除了认识、道德和审美的活动以及它们彼此的协作之外，尚有许多其他事情需要理智来处理，而按照康德的思路，处理这些事情的能力在其先天的形式发现之前，它们就安身于共通感之中。

周著赋予康德共通感的两种作用即主体际和主体内，前者无疑是现代的，而主体内这一层意义，在某种程度上回到了亚里士多德的思想。不过，我们看到，在《判断力批判》40节有关共通感的论述中，康德提到的三种思想方式就包含了做出这样两种向度的诠释的基础。

当然，周著的分析和论证将这样两个维度清楚地揭示了出来，而其前提就是专业的文献考证和文本分析。比如，我们看到，本书中有关道德感与共通感之间关系的结论建立在对与实践（道德）共通感相近的诸多概念仔细的考察和辨析之上。综观整个研究，作者有效地利用了康德的手稿、讲课记录等文献，这些文本为理解康德的概念，尤其是康德学说中那些模糊、依违不定的概念和表述提供了关键的参考和线索，它为追踪康德思维过程中的实际轨迹提供了一个大致的轮廓。就此而论，在国内的康德研究界，这还是一个少有人重视的方面，国内大学训练出来的学者多数并不怎么重视康德全集第十二卷及以下的文字，其中的原因当然也包括语言的障碍。

无疑，这本著作还存在若干可以商榷的地方。比如，作者为采用实践共通感而非道德共通感的概念提出的理由，在我看来似乎刚好支持了相反的选择。另外，作者忽略了一处可以用来支持其实践共通感的文本细节，在《实用人类学》中康德提到了"纪律的共通感"（参见 AA，VII 329）。

康德哲学研究，两百多年来，文献汗牛充栋，名家辈出，至今依然为显学，其中一个重要的原因就在于，认真而深入的研究往往会成为非常有效的哲学方法论的训练，而方法论的实质就在于理论的构造。这也就是康德申明《纯粹理性批判》首先就是一部方法论著作的意义，尽管人们的确常常忽略这一点。

康德哲学结构宏大而谨严，分析深入而条理分明——这些都来自对于问题深切而周全的思考。康德研究既是哲学方法论的训练，也是一个严峻的挑战——仅仅对那些努力获得新的观念和见解的人来说才是如此。在康德哲学中，几乎每一个重要概念——一个重要的概念就蕴含一个学说——在其理论中都有一个确定的位置，与其他的重要概念和理论的主要部分都有明确的关系，即使通过中介环节，最终也能够勾勒出这样的联系。这样的概念有大有小，有些概念主要关涉康德某个批判的某个部分，在特定的篇章和理论里就是清楚的，而有些或许就要牵涉整个哲学体系。共通感就属于后一种概念。

或许在这里值得提及的一点是，康德哲学有一个鲜明而重要的特征：所有重要的概念都具有多层意义，这些意义不仅依赖于具体的语境和文本，亦依赖于对康德哲学整个体系的理解。因此，人们可以概括出某一个概念的几层意思，亦可以依据具体的文本确定它在这个语境下的特定意义，但最终确定它究竟包含几层意义，则需要参照整个理论体系。理解这一点并不困难，但在研究中要将这一点付诸落实，则需要艰苦的工作。

在《判断力批判》40节中，共通感与启蒙紧密地关联在了一起，早些年，我自己从这些文本入手，考察了康德启蒙思想中被人忽视的第三层意义，而这第三层意义与康德对共通感学说的态度的转变具有莫大的干系（参见《中国社会科学》2014年第2期）。这无疑为理解康德启蒙理论的深度和广度提供了一个新的可能性。而在另一方面，它也表明，启蒙也是理解共通感的一个非常重要的角度。

最后,我要略微评价一下这本著作的作者本人。周黄正蜜在武汉大学本科学习时热爱哲学,从法学专业转入哲学专业,尔后考入北京大学哲学系攻读西方哲学专业硕士。在进入北大学习之后,周黄正蜜的学术兴趣日益浓厚,关注的重心集中到德国哲学,尤其是康德哲学上面。2008年她以优秀成绩获得德国"德意志学术交流中心"(DAAD)的资助,到德国慕尼黑大学攻读博士。她强烈的上进心、长期坚持的毅力,以及独立自主的精神和批判性的思考方式,乃是她得以完成这篇优秀博士论文的原因,也是她将来学术上取得更大成绩的原动力。

2016年8月5日写于北京圆明园东听风阁
(原载周黄正蜜:《康德共通感理论研究》,商务印书馆,2018年)

"现代加拿大哲学译丛"编者序[*]

查尔斯·泰勒的这本《现代性的别扭》(*The Malaise of Modernity*)[1]是由北京大学教授韩水法和加拿大多伦多约克大学教授莱斯利·雅各布(Lesley Jacobs)共同主编的"现代加拿大哲学译丛"的第一部。这部丛书的目的是为中国读者提供近期以来由加拿大哲学家撰写的重要著作。我们为"现代加拿大哲学译丛"所遴选的这些著作,其论述的着重点在于西方国际哲学学术界的话题和

---

[*] 是文原为"现代加拿大哲学译丛"所写,拟作为序刊于译丛第一部《现代性的别扭》(*The Malaise of Modernity*)的中译本。1997年从加拿大访问归来后,我和加拿大约克大学哲学系教授莱斯利·雅各布商量出版一套现代加拿大哲学译丛,选定了翻译的书目,找好了国内出版社。这个译丛后来流产,此文就一直束之高阁,这是第一次发表。

[1] 此书为查尔斯·泰勒同名演讲的扩展稿,1991年在加拿大出版。2003年它更名为"*The Ethics of Authenticity*"在哈佛大学出版社出版。本文后面引证此书时所注页码为哈佛版的页码。

争论，而非哲学史上的伟大人物。虽然加拿大哲学家对哲学史的研究做出了重要的贡献，目前这套丛书的编选却基于如下的一个想法：从中国读者的角度来看，加拿大人对哲学最有意义的贡献是在现代哲学的各种争论和论点这个畛域。

现代加拿大哲学家的哲学贡献的独特之点是什么呢？现代加拿大哲学有什么共同的题目吗？如果有某种共同的题目的话，那么使加拿大哲学家有别于美国哲学家或欧洲哲学家的是什么？这是一组困难的问题，而使我们感到讶异的是，这些问题尚未得到任何仔细的考虑。（这与其独特性已得到相当周到考察的加拿大小说文学形成了反差。）在我们看来，现代加拿大哲学独具的特色是它在自身所具的各种维度对多样性——认识论的、形而上学的、伦理学的、政治学的和美学的多样性——做出调整的敏感性和重视。对多样性的这种关切部分是对在美国和英国哲学中盛行的传统的一种反应。那种传统的特征在于对知识、真理和价值的某种单一视野。现代加拿大哲学大都力求诠释和维护对知识、真理和价值的多重视点。加拿大哲学家之中对多重性和多样性的重视，常常在某种程度上被看作是对乃属加拿大社会和政府特征的多样性和多重性的反应。加拿大主要是一个移民国家，虽然也有少数土著居民。它的公共制度受英法两种文化和语言的支配。但在它的公民制度层面，存在着文化和语言的广泛的多元性。政府通过诸如在学校里向孩童教授汉语、匈牙利语、希腊语、荷兰语和意大利语等传世语言项目促进这种多元文化主义。单单加拿大的地理面积也是一种优越性。一般的观点认为，在加拿大生活所面临的政治和社会的挑战，是逐渐与加拿大人中巨大的多样性达成某种程度相当高的共识。而现代加拿大哲学家在应对这种挑战时发挥了重要的作用。

"现代加拿大哲学译丛"所要出版的五部著作表明了在道德和政治哲学领域，在认识论领域对这种多样性的关切。查尔斯·泰勒是蒙特利尔麦基尔大学（McGill University）的哲学教授。像许多加拿大哲学家一样，他是在加拿大以外的地方，即在英国牛津大学受的大学教育，在那里他后来担任了著名的奇切尔社会和政治理论讲席（Chichele Chair）。泰勒的著作和论文论及的课题和议题范围广泛。他是研究十九世纪德国哲学家黑格尔的权威学者，对语言哲学和社会科学哲学也做出了颇有价值的贡献。泰勒也被人看作是在政治哲学中复兴社群主义的领袖人物，尽管他自己拒绝让人贴上社群主义者的标签。泰勒所做出的独特贡献体现在他对原子主义的攻击之中；原子主义的观点是，社会是由个体为着追求首先乃属个人的目标或鹄的而构成的。[1]

泰勒在《现代性的别扭》中表述了他关于个人主义的精练的观点，澄清了他对现代个体的批判。他的分析围绕他称之为真实性的伦理的内容而展开。这种伦理是一种独特的现代发展。在这种伦理的核心部分，每一个个体的道德理想是对他自己真实的东西。泰勒这样描述说：

---

[1] Charles Taylor, "Atomism", reprinted in *Philosophy and the Human Sciences, Philosophical Papers 2*, Cambridge: Cambridge University Press, 1985, p. 187.

有一种属我的成人方式。我被要求以这种方式，而不是以模仿任何他人的方式去生活。但这又将新的重要性赋予葆我之真。如果我不这样做，我就错失了我生活的指向，错失了成人对我的意义。[1]

比之于对现代性的保守批评，泰勒并不排斥真实性的理想。他的反对意见主要指向对真实性的现代表达，并且特别指向其向主观主义的沦落，在主观主义那里不存在判断正确和错误、善和恶的规范标准。作为替代，他举证说明要挽救这样一种真实性的道德理想：一方面它将每一个个体看作他或她的自我的衡鉴，而在另一方面它又允许关于那种衡鉴应当是什么的理性争论。

泰勒接纳真实性的道德理想表明他像其他加拿大哲学家一样，信誓于芸芸个体之中的多样性，因为那种理想允许个体中的每一个拥有大异其趣的标准以衡量他们的特征和他们所过的生活。就此而言，泰勒承认那种立足于个体性之上的现代价值。他念念不忘于表明，人类自为（human agency）允许个体做出选择，允许个体以那些未受他们的社会条件和环境预先规定的方式对各种选择发挥作用。但是，像诸如托克维尔（Alexis de Tocqueville）这样一些十九世纪的社会批评家一样，对那种毫无独立的标准以评价立足于其多样性之上的个体的多样性危险，泰勒很敏感。在

---

[1] Charles Taylor, *The Ethics of Authenticity*, Cambridge: Harvard University Press, 2003, pp. 28–29.

一个极端上，一个允许多样性大行其道而无此类独立标准的社会会面临崩溃，他认为，正是因为这些蕴积在语言和其他文化实践中的社会标准才给形形色色个体的各种生活以其意义和内容。

道德和政治哲学也是女王大学教授基姆利卡（Will Kymlicka）和雅各布的关切。基姆利卡在他的《多元文化公民身份》（Multicultural Citizenship）一书中论述了现代国家能够如何调整文化多样性。他论证说，通过宪法的设计，比如集体的权利和公共政策，比如多元文化主义，就有可能在这类国家之中达到统一性。雅各布在《权利和剥夺》（Rights and Deprivation）中说明，权利概念能够为形形色色个人中间和各异的文化和社会之间的差别和多样性做出调整，并且同时划定社会正义对国家就在其公民中间重新分配资源和机会所提出的要求的范围。

多伦多大学的现任大学哲学教授哈金（Ian Hacking）在一个与泰勒和其他加拿大道德和政治哲学家极其不同的语境中从事多样性观念的研究。哈金探讨他称之为"历史的元－认识论"的东西，用他的话来说，这种理论寻求"理解被遗忘了的核心观念的转型和进化，而这种核心观念原本贯穿在我们关于知识和论证的概念里面"。他所提出的一般假定是，这些观念是在社会之中构成的而非对自然的反映。在他的《重写灵魂：多重人格和记忆科学》（Rewriting the Soul: Multiple Personality and the Sciences of Memory）一书里，哈金专注于现代的记忆观念。他的一般论点是，我们现代的记忆观念是在十九世纪晚期作为一种使心灵的学习成为可能的结构而由生物化学家发明出来的。因为记忆目前是脑科学研究的中心关切。他认为,作为对灵魂和心灵科学研究的探索的回应,现代记忆观念的出现使这种探索变得容易了。历史的元认识论的础石是这样一个主张:我们的核心观念从历史的角度来说是偶然的;这个主张允许我们关于真理和知识的主张具有一定程度的多样性,而这就在西方哲学的形而上学和认识论的心脏正中造成了冲击。但是,一如哈金所表明的那样,这些偶然性并非意外和随意;它们是对限制由历史的元-认识论所承带(entail)的多样性的体系或考古学的反映。

约克大学的著名教授罗莱娜·考德(Lorraine Code)也重视多样性及其认识论的意义。考德的主要贡献是在女权主义认识论方面。她利用研究在日常的和世俗的环境中知识产生的各种位置的"自然化的认识论"来确定"自然的"人类认知。[1]考德在自己的著作《她认识什么》(*What Can She Know?*)中,思考了"妇女认识什么"这一结构,并利用这种思考的独特性坚持认为,在认识论中确认一种普遍的同一性是不可能的。她的看法以这种方法像上面论及的其他加拿大哲学家一样,在回答有关认知的认识论问题时承带了多样性。从历史上来看,否定这种多样性就已经造成了封住了作为认识者的妇女之口的后果。但是,考德也着意试图"以全球的方式"思考,因为将妇女的各种各样的表达连接起来对于希望和团结的政治理性是重要的。这就指明,甚至在女权

---

[1] Lorraine Code, "How to Think Globally: Stretching the Limts of Imagination", in *Hypatia*, vol. 13, no. 2 (Spring 1998), p. 77.

主义认识论之内也有对多样性的各种限制。

在了解了这套丛书的基本主题以及各位哲学家的主要观点之后，中国的读者不仅可以得到有关加拿大当代哲学的特点的观念和印象，从而体会到加拿大不仅与美国、与西方世界的其他部分有着不同的文化、地理特征和民族构成，而且也有自己独特的政治－社会制度，更有其独特的哲学和思想，而后一点即便中国的知识界原来也是不甚清楚的。我们编选此套丛书的一个目的就是希望中国的读者因此而有兴趣来阅读这些著作，从而能够获得对于这些特征的深入理解。

同时这里还有一个较为重要的理论理由，即在这个正处于全球化进程之中并且日益全球化从而走向一元化的世界中，多元化与普遍世界规则和秩序之间的冲突呈现出一个似乎无法扭转的趋势，这就是多元性的日趋消失。无论人类社会，还是人类生命的同类，都是在人类的清醒认识和自觉行为之下，罹受此种巨变。人类中间不同的社群对这一趋势持有五花八门乃至大相径庭的态度和见解。这一方面是由于不同的社群原本在全球化的进程处于不同的地位，扮演不同的角色，有的因此而具有利益的优势，而有的却可能处于完全的劣势并将失去唯一属于自己的东西，即自己独特的文明。一般的观点常常认为，经济的因而利益的动机是这种趋势之所以不可抗拒的强大动力，这种观点由此而忽视了人类不同社群在政治、经济、文化、语言、军事诸方面不平等的原因，尤其是回避了人们缺乏对多样性的事实及其意义的知识这一个重要的原因。这套以政治－道德哲学为主体的丛书正是从哲学这样一个重要的却为人轻易放过的角度，深入探讨了多样性及其在政治-社会中的特殊现象即多元文化的社会的、政治的、历史的、认识的以及自然的基础和原因。

加拿大从立国之初就是一个包容多种文化、语言和民族的社会，但从社会-历史的自发现象而上升为国家自觉确立的基本原则，却是加拿大人民深入思考和讨论的成果；哲学家对这个问题的殚精竭虑在这个过程中发挥了核心的作用。多样性和多元化无论在理论中还是在实践中都是各种因素盘根错节的一个问题。比如，我们在泰勒的讨论中看到一个基本的矛盾：个人主义、主观主义和相对主义所赖以存身的前提是一种普遍的自由主义，泰勒将之称为中立的自由主义，而这种自由主义承带一些最基本的自由权，它认为这些权利不仅是对于其他一切的社会权利和秩序具有优先权，而且也是普遍有效的。它导致了社会的分裂。与之相反，可能将人们从这种个人主义、主观主义和相对主义的沉沦中拯救出来的，却是在一定程度上和一定范围内对这种普遍而优先的自由权的反动的东西，即某种社群的道德和价值，因为后者要求给前者套上自己的轭束。这个矛盾首先是社会-历史的现象，但同时也造就了理论上的一系列难题，这一点读者在泰勒的著作可以十分清楚地看到：

> 一个断片的社会就是一个其成员觉得越来越难于将他们的政治社会认同为一个共同体的社会。这种认同性的缺乏也许反映了原子主义的观点，由于这种观点下，人民趋于纯粹

工具性地看待社会。但是，它也帮助巩固了原子主义，因为有效的共同行动的缺如将人民掷回在他们自身上。这或许是为什么当代美国最广泛地为人持有的社会哲学中的一种乃是我前面提到的中立性的程序自由主义的原因，而它与原子主义观极其顺畅地结合了起来。[1]

泰勒在上一段话里所说的"中立性的程序自由主义"就是罗尔斯一派自由主义者认为普遍有效的规则，而且它们确实在美国在西方社会发挥着作用，泰勒在这里没有点明它的特征，从而使我们前面所提示的悖论有如庐山的真面目，只是旁现侧出而已。然而问题，或者准确地说困境，依旧存在，这个困境就是人类实际上已经陷入其中的一个十分吊诡的理论与实践、观念与行为的倒错：在现代社会中，人们愈是追求个性和独特性，却愈是受羁于日益一般化的规则，一般化的日常生活方式。或者接着泰勒的话来说，人们正是因为建立了最一般而普遍的规则，社会才趋于分裂而无共同的社会-政治目标和价值，个人才愈趋于原子化。而在另一方面，为现代大多数人指责为集体主义的或个人不自由的历史上的文化和社会，无论国家与国家之间、地区与地区之间、民族与民族之间，甚至不同的村子之间，都会葆有自己独特的生活方式，从而使这个国家、这个地区、这个民族、这个村子中间的每一个人都有自己独特的个性和生活方式，而与其他

1　Taylor, *The Ethics of Authenticity*, p. 117.

国家、其他地区、其他民族和其他村子的个人不同，乃至大异其趣。

但是，在现代社会之中，个人越来越趋于清一色，无数的个人越来越成为现代社会巨大有机体中的一个微不足道的原子。这个有机体是由普遍的法律、普遍的商业规则、普遍的交通规则、普遍的互联网规则、普遍的医疗规则、普遍的媒体规则等等诸如此类的规则组成的。现代人在这些几乎无所不在的规则的轭束之下，每个个人的独特性越来越成为一种幻想，成为一种彻底的自我体验，一种根本无法违背所有这些规则而只能在规则下游戏的表演，或者简单的不参与，所以原子是游离的原子。泰勒从中主要看到了社会分裂的前景，但同时也看到了这个社会有机体自动运转而无须顾及生活其中的人民的可能性。这是现代社会的两个极端，精通黑格尔的泰勒理解这种可能性，并且充分论述了这些不同的表现层面。然而，社群固然能够将人们在一定的价值和目标下团结起来，从而在一定的程度上，在一定的范围内消除原子主义，但它可能意味着另一种分裂：

> 在这方面，加拿大已经是幸运的。我们有了一个联邦制度，由于我们的多样性，这个制度被阻止按照美国的模式演化为更大程度的中央集权，而各省级单位一般对应于其成员所认同的地区社会。我们看起来没有做到的，是创建一种能够将这些地区社会凝聚在一起的共同理解，因此，我们面临着另一种权力丧失的前景，不是那种当大政府似乎完全没有

反应时我们所经历的情形，而是生活在大权力的阴影之下的小社会的命运。[1]

两极之间的中庸之道何在？泰勒无法回答这个问题，而只是试图对现实的原因做出某种解释：

> 这归根结底是失之于没有理解和接受加拿大多样性的真实本质。加拿大人一直很善于接受自己的差异的形象，但可悲的是，它们与其实在所是并不相符。[2]

魁北克的独立要求是加拿大面临的最大的分裂威胁，同时也是泰勒理论有效性面临的威胁。加拿大社会多元性的真正性质是什么，而这种性质在何种程度上影响加拿大这个社会的前途，这是一个其内在意义尚未清楚提示出来的理论问题，至少在这本书里，泰勒自己最终也没有说清楚加拿大的多样性的真正性质是什么；因为这同时是一个生活实践的问题。

这里人们所面临的困境在于，一方面我们看到，我们这个世界原本具有的多样性正在遭到无情的芟除，而无论是生物多样性所面临的灾难，还是人类文化多样性乃至个人多样性所面临的灾难，都是人类自己思想和行为的结果，完全是有意识的行为的结果；另一方面，在价值、情感、共同体的目标等等一切本真之事

---

[1] Taylor, *The Ethics of Authenticity*, p. 119.
[2] 同上。

方面，个体之间已经无法达成一致而有似乎不可跨越的鸿沟。这个困境之所以难以超越的症结又在于，今天人们无论对于多样性，还是对于某种共同的价值，依然没有一个一致的态度，而且最终难以达成一致的意见。

一个可能的结论就是，这就是人类最终的结局和命运，如果历史已经终结的话。毫无疑问，泰勒及其同道并不认同这一结论，也不会认同这个结局。但是，谁来管这个事？主流声音依然在为人类越来越清一色而大唱赞歌，而这种清一色是用某种自命普适的源于西方的东西芟夷一切其他不同的文明、社会中的不同规范而染就的。更多的人在对这无可奈何的现象表示无奈之后，就撒手不管，听任政客、企业家或者其他爱管闲事的人去折腾，或者听天由命，而一如既往地在原来的轨道上生活，或者为识时务者而做弄潮儿。每一个单独的个人是无法抗拒这种巨大而无所不在的同一化规则的，即便逃避也是不可能的。泰勒的著作揭示了现代性如此别扭的一种特征，而这些最终导致人们丧失自由的规则原本是人们为了自由而建立起来的——至少自由主义的基本教义向来就是如此教导人们的。普遍而覆载的统一规则造成深入而完全的相互分裂。泰勒的努力是对那种普遍的规则进行限制，给各个不同的社群留出建立自己的价值标准的空间。人们的多样性在这样一种社群里面有其依归，而不再是散漫无际的雪泥鸿爪。

泰勒曾在他的其他的著作中引证中国传统社会自治的历史来证明多元文化存在的可能性和价值。中国传统社会建立了现代化之前农业社会生产力水平之下可能达到的最为合理的秩序——如果我们可以将某些例外暂且撇在一边的话。对于这一点，即便中国知识界也缺乏必要的和起码的研究。在相当长的一段时间里，中国的主流意识始终以西方的眼光来观察自己的历史、社会和人民。现在中国的思想正在逐步回到自己应有的立场。中国文明的独特性在中国改革开放的进程中不断证明自己固有的力量和更生的巨大能力。尽管如此，中国社会依然被迫地陷入一种非此即彼的选择：传统或现代化，而后者总是为人简单地等同于西方化。中国似乎已经没有时间来走另一条道路了。中国社会原本极具多样性，中国社会在改革开放的过程中，不断参与世界活动，但是这个过程不应当是一个单纯的适应世界的过程，并且不能因此而轻视中国传统所具有的丰富的多元文化，尤为重要的是，调节这些多元文化使之相对和谐存在的经验和制度。这种文化的多样性及与之适应的制度不仅是中国社会几千年历史的积累，而且也是中国社会在几千年内生生不息发扬光大的基本因素。中国社会多元文化的特点原本也可以为当代世界的规则的建立做出自己的贡献和提供可能的借鉴。

由此而观，这套丛书至少为中国有兴趣的读者提示了西方思想家的另一类思考，他们对于多样性多元化与普遍规则之间关系的探索应当有助于中国思想对自己文明独特性的理论关注。加拿大哲学家在原本看来最为纯粹因而应当达到普遍一致原则的认识论领域发现了多样性的踪影，中国哲学家是否也有同样的好奇心从事类似的精神冒险？毫无疑问，这套丛书所选著作的观点和态度并非一致,对于中国读者来说,其中可能读到的观点也并非都是闻所未闻的,但是它们的意义却并不因此而减弱,泰勒受到中国读者的欢迎就是一个例子。加拿大学者的努力可以为中国读者提示一种别开生面的思路,从比较具体的当代政治、社会、文化问题的哲学思考,直到对于多元性的认识论的研究,都是如此。

感谢为遴选本套丛书提供了宝贵意见的多位加拿大哲学家。

韩水法、莱斯利·雅各布
写于1998年至2000年间

《民主视野》后记

本书的全名是《当代政治哲学导论：政治学的民主视野》（*An Introduction to Modern Political philosophy: The Democratic Vision of Politics*），作者是加拿大约克大学哲学系副教授。1997年笔者在该系从事北美政治哲学研究时，作者赠我以这本刚出版的小册子。读过一遍后，颇觉此书对于正在重新起步的中国政治哲学研究，大有裨益。因为政治哲学在西方不仅源远流长，而且派别繁伙，关注的问题虽然有其核心所在，但主义的理路、论证的逻辑以及具体的态度，实在大有差别与考究之处，对于中国学者来说，全面地把握其诸家学派、各色观点及其相互之间的联系，一时恐怕还难以做到。但是，如果人们，无论是研究者，还是关心政治哲学及其问题的其他人士，对于当代西方政治哲学的整体没有一个概观，或者对一些主要流派，尤其是现在大张旗鼓地引进中国的一些学说相互之间的理论关系、它们与其他学说的关系，没有一个大致的了解，就会盲目地囿于一家之说，而不知别有洞天和陷阱。那样，人们对于政治哲学及其问题的复杂性和深度，自然就不易获得准确的理解。当今，固然已远非提出"纳谏就是民主"就能一举成名的时代，然而对于民主与自由的偏见依然存在，而这种偏见所立足的态度即使在于全力维护这两种价值，也容易产生有害的后果。科索沃事件就非常清楚而且以悲剧的方式说明了这一点。所以，一本全面介绍西方以自由主义-民主主义学说为核心的政治哲学著作，就有助于我们了解这个领域每一种观点的积极方面和实际与可能的缺陷，从而使人们能够对于这些学说和观点的实际与可能的含义保持理论上与实践上的谨慎。仅就此而言，将此书移译而介绍给汉语读者，可以说是非常有意义的。

本书作者出身于英美现代政治哲学的重镇牛津大学，于当代西方政治哲学各种流派浸润有年，所以能够在本书中就当代西方的各种政治哲学，为读者提供一个开阔的视野。这一点从本书对于各种学说与观点中肯而精练的概述可以看出，而每章之后所列供深入研究的参考文献实际上也为把握当代西方政治哲学主要流派开了一个赅而精的书目。无论是书中所论述的问题与学说，还是这些著作，都是研究当代西方政治哲学方便而直接的入手处。笔者在北京大学哲学系1997—1998年第一学期的"《政治自由主义》讨论班"上，曾将本书当作导论课的必读文献，收到了不错的效果。

此书由吴增定、刘风罡两位译出初稿。因为吴增定参加过

"《政治自由主义》讨论班",不仅通读过本书,而且对于政治哲学的名词术语也有相当的了解,所以全部初译先由他通校一遍,而笔者则于最后校订了全部译稿。尽管如此,本书译文仍有不少可待商榷的地方,有待于读者与方家的指教。

王平兄对于此书的出版惠助极大。当笔者在加拿大与他谈及翻译出版此书的意向之初,他就十分地积极。尔后,从联系版权到校读清样漫长而麻烦的过程,他都相当热心、耐心与宽厚。我与两位译者对于王平兄表示衷心的感谢。

1999年9月25日记于北京大学燕北园听风阁

(原载莱斯利·雅各布:《民主视野》,吴增定等译,中国广播电视出版社,2000年)

《民主与资本主义》重译后记

《民主与资本主义》中文初译于一九九八年在台湾出版,大陆读者一册难觅。今商务印书馆购得此书中文版权,而台湾版由于两岸繁简字体之变、手民误植以及清样未及审读,鲁鱼亥豕,致使舛误触目,且一些重要术语的译法亦需改进和完善,重译实属必要。二〇〇〇年年底至二〇〇一年年初,时客居德国,当欧人耶诞节假之期,费一月之力,毕移译之功。其间与作者之一金蒂斯就疑难问题多有讨论,裨译文更加达意。孟令朋校读清样一过,谨致谢忱。虽重译亦难免疏漏,祈海内外方家指教。

2002年10月26日识于北京魏公村听风阁

(原载塞缪尔·鲍尔斯、赫伯特·金蒂斯:《民主与资本主义》,韩水法译,商务印书馆,2003年)

序《政治哲学经典选读》

政治哲学自二十世纪七十年代复兴之后，已成为当代哲学的主要领域，政治哲学的对象同时成为政治学、经济学、法学和社会理论乃至一般文化与文学批评所关注的焦点，换言之，这些领域的一些基础问题原本就是政治哲学的问题。与此相应，各种政治哲学著作也如雨后春笋，应时而生，其中既有开创一个学派的大哲之作，提倡一个观点的雄辩之篇，相互非难的论战之章，亦有收罗各式篇章的文献选编性的初阶读物，而政治哲学史一类的著作也纷纷出版，其中不少就是先前已经付梓却不为人们重视的著作的再版，一时蔚为大观。《伟大的政治思想家》[1]就是其中的一本。这是一本西方政治哲学文献的大型选编本，有一千多页，

---

[1] *Great Political Thinkers: Plato to the Present*, ed. by William Ebenstein, Alan Ebenstein, 6th ed, Fort Worth, TX: Harcourt College Publishers, 2000.

多次再版，而本书乃是这部大作的节略本。

此书的编者是威廉·埃本斯坦（William Ebenstein，1910—1976年）和艾伦·埃本斯坦（Alan Ebenstein，威廉·埃本斯坦的小儿子，经济学家）。威廉·埃本斯坦是一位卓有成就的政治哲学家和政治学者，出生于奥地利，在完成大学教育之后，前往英美，此后就一直在美国的大学里教书，他的擅业在于政治哲学和比较政府研究，而在极权主义（totalitarianism）研究领域里面，威廉·埃本斯坦则位居重镇。威廉·埃本斯坦的主要著作可举出如下几种：《法西斯意大利》（Fascist Italy，1939年），《纳粹国家》（The Nazi State，1943年），《德国记录》（The German Record，1945年），《现代政治思想》（Modern Political Thought，1960年），《世界图景中的美国民主》（American Democracy in World Perspective，1967年），《今天的诸主义》（Today's Isms: Communism, Fascism, Capitalism, Socialism，1954年）。其中的一些著作屡次再版，比如，《今天的诸主义》已经再版七次，《伟大的政治思想家》在2000年也出到了第六版。因此，我们可以说，摆在读者面前的这本《政治哲学经典选读》（Introduction to Political Thinkers）是在英语世界广受欢迎的上乘之作，亦将受到汉语圈内英语读者的欢迎。

本书总共选录十三位西方重要的政治哲学家，或者用编者的说法，十三位伟大的政治思想家的经典著作中的重要章节。如果读者能够将本书所选的文献从头至尾阅读一过，那么整个西方两千多年政治哲学和政治思想的主流大致就可以把握了。美中不足的是，作者未收录康德的政治哲学的文献，从而使人们对这个主流思想的理解不免留下一些派势模糊的地方。作者看重英美的政治哲学家，尤其是英国的政治哲学家，这可能缘于他的政治倾向，然而，在政治哲学领域，自德国哲学在西方思想界崛起之后，德国的观点和理论始终保持举足轻重的影响，而其荦然大师绝不仅限于马克思一人。埃本斯坦出生于奥地利，却与英美思想十分合拍，一如维特根斯坦、哈耶克和波普等人的情形，这看起来是奥地利思想学术界的有趣现象。此外，在我们东方人的眼中，编者简单地将此书命名为 Introduction to Political Thinkers 而不收入西方以外的政治思想家的文献，则是一个明显的偏见。

本书编者的工作是相当认真的，在所选的每位哲学家的篇章之前都有一篇详细的介绍为引导，它介绍相关哲学家的时代和思想的背景，该哲学家的政治哲学的主要观点和原则，以及所选篇章的中心思想。这种精心撰就的导读对初学者来说是十分有用的，即使对有一定基础的读者来说，也是一册方便应用的资料，本书因此而兼具初阶读物和文献选编的双重作用。我想，喜欢政治哲学的读者，很可以将本书用作进入西方政治哲学的门径，深入之后，大有收获是可以期待的。

2002年11月30日识于北京魏公村听风阁

（原载《政治哲学经典选读》（英文影印版），

北京大学出版社，2003年）

《汉英对照西方哲学名篇选读》前言

西方哲学两千余年所提供的理论，对西方人的观念和西方社会的发展产生了重大有时乃至决定性的影响，并且因此也对整个世界的观念变迁和社会发展产生了重大有时乃至决定性的影响。虽然人们喜欢谈论并且依然努力寻求某种内在一致前后赓续的、真正的、主流的和基础性的西方思想，然而我们从西方哲学的名篇巨著之中，所了解而领会到的却是渊源别自、流派各分的各种不同的观念。西方哲学家多半长于雄辩而勤于笔耕，留下了卷帙浩繁的哲学文献，即就其经典而言，也是常人穷其一生而难竟读的，何况经典也有见仁见智的分别，而面对浩如烟海的著作，任何学者也只能是专家而已。有鉴于此，编选一册包括那些诠证了不同思想的最重要的哲学家的最具特色的名篇，对于汉语读者来说，是一件极有意义的工作。这一册《汉英对照西方哲学名篇选读》主要是为哲学专业的初学者和哲学爱好者而选编的，我们努力使西方两千多年哲学史上最优秀的文字入选其中，虽然不能说有窥一斑而见全豹的功效，但也希望让汉语读者借此而了解西方最聪明的头脑在这么漫长的时间所关切和探讨的各种各样的重要问题：从形而上学到人的教育的原则。这就是我们编辑此书的宗旨之一。

西方哲学著作迻译为汉语已经有颇长的历史，现代中国哲学在学科、概念和方法方面受西方哲学影响之深，是大家都清楚的。然而，尽管如此，不仅在现代哲学的汉语表达与西方语言表达之间依然存在着鸿沟——而其中的某些"地段"看起来是难以逾越的，而且西方哲学的汉语表达与西方哲学的西方语言表达之间也存在着重大的差异，这册选读采用汉英对照的方式就是为了让读者把握和领会这种差别，并且在这种差别之中来理解西方哲学的主要观念。事实上，即使在西方语言内部，不同语言在思考哲学问题和表达哲学观念时也存在着重大的差别。哲学与诗歌一样，是相当深入而具体地依赖于语言的，并且对语言的表达形式极其敏感——翻译使这一特点完全凸现出来。西方文化压倒性的东渐，其浸润既深，侵蚀也烈，在这样一种局面之下，西方语言必然也因势而影响汉语的发展和变化。这种形势只有在真正具有力量的中国思想和思想家再度出现时才可以改变。在这册选读，所选的汉译文字因其年代的远近，使读者在阅读中也能感受这种变化。

应当承认，汉英对照的方式最基本的目的乃在于使初学者和爱好者不仅能够通过英语了解和阅读西方哲学名篇，而且也方便地掌握西方哲学的基本概念和术语。但是，这个目的必定是与上述意义联系在一起的，因为读者在此册选读会发现如下一种情况，在汉语文本中不同哲学家不同的概念和术语在英语文本里原来是同一个词。自然，也有相反的情况，那就是在英语文本里面原来不同的两个概念或术语在汉语文本里被译为一个概念或术语了。

这里应当提一下我们选文的原则，这就是每篇选文当是一篇独立的文字，它们或者是独立成篇的论文，或者是著作中独立的一章，或者是著作或论文之中构成一个相对独立论证、表达了相对完整的一个思想的段落。这样，读者通过阅读能够从每篇选文中了解、掌握或领会某个相对完整的观念、思想，如此等等。为了达到目的，一些选文就需要做必要的处理，有些选文形成一个独立和完整意思的文字篇幅过长，并且夹有不甚精彩或不太重要的段落，当予删节而保留主要的和关键的段落，有些特殊的文本如斯宾诺莎以几何学论证方式写就的文字，仅仅保留其主要的定义、公理和命题，以及必要的证明。我们希望通过这样的处理，使读者能够直接进入所选文字的中心内容。

为了读者的方便，每篇选文之前都有一篇简要的导读和作者介绍。导读的目的是为就选文的文字、思想或理论提供必要的背景知识，指出文中的重要之点，并对选文予以适当的分析。毫无疑问，这仅仅是一篇参考性文字，对选文的切实理解有赖于读者自己的领会和思考。作者简介是为读者提供有关文章作者的一些基本的情况，如生平、思想观点和著述情况。进一步阅读书目也是为了读者的方便，所列书目一般是在国内可以方便地获得的著作。

这册选读是一个同人合作的成果，因此，毫无疑问，每篇导读、作者简介，甚至进一步阅读书目的推荐，都体现我们三位编者不同的风格、不同的关注之点，因此风格和文字的不同，是读者可以清楚地看出来并且理解的。然而，这不意味它们是无须批评的，正相反，无论是整册选读的编选，还是每篇导读、作者简介以及进一步阅读书目的开列，我们都竭诚欢迎读者批评，以便日后改进。

编辑此册选读的决定缘于北京大学哲学系同人学术论坛"周五哲谭"与香港中文大学暨美国密歇根大学教育哲学教授杜祖贻所主持的"教育及社会科学应用研究合作计划"的合作。在杜祖贻教授的支持之下从1999年至2001年"教育及社会科学应用研究合作计划"资助了"周五哲谭"部分活动经费，颇有助于"周五哲谭"的开展。在后来的多次交往中，杜祖贻教授提议编选一本汉英对照的西方哲学名篇选读，以供汉语地区的哲学和人文社会科学专业的学生方便阅读之用。"周五哲谭"的几位同道认为杜祖贻教授建议很有意义，也与大家原先曾有过的想法相合，并且也是可行的，所以就决定来完成此项工作。

此书编辑历时数年。最初参与选题讨论的除现在的三位编者之外，靳希平、孙永平、程炼等同人也提供了宝贵的意见。杜祖贻教授对选目也提出了自己的看法。最后的选目是我们三位编者在参考大家的意见基础之上斟酌决定的。

2003年8月27日

（原载韩水法等编：《汉英对照西方哲学名篇选读（上）》，
北京大学出版社，2014年）

《汉英对照西方哲学名篇选读》后记

这部《汉英对照西方哲学名篇选读》从起意到现在付梓，历经十三年的光阴。虽然起初我也并不以为这是一件容易的事情，但这么长的岁月，却真是出乎意料。今天重读九年前写的前言，白驹过隙，人依然在天地之间，而心绪和环境却是大不一样了。

恰如前言所说，这部选读在2003年就编竣了。所以拖延到今天，除了出版社联络、英文和译文的重新调整，以及排版的复杂等项之外，还因为一人承担诸项事务，或一时没有连续办理，便就搁置了下来。大约从2007年起开始时续时断地重启编务。此书的编辑需要不少细致具体的技术活，如排版中汉语文字与英语文字的一一对应等，我先请了学生杜文丽，后又请了学生萧涛来协助处理。萧涛本科英语专业，自2007年起进北大哲学系念哲学博士，于英语和哲学两方面皆有良好的知识，正好胜任此项事务。萧涛细致认真，除了上述编务，他仔细校对了全部英文文章，并帮助调换了一篇英文译文，使之与汉语译文匹配；此外，他还负责与出版社的联系和沟通，做了大量的工作，亦当是此部选读的编辑人员。几经反复，这部选读终于能够以今天的面目问世。在这里我要向萧涛和杜文丽表示谢忱。我也要感谢北京大学出版社王立刚和吴敏两位编辑。王立刚很乐意地接受了这个书稿，而吴敏编辑几年来耐心地与我们合作，使此书终于出版。

编选汉英对照的哲学读本，起于十几年前的想法——这在今天依然是很有意义的，但我们确实也是第一次做这样的事，缺乏经验是不言而喻的。书中如有错误，欢迎方家批评。我自己则希望，以后会有更好的选本出现。

2012年9月28日记于北京圆明园东听风阁

（原载韩水法等编：《汉英对照西方哲学名篇选读（下）》，北京大学出版社，2014年）

"北京大学外国哲学研究丛书"序言

北京大学的外国哲学研究素有渊源,在自北大开校以来一百余年的历史中,名家辈出,成绩斐然,不仅有功于神州的外国哲学及其他思想的研究,而且也有助于中国现代社会的变迁。自二十世纪八十年代以降,北大外国哲学研究进入了一个新时期,学术视野日趋开阔,评价观点百家争鸣,研究领域自由拓展。巨大的转变,以及身处这个时代的学者的探索与努力带来了相应的成果。一大批学术论文、著作和译著陆续面世,开创了新局面,形成了新趋势。

二十余年又过去了。北大外国哲学研究新作迭出,新人推浪,当付梓以飨读者,扩大影响;一些著作或者出版既早,虽然广受欢迎,但坊间已难获一册,或者在海外付梓,此岸读者无缘识面,当因需再版;一些著作面世之后不久作者即在观点、材料方面更有所获,需修改而出新版;一些颇有学术价值而实堪一读的学术论文由于分散在不同的杂志、文集里面，查阅不便，而在现代学术领域，论文是学术研究中相当重要的一种作品形式，需结集发行。凡此种种，无不表明将北大外国哲学研究性文字汇编成丛书，以见系统，以便参考，实属必需。此套丛书于是因应而生。它的宗旨是有计划地陆续出版北大外国哲学研究领域有价值有影响有意义的著作，既展现学者辛勤劳作的成果，亦反映此间外国哲学研究的最新动向。

不过，此套丛书只是展现了北大外国哲学研究的一个方面，因为它所收录的只是其中的部分著作，许多著作因为各种原因暂时未能收录其中。我们的计划是通过持续的努力，将更多的研究著作汇入丛书，以成大观。我们真诚欢迎海内外学术界对此套丛书予以批评和指正。

* * * * *

本套丛书第一辑在商务印书馆出版。各部著作陆续出版之后，颇获学界的肯定。在此，我们对学界朋友的支持和商务印书馆的合作谨致谢忱。本丛书的第二辑移师北京大学出版社，我们期望与北京大学出版社精诚合作，使之在各方面更上层楼。

丛书编委会[1]

2010年1月30日

---

[1] "北京大学外国哲学研究丛书"主编：韩水法，编委：赵敦华、靳希平、杜小真、尚新建、韩林合、张祥龙。

《理性的命运》前言

一 会议的缘起

2008年10月，北京西山，五色缤纷，天高气爽，正是秋色宜人之时，由北京大学哲学系和外国哲学研究所主办、德国柏林自由大学哲学学院、北京大学德国研究中心和歌德学院北京分院协办的国际启蒙会议在此处举行。群贤毕至，中国学者与西方学者共同展示和交流了他们有关启蒙和理性研究的最新见解和丰硕成果。

会议的名称"理性的命运——启蒙的当代理解"得到几乎所有与会学者的肯定——它体现了普遍传达和多种诠释的可能性。不过，理性、启蒙及其命运在不同的学者那里却呈现出相当不同的意义。这个会议名称表明，启蒙就是理性命运的一种表现，而启蒙其实是有多种维度的，启蒙的多种维度也就是理解启蒙的多种维度，理解的多样性乃是理性与启蒙的命运之一；而命运这一概念在汉语里面和在西方语言里面是以相当不同的词来表达的。其实，就有西方学者质疑理性与命运结合在一起使用的含义，因为命运包含某种不确定的甚至神秘的从而不可认识的意思，从而与理性和启蒙直接相矛盾。诚然，会议的英文名称所用的"fate"（命运）会加强人们这样的印象和理解，不过，"命运"一词在汉语里面还有趋势的义项，而"fate"也包含未来走向的意思。然而，一种以不可抗拒的方式进行支配而又不可尽行认识的力量这样一层意思，始终是理解命运一词时无可消除的因素，因此也就影响了关于"理性的命运"这个名称的理解。这同样也就关涉对会议副标题的理解：人们今天究竟如何理解启蒙，基本上也就等于人们如何理解理性。在一个更为中肯的词语被构想出来替代理性之前，启蒙就始终是理性的一个重要维度和层面——尽管人类是很晚才发现和意识到这一点的。欧洲启蒙时代的核心话题和最高原则就是理性，这里只需举出一个一望而知的例子便可以一斑而窥全豹：那个时代的主要哲学著作大多是直接以理性（包括同义的知性）为标题的核心词语的。

在当代世界的思想和学术领域里，启蒙不再是一个热门的话题，甚至偏居于冷清的一隅，在人文学科和社会科学的各个领域以及综合的研究中，人们已经很少再将理性拎出来当作核心话题。在一些人看来，理性已经成为人类精神与行为的最高原则，至少在理论上并没有任何有力的、有说服力的力量能够妨碍人们运用理性。另一方面，人们现在所从事的是理性的具体运用，以及对理性具体运用的研究，而关于理性本身或作为整体的理性则仿佛既无从谈起，亦难以谈论。其实，近代哲学家以"人类理智研究"这样的标题来命名自己的著作时，它所处理的问题依然只是理性的某个层面或某些层面。启蒙过时的观点倘若依据于这个现象，那么它在相当大的程度上体现了它自身的成就和理性的自主。

启蒙过时论的另一层意义来源于对由启蒙而导致的所谓理性至上或曰理性的傲慢的不满和批判，准确地说，来源于对某些理性主义的主张和产物的不满和抗议。不过，许多批评者并不能够清楚地区分理性和特定的理性主义流派，从而将特定的流派等同于一般的理性。在许多批评者的眼里，不仅若干过去人类社会－历史的宏大历史被构造了起来，一些关于人类未来的世俗蓝图也被制定出来了，而这一切都是理性以其自己的方法来完成的，或者准确地说，人们声称这就是理性的产物，比如科学的结论。事情的要害不在于这些理论或规划的出现，而在于它们的付诸实践，即在于它们被用来改造或规整现实的社会和日常生活。就如人们所经历的那样，实际上社会－历史常常被揭示出另外的一面，而那些所谓理性的模式和规律等等在实际的生活中也就常常呈现出捉襟见肘乃至支离破碎的窘境。理性对人类社会－历史的过去和当下并没有提供足够充分的合理而有效的解释，在某些情况下，甚至连相对合理而有效的解释理论也未能提供出来。关于自然的情况也一样，因此，理性并没有兑现人们在欧洲启蒙时代替其许下的诺言，而启蒙对理性的期许如此看来已经落空，在今天就显得不切实际。就如康德曾经说过的那样，人们需要在理性之外保留一个畛域，以供理性之外的精神自在地活动，而不论其意图和目的是什么。

人们可以看到，两种启蒙过时论有一个共同的原因，即对某种普遍的、宏大的理性本身及其营造物的不满和抗议，无论反对的理由在于批评它是虚构的还是不足的。

在欧洲，启蒙要求提出和启蒙运动发生的背景乃是理性处于次要的和奴仆的地位，以及与此须臾不可分的人的不自由状态。在启蒙运动之前的时代里，思想，或者一般地说，理性所受到的外在限制是强大、直接而明确的，宗教权力和政治权力，除了精神的枷锁，还用物质的力量来约束思想的自由和行动的自由。今天，在启蒙运动两百多年之后，这样的约束似乎不复存在，理性失去了外在的枷锁，个人也获得了政治上的和法律上的自由。于是，启蒙就失去了对手：人们认为，思想已经能够，至少在理论上可以自由无碍地进行。但是，理性失去了外在的敌人，同时便造就了内在的对手。这种状况甚至具有某种必然性——这就体现了我们会议名称的意义——理性一经自我批判就会意识到自身的分裂和不足，而历史表明，理性在取得支配地位之际，也就是其自我批判大行其道之时，并且在随后一系列的反形而上学的自我批判之中显得日趋支离破碎。但是，理性的这种状况似乎并没有引起人们多大的焦虑，因为形而上学的倾向在今天已经相当弱化，而这种弱化在一定的意义上也就是被分化了。现代科学研究及其理论从根本上改变了形而上学的作用和方向，在相当大的程度上消释了人们内在的形而上学的紧张。理性的这种内在松懈使得哲学已经难以再建立起宏大和内在一致的理论体系，哲学趋于片断化，而这正是理性支离破碎的一个表征。

启蒙在一开始就具有双重的意义，除了形而上学的意义，还有实践的意义，而政治在今天构成了实践意义的核心。哲学的和政治的启蒙乃是欧洲启蒙运动的两个重心。今天，启蒙的实践层面或政治层面与理论层面的遭遇是不一样的，这出于人们政治活动在时间和空间上的多样性。一方面，有人认为，他们已经看到了人类发展的尽头，历史行将终结，最后形态的人已经形成。在这之前或者同时，启蒙的政治意义也曾受到人们的关注，不过主要是消极方面，比如，人们要清算启蒙与纳粹事件、与现代社会种种弊病和缺陷的关联和可能的责任。但无论前者还是后者，似乎都趋向于不了了之。另一方面，许多国度被认为还处于前启蒙的状态，而所谓前启蒙就是指欧洲启蒙时代所确立的那些普遍的观念和原则尚未明确得到普遍的接受并成为社会的基本原则。这个意义上的启蒙，即单纯地传播和宣传一些政治观念和原则，在相当大的程度上不是理性的自我批判，不是理性存在者的自我要求，而是理性的外在要求，一些似乎成熟的理性存在者对另外一些不成熟的理性存在者的要求和指导，因此也就容易流于大胆地运用他人的理性产物而非自己的理性的路数。当代启蒙的政治意义的这一层面与前一层面在要点上其实是一致的，因为历史的最终前景已经展现出来了，这是唯一的结局，先知和先行者就有义务、责任和权力告诉、建议和强制后知和后行者如何行动和前进。

这不是理性自身的启蒙，而仅仅是已经启蒙了的理性的扫尾工作。

于是，今天，一些人谈到启蒙，仿佛是在谈论一个伟大时代的历史回声，一件博物馆里的藏品，虽然珍贵，却无非古董。启蒙虽然仍然为他们所研究，但是其兴趣中心乃是作为历史事件和现象的启蒙运动、其思想源流和不同思潮之间的关系，而非启蒙本身。像阿多诺、霍克海默和福柯也曾经研究启蒙的当代意义，但是前两人如众所周知主要是在清算启蒙的罪行，而福柯除了清算理性的华构、瓦解启蒙的经典解释，还提出了独特的启蒙界定，其宗旨是走向未来，超越康德而推进启蒙。福柯的工作无疑加深了人们对理性的反思和批判，后者直接关涉启蒙的前景和理性的命运，但这正是一项十分困难的任务，福柯为此提出了许多观念的设想和理论的规划，不过，他所成就的东西主要还是对理性过去所作所为的无情分析，拆散人们以某种理性主义的观念构造起来的过去历史的宏伟建筑。

霍阿两氏可以几乎全面地批判欧洲启蒙运动及其先前的源流，福柯也可以通过诠释启蒙的定义来瓦解人们对既有的启蒙及其成果的理解，但这既无法从根本上否定启蒙以及启蒙运动的积极意义，也不意味启蒙在今天已经失去了意义。而无论理性支离破碎的现象，还是历史终结的幻象，都无法最终让人相信，向来的启蒙已经完成，理性已经全部展开，因为人们对自然和自身尚存许多疑问和忧虑，而每一个疑问和忧虑都指向陌生的和不确实的领域。人们为自身所设置的限制依然多多，诚然并非所有的限制都要突破，但是它们都应当得到充分的讨论和批判。康德断定，启蒙是寻求出口，而我认为，出口或出路问题始终存在，而限制就包含了遮蔽出口的可能性。即便在科学或者更为一般的学术领域内，启蒙也并非是一项完成了的任务。因为，很显然，康德的启蒙箴言或口号其实首先并非是针对外在的约束，而是理性的自我要求，在他那里理性批判与启蒙是同一理性事业的不同层面。因此，理性在今天可以说是经过启蒙的，但是并不能说是彻底启蒙了的。

二　中国启蒙问题

在中国传统思想和学术里面，启蒙乃是一项基本因素；同样，在现代中国思想和学术之中启蒙也是一个基础话语和任务，不过，这个词语及其概念的内涵在这两个不同时代具有相当大的差异，遑论前者是自生的，后者是外来的。在今天的一些国人看来，前者是过度的，而后者却是不足的，或者直接就是未完成的。我以为，其实两者恰有一个共同点，这就是它们都是未完成的。两者的充分展开会在某一点上交会，而这正是经典新儒家努力的目标。

传统的启蒙原先是没有多少人研究的，而传统的思想向来也没有多少人从启蒙的角度来进行考察。现代启蒙在中国的兴起就是出于政治的理由，而且是从反对传统主流思想入手且以这样的形式出现的，虽然所用的武器来源不一，主要自西方舶来，但亦有取自传统的武库，不过，其兴起的直接原因则主要是应对西方物质的和精神的入侵。整个现代，包括当代中国有关启蒙的主流话语一直在沿袭这一路数，虽然所持的观念和理论武器彼此不同，但以西方既有的观念来行使灌输和教育这一模式却是一致的。这一路数长期以来的缺陷和弱点就是缺乏基础性的考察，后者包括两个方面，即对传统思想的批判性展开和关于理性本身的直接批判和研究——这两项实际上也就是理性自反和展开。由于这样的不足，政治启蒙在现代中国就不断地在各种主张和主义之间来回摇摆，人们具有十足的热情为不存在的河流设置可摸的石头，而缺乏足够的勇气来正视现实的状况和可能的前景。

在今天，国人意图明确的启蒙研究主要分布在如下几个方面。第一，关于中国传统的启蒙概念与思想的研究。第二，近现代中国启蒙思想和启蒙运动的研究，这通常是与欧洲启蒙思想相比较或以之为背景的研究，因此，话语模式的西方观念和理论的色彩是相当明显的，却也因此常常流于表面。第三，中国现代启蒙研究，这依然是沿袭政治启蒙的新传统，不过，所涉及的面更宽广了一些。第四，关于西方启蒙的研究，其中心关切自然在欧洲启蒙运动，以及其后的反启蒙和批评启蒙的思潮。启蒙与后现代之间的关系也有人涉及。第五，关于启蒙的基础研究，亦即关于启蒙的纯粹理论考察，包括对启蒙概念、理论结构以及理性自我认识史的探讨和考察，而后者也通常与理论哲学和实践哲学的基础研究相关。需要指出的一点是，有关儒家思想的内在理路的研究以及重构，从思想史的角度来看，事关中国传统启蒙的基础研究，而它或许揭示出中国传统理性普遍性的内核及其未充分展开的局促状态。不过，这样的研究依然也受到有形或无形的限制，即起源于西方的特定观念和原则的限制，而这就使得这种重构在内在的深度和广度上都无法自如地进行。

上面所述的现代中国启蒙研究的几个方向只是我简要的概括，它们彼此之间的联系以及此种联系的重要性也是少有人认识到的。流行的启蒙观既然主要还是停留在政治的层面，而非形而上学以及认识的层面，启蒙观念和理论又没有经过深入的哲学批判，于是，启蒙在现代中国首先就呈现出基础性的矛盾：它是以非启蒙的方式出现的。这种非批判而不彻底的状态于是就造成一种空前的精神迷局。这种状况在今天虽然有所变动并且持续在变动，但并没有根本的改变。启蒙在中国由于缺乏理论和批判的基础，就显得漂浮无根；而唯其漂浮的性质，它们往往就会与灌输的手段和强制的方式结合起来。启蒙的政治化走向革命与强权——这并不是理论上的必然，却实在是现实中最容易发生的事情。这样的政治启蒙就缺乏足够的开放性和广度。所以，在现代中国，人们也就一再经历不断重演的历史：有人通过启蒙而向人们传达的主张和观念或许与他们政治上对手的观点恰好相反，然而在态度和手段上却往往相当的一致，启蒙在他们那里成了布道。而在我看来，启蒙的要义就在于理性的自反与自我批评，这是没有边界和限制的，倘若有，那么它就是出口。

三　本文集的工作与意义

回过头来再看，启蒙研究一开始就涉及对启蒙和启蒙运动的理解，并且最终涉及关于理性的理解。在欧洲启蒙运动两百多年之后的今天，启蒙和启蒙运动在人们的理解中经历了很大的变化，这不仅因为人们对启蒙评价的演变，也出于对启蒙与非启蒙和反启蒙之间关系和界限的深入理解，或者换言之，启蒙时代以及后人所曾经标定的启蒙与非启蒙和反启蒙之间的界限不断地挪移，启蒙与非启蒙和反启蒙的某些看似截然的对立也在逐渐消释。人们通过不断地发掘和考察，发现启蒙思想家的思想体系里面原本也包含信仰的、浪漫的等非启蒙或反启蒙的观念和学说。启蒙以及启蒙运动与宗教和宗教批判、启蒙与政治和革命的关系，尤其重要的一点是，启蒙在中国的命运，人们都有了新的理解，也需要予以重新考察和研究，而为人们忽略已久的启蒙与理性的问题，更其值得探讨。这些问题自然也就形成了我们起初设计的会议主题。现在编成的会议论文集的几个部分的论题依然还在这几项范围内，只是启蒙与政治和革命这个论题少有人涉及，便付之阙如。

概括本次会议及本论文集的特征是一件难事，但要撰写前言就不可无评价，而要评价，概括也就是必不可少的了。我们可以说，所有的研究和论文都揭示了启蒙的高度复杂性，而且这种复杂性原本也早于欧洲启蒙运动，在人类理性早期的活动之中就已经如此了。文集中关子尹教授的考察就是从人类精神在西方的语言表达和历史进程中来揭示这种界限的复杂性的。他自述道：

在这篇论文中，我要证明启蒙与反启蒙思想之间的纠缠比通常想的要有更长的历史——其根源可以回溯到哲学概念本身,及西方哲学在古希腊时期的诞生之日。另一方面,启蒙与反启蒙论争的结果远比它们在一个特定历史时期的相遇要深远得多。启蒙与反启蒙的根源十分地模糊,它们之间的关系则更加模糊。[1]

关子尹认为哲学的古希腊文原本就是情感与理智的结合,智慧与爱的结合就是哲学的胎记,而它在今天的意义就是要每个人在激情与理性之间取得平衡,由此,启蒙所造就的并非仅仅是理性的首要地位,而且还有理性与其他人类精神因素的合理关系。

深入研究启蒙思想家的思想体系,人们就会发现启蒙思想的演变以及各种元素之间交错与复合的关系,是一个概念、一个判断和一段文字所难以概括的。在诸如莱布尼茨和卢梭等一些公认的重要启蒙思想家的思想中,人们早就发现了某些不那么启蒙的,或者与先前所认为的启蒙的观念和原则相反的思想和观念。如何来理解这个现象?在被视为启蒙哲学家,或者被视为理性主义哲学家的思想中发掘出重视情感的因素,从而说明启蒙与反启蒙的观点在启蒙哲学家身上也是交织在一起的。这个工作非常有意义。它让我们看到启蒙及其对立面之间的复杂关系:或者如其

---

[1] 参见韩水法主编:《理性的命运——启蒙的当代理解》,北京大学出版社,2013年,第302页。

所说的，启蒙与反启蒙之间的张力。

比如格哈特通过人性将启蒙与情感结合起来，让人们领会到，启蒙之后的情感，比如爱，已经被理性化了，转化为权利，从而以知识为基础。这就是说，启蒙在这个意义上，实际上规范了人类的情感。这就揭示了启蒙与其对立面的又一层深刻的关系，即启蒙与非启蒙和反启蒙之间关系的演变，固然在于理性调整自身对情感的态度，同时也在于彼时的非启蒙和反启蒙的思想在其日后的发展中也在改变的自己的形态。

伯特（Pott）《宗教的启蒙》一文的中心其实也在情感，它所透露的思想——因为这篇论文所要表达的意思就如其主题一样，原本就比较曲折——即宗教与情感是在最本源处彼此关联的非因果的关系，那么宗教的启蒙意味着什么？伯特认为，宗教的作用就是使情感和情感的冲突合理化和社会化。由此，宗教启蒙的意义就不仅仅如他所说的那样，在于离开了感情就没有认知，离开了认知就没有感情。那么，什么是启蒙了的宗教？伯特没有正面回答，因为这是一个真正的难题。被启蒙了的宗教是尊崇理性的宗教，还是为理性让出地盘的宗教？他的核心观点很妙：其实情感、理性和宗教的绝对依赖感，都在感性之中真实地存在。这些人类特定的精神形态都在感性那里获得了平等的地位，而感性由此来看，也应当是启蒙的，亦即是可以认识的。[1]

情感与理性或理智的关系，这原本就是启蒙运动的中心问

---

[1] 韩水法主编：《理性的命运——启蒙的当代理解》，第247页。

题，虽然它们有时是以其他的样式表现出来的。流俗的观点以为，确立理性的首要地位就贬低了情感的作用，所以启蒙运动也就被理解为理性对于情感的单纯胜利。而上述这些学者却表明，情感在启蒙之后大大地拓展了自己的深度，而且还可以一般地说，它也获得了更大的普遍性。不过，这样的理解也就在一定的程度上误解或贬低了宗教。康德知识为信仰留出地盘的说法曾受到许多人的批评，然而，批评者通常不太愿意理解或者径直不愿意理解，这个观点不仅协调了理性与信仰或情感之间的关系，而且使宗教进入了启蒙的界域。

启蒙对于多数西方学者来说，是已经完成了的任务和过去的事情；启蒙已经完成，而今的西方社会是启蒙了的社会。因此，启蒙研究在多数情况下就成为思想史的工作，即对先驱所经历的思路进程及其细节的追思或反思。这个论文集在一定程度上也印证了这一点。西方学者论述的中心是对欧洲经典启蒙运动、经典启蒙观念、思想和范式的反思和进一步考察。譬如，德国学者的论文主要从事对经典启蒙观念、概念、文献和事件的再诠释，从中发掘出先前尚未为人注意到的内容、隐藏的意义、精巧的思路和结构，或者追溯某种观点、学说和思想的发展脉络，以揭示和展现启蒙思想和事件的新的层面和面貌。

德国学者的论文有一个鲜明的特征：相当注重方法和思路、概念和观念的结构以及彼此之间的联系；他们有颇为丰富的思想和理论的宏大建筑可供分析或拆解。这是他们的传统和遗产，也是他们的优势，因为久居其中，所以他们熟悉里面的细节：每个通道，通道的关联，每个房间，不同房间的不同功能，房间每个区域的不同功用，建筑的装饰，装饰的不同风格，它们的历史意义以及现实的影响或遗响。他们良好的学术训练和娴熟的分析技巧更使他们的工作如鱼得水。

诚然，从宏观上来说，认为启蒙尚未完成并依然具有现实的意义的西方学者也有其人，比如哈贝马斯，比如罗尔斯，以及态度相当复杂的福柯。在本文集中，美国莱斯大学教授扎米托的论文从历史学科的角度来讨论所谓现代性和后现代主义与启蒙的关系，主要是后现代主义对启蒙以及启蒙运动的批判，而这是通过对启蒙和启蒙运动的重构来实现的。另一位美国哲学教授杜兰大学的卫克莱认为，启蒙或许会以某种形式重新出现。我想补充的是，启蒙一直以其新的形式和深度在重现，诚然，它不再以欧洲十八世纪那种普遍的知识分子社会运动的方式出现，不会那么持久、集中和空前，也不再有那么强大而居于统治地位的对手。

随着欧洲学者回顾他们的启蒙历史以及对启蒙的当代理解，我再一次认识到，启蒙的道路，亦即理性展开的道路是有其多种不同的方式的。文集中慕尼黑大学教授沃尔哈特就莱辛有关宗教的启蒙思想所做的考察，让人深切地体会到欧洲启蒙从基督教之中挣脱出来的艰难性。欧洲或西方既然经历了这种宗教的千百年的统治，要从这种宗教专制之中解放出来，就需要经受特别的改变或革命——欧洲启蒙运动就是这样一场革命。不过，我这里要强调的则是另外一点，即人类所经历过而在其精神、思想、习惯、制度和生活方式等方面留下深刻影响的社会－历史，即便其主要层面乃是专制的、不人道甚至残酷的，只要历时足够长久，包括现代人在内的后代人在记忆深处依然会透露出依恋和追怀的情绪。由此便不难理解，启蒙虽然奠定了现代社会的基础并且也是多数人的心态，但是在启蒙运动之后那些于现代有影响的欧洲哲学家和思想家中，真有不少人在反思启蒙、启蒙运动和现代社会时，经常还会沉浸于摆脱基督教专制和封建时代之后莫名的惆怅、沉痛、痛惜和伤感之中，即便从理智上反对基督教专制和封建社会的学者，也难免有一种精神上的思乡和思古之幽情，因为这是他们的原乡，也是唯一确实存在过而与充满别扭、紧张、令人在人海里孤独地漂浮的现代社会形成鲜明对照的田园牧歌式的时代——尽管这仅仅对少数贵族来说是如此，但这不妨碍今天的人也可以像尼采将自己想象成贵族的后裔一样，来想象他们倘若生于那个时代，也可享受如此的逍遥和悠闲。诚然，人们应当理解的是，基督教作为他们的原乡长达一千五六百年，一时摆脱，其精神的无所依附，不仅表现在个人身上，而且也会体现在群体身上。韦伯对现代化的忧虑其实也透露了这样一种通感，这种悠远追怀和经久不已的向往。不过，第二次世界大战后的一些反思者幻想纳粹式的事件是不会在他们的原乡发生的，它仅仅是启蒙和启蒙运动的结果——这就既不合逻辑，也可笑得很。其实，纳粹主义原本就藏在犹太-基督教文化的深处，它并不是偶然的事件，也不是现代才出现的，更不是外来的。"阿多诺们"的懦弱在于，他们将启蒙的原罪追溯到古希腊，但却有意无意地忘记了西方文明原本还有另一个源头。

由此不免联想开去，想到讨论启蒙问题的境域与身份。一些国人，亦非常好谈古今之争，但所谓的古却是前面所说的西方之古，于是他们由此来分享异乡人的那份思乡的情怀，"反认他乡是故乡"在这样一种情怀里也就变得古雅起来了。于是，地域淆乱的现象就出现了，他们对现代社会的批评，以基督教专制时代的欧洲为精神的原乡，倘若不涉及中国社会，这原也是可以的，但一旦牵涉中国，人们应当知道的是，原乡是不可以挪动的。一些看似对立的思潮在这一点上汇成了一条潮线：以一个虚构的中世纪的、充满信仰的、田园牧歌式的时代，或者非异化的社会，来对抗和批判现代社会。但他们不点明这个在追忆中重构的幻境的地理位置，也不点明那个传说中神圣的宗教原来也是血腥专制的，从而让这种所谓的古代世界成为一种普遍的东西，这就有如让五种社会形态普遍化，其如出一辙。

与德国学者形成对照的是，在中国学者的视野里，启蒙是当代的事情，并且依然有其相当大的迫切性，因为在多数人看来，启蒙尚未完成，而这里所谓尚未完成的启蒙在人们看来主要就是政治启蒙。不过，在本论文集里，中国学者充分揭示了启蒙的复杂性，以及启蒙在政治以外的基础性。政治对启蒙来说是一个外在的限制，而缺乏让理性本身自由地展开的决心和意志，才是启蒙的内在障碍，而对理性诸层面深入分析、考察和研究的匮乏正是这种缺陷的表现。

其实，这一点确实是容易被忽略的，或者事实上也被忽略了。在这种情形下，一方面，根本性的启蒙被认为是过时的，因为在一些人看来,真理的或准确的原则已经给出和确定;另一方面,启蒙尚有其残存的意义,因为这些原则并非是所有人都接受的。这样,启蒙也就变得过于政治化了,与此同时,启蒙本身的理论意义反而受到忽略,人们往往无反思地把一些既有的观念当作启蒙的原则、要求等等,以此来开启人心,甚至灌输到人们的思想之中,于是,启蒙在这样的过程中就在理论上走向了自身的反面,变成了以一种观念取代另一种观念的活动。启蒙并不承认如下一种特权,即有某种东西是最终的而不可批判的,但上述以启蒙名义所做的事情,恰恰造就了这样的现实。就如论文集中的一些论文所指出的那样,事情的更坏之处还在于,因为从外面引进的观念、主张和思想,即便有启蒙、先进或放之四海而皆准这样一些标签,但由于不是经过理性的自主考察和澄清,也就不免以其受到曲解的形式而被征引或应用,反而导致倒退和巨大的灾难。

多数中国学者具有广阔的视野,讨论宏大的问题,这是因为身处这个时代,所有"前""后"一类的问题都摊到了我们身上,形影不离地纠缠我们,盘根错节而使国人不得不同时处理各种不同的问题,难免手忙脚乱。尽管如此,我们依然还是可以从容地专注于特定的和专门的问题。国内学者的论文大致可以分为以讨论西方启蒙理论为主和以专注中国启蒙为主这样两类。

尚新建教授之文与拙文之争,是在若干共同点之上的论争,而争点就在于对普遍性理解的差异。我在《启蒙的概念》中的一段文字,可以视为对尚新建教授的回复:"我说启蒙的主体是每一个个体，其要点就在于强调，启蒙的主旨不是为每一个个人强加一个外在秩序的网，而是寻找彼此之间相互联系的'道'。"[1] 钱永祥教授从说理的普遍主义追溯到身份认同的普遍主义，其旨趣和洞察所见，也在于对普遍性的别样理解，即平等交往，而这落脚点也就是个体之间的关系，尤其是彼此之间理性关联的特点。如何理解普遍性和普遍主义是当今启蒙和理性的一个中心任务，科学和人类社会的现代发展为此提供了相当丰富的启示。

赵敦华教授追溯启蒙与理性的历史，最后得出结论说，启蒙的关键在于现实基础和实践活动。高毅教授认为启蒙运动中存在三个张力，而反启蒙思潮的错误就在于将张力某一端的过度扩张归罪于整个启蒙运动。江怡教授直接从后现代的语境中来分析启蒙在当代的困境，为我们展现了现当代西方重要思想家对启蒙的复杂心态；这里值得我们注意的一个问题则是，对传统所理解的理性的挑战与对理性的挑战这两者之间是有很大的差别的。

张志伟和庞学铨两位教授主要关注启蒙在中国的命运和任务。张志伟教授认为，启蒙在中国的出现与现代社会的进程产生了时间差，这就是中国启蒙命运的特点。所以，当今的中国需要新启蒙，但是对如何完成启蒙，他仍然心存忧虑：因为在今天的中国，各种问题，古今中外，前现代、现代与后现代，纠缠在一起，而每一个又都有多种维度，何为解构，孰为解人？庞学铨教授则为当代中国启蒙提出了许多具体的任务，则可谓路漫漫其修

---

[1] 韩水法主编：《理性的命运——启蒙的当代理解》，第7页。

远兮。翟振明教授以其犀利的笔锋，批判了当代中国对主流启蒙思想的各种误解，而为启蒙做了简明有力的辩护，从而足可以充任本文集的殿军。

本文集所收录的论文并不都是直接围绕启蒙展开的，但出于启蒙与理性的关系，关于理性特征的讨论，以及与理性展开相关的问题，与启蒙都是有关联的。所以关于普遍主义、战争和卢梭的宗教思想等讨论，或话题更为广泛的研究，都属于启蒙的外围问题。

四 结 语

今天，放眼人类的前景，理性已经达到了一个新的关节点，就如笛卡尔以其怀疑所标明的那个时代一样，而且更能够以理论彻底性的原则去要求：一切经过批判的东西，还需要重新予以批判，而一切批判，本身也需要经受批判。这并不意味传统意义上的相对主义，因为启蒙的要义，正如康德所说以及福柯再次揭示的那样，就是理性的批判，而不仅仅是人们习惯于引用的"大胆运用自己的知性"。

然而，题目既然有关理性的命运，那么启蒙的前景就与今天人类的境域直接相关。而人类目前所处的境域正有这样的一个特点：一方面，我们对世界具有越来越深入的理解，这些理解颠覆、正在颠覆或行将颠覆所有传统的知识，人与这个世界的关系从科学这一层面来说越来越密不可分地交织在一起；另一方面，人类，作为整体，愈益生活在自己构成的制度、境域（所谓人境）和关系等体系的环境里面，仿佛与自然的关系越来越远，比如天气、距离、作物的丰歉乃至疾病都不能像先前那样极大地影响人的日常生活。无论主张继续启蒙还是反对启蒙，或者其他更为复杂的主张，都需要深入地反思这样一种境况所揭示的理性的可能张力。

由此，我以为，哲学思想在二十世纪末的徘徊不前，其所表明的并非人类的启蒙和理性的创造力已经枯竭，理性已经达到它的极限或者顶点，而是启蒙和理性再度面临巨大变革的新契机，人类与理性对这种新的不确定又陷于怯懦的困境。因此，问题就不是恩斯卡特（Enskat）教授所提到的启蒙的成败[1]，我以为，启蒙无所谓成败，就如人类整体无所谓成败一样，问题只是在于：人类是否具有持续地拓展理性的勇气，或者人如何能够不断地发展自身？

除了其他的理由，我这里还可以提出一个启蒙并未完成的理由，这就是即便我们承认欧洲启蒙运动奠定了现代社会的基础，但那个时代开始的理性对话以及此后持续的讨论在多数情况下也仅仅是人类某个部分的交流和商议，还有泰半的人们尚未参与其中并发表意见。启蒙在今天的对手或曰启蒙的障碍，主要不是那些非理性的思潮、主义和观念，而是一切无法批判、拒绝批判甚或压制批判的主张，一切为理性划定最后界限的主张。

1　韩水法主编：《理性的命运——启蒙的当代理解》，第21页。

那么，现在为止人类理性所能够理解的启蒙在什么时候能够完成呢？或者是否有一个表明其完成的简明标志呢？这就是我在别处提到过的一个观点，在这里还可以重申：走出康德。福柯理解这一点，但没有摸索到出口。

2011年3月9日写定于北京魏公村听风阁
（原载韩水法主编：《理性的命运——启蒙的当代理解》，
北京大学出版社，2013年）

《理性的命运》编后记

在编完本论文集之际,首先需要感谢的是各位作者,他们在会议上的发言或提交的论文是本论文集的基础,而一些作者在会议之后对论文进行了相当认真和重要的修改,从而使本文集增色不少。这些论文将拓宽和加深人们对启蒙和理性的理解。还需要感谢的是各位译者,如翻译好手王歌、刘哲、吴天岳等几位老师,臧勇、陈晰、周黄正蜜等几位新手。他们从为会议翻译论文开始,一直到最后反复校对论文定稿,不惮辛苦,使有关启蒙的复杂讨论得以清晰地表达出来。这里也要感谢吴天岳和李石两位在编定会议论文集时所付出的辛苦,以及李石在此文集前期编辑中所做的工作。没有上述诸位的合作和工作,本论文集就无法以现在的形式奉献给读者。

为本次会议做出贡献的人员也要得到格外的感谢。本次会议是由北京大学哲学系和外国哲学研究所主办,由德国柏林自由大学哲学学院、北京大学德国研究中心和歌德学院北京分院协办。柏林自由大学哲学学院费格尔（Hans Feger）博士作为德方的合作者，在会议筹备过程中，尤其在与德国学者暨欧美学者的联络方面，做了重要的努力和大量的工作，他是中德哲学学术交流的一位殷勤的使者。为本次会议提供会务支持的北京大学德国研究中心的各位同学，如梁美霞、周慧灵、江晶静等同学，也要提及并感谢。

在进行本论文集的最后审校时，我的学生吕超做了许多工作，她校译了两篇译文，处理了初审存疑的地方，统一了部分注释的格式，编订了英文目录，并请徐龙飞老师协助校译了一篇译文。在此我致以衷心的谢忱。

最后我要感谢北京大学出版社编辑田炜，她为本文集的技术性编辑付出了辛劳。

2011年3月9日记于北京魏公村听风阁

2012年12月17日改于北京圆明园东听风阁

（原载韩水法主编：《理性的命运——启蒙的当代理解》，

北京大学出版社，2013年）

《北京大学哲学学科史》后记

在中国的大学,学科与大学行政运作须臾不可分离,它在这里所受到的重视远甚于在世界其他地方的大学。人们每天都面临学科的事宜,处处都有学科的问题,但是,若要认真追问"学科究竟是什么",许多人却会遇到不知道如何回答是好的局面。这并不是说,他们不能够给出一个描述,说某某学科在做什么,一种学科与另一种学科在现象上有何差别;而是指人们通常难以给出一个系统而内在一致的规定。学科在中国当代大学中所突显的是行政管理的作用,而不是学术及其共同体活动的本质意义。学科的界定依赖于人们关于学术本质和宗旨的理解,而它又直接与学术和学术共同体的活动和制度相关。学科同样是学术研究的对象,并且还是一个综合性的基础研究。学术原本是自反的。在构思和撰写《北京大学哲学学科史》时,由思考上述问题,我们领会到它不仅是一个颇为困难的研究对象,而且也是一片有待开耕的土地。

不过，编撰这部学科史并非出于学术研究的纯粹目的，即单单从学术上和理论上来研究和探讨什么是学科，什么是哲学学科，以及北京大学哲学学科的历史。它的缘起是为了庆祝北京大学哲学系建系一百周年。在这个对于现代中国人观念和思想发展颇具标志性的时刻，回顾哲学作为学科在中国的一百年历史，对于中国的哲学界来说，自然是一个必要的工作，而对于中国一般社会科学和人文学科来说，同样具有重要的意义。哲学学科，不仅关涉哲学的观念、思想和理论的现代话语和范式的形成和发展，而且也关涉现代大学制度的建立和发展。倘若再拓展一步的话，它与现代中国的社会政治制度的变迁也息息相关。——迄今为止已经发展了百年的北大哲学学科在不同的形式不同的程度上承担了这样的任务，发挥了这样的作用。当然，我们相当清楚地认识到，这部学科史的主要目的是要回顾、考察、分析和记录北大哲学的百年发展，追溯它的历史渊源和沿革，瞻望它的未来，而为我们今天重新理解作为学科的哲学，促进它的兴盛和丰饶，提供一份历史的和批判的文本。

现代学术和大学与学科制度是须臾而不可分地结合在一起的，但从学科史角度来研究知识的各个门类，在汉语学术界是一件新兴的工作，在国际上，这样的著作也不多见。如何定义学科史，就成为一个首要的问题。哲学史该如何撰写，人们都相对熟悉；即使自己没有亲自写过，哲学教师几乎人人都是读着哲学史被训练出来的。但是，哲学学科史如何撰写，却是一个新的问题。这首先关涉如何理解哲学学科，其次就是如何把握学科史。一旦学科概念清楚，学科史也就有了基本的范围和框架了。学科的界定，对于哲学来说，困难之处在于它原本是与现代自然科学、社会科学和人文学科的原初形态混合在一起的。这样，不仅在观念上和理论上，而且在实际的学术活动中，在课程里和在制度方面，学科史范围的厘定就变得相当复杂，因人们无法把古代自然哲学都径直归入哲学学科史的范围，而只能将其视为背景和必不可少的关联，但是学科史必须从古典大学里事实上与所有无论分化或未分化的那些在今天看来属于自然科学、社会科学和人文学科的内容分离开来，甚至还要从神学、法学，甚至从医学中把与哲学有关的内容分离出来予以专门的论述。这种分离即便在今天看来，也显得支离破碎，而在当时则无异于庖丁解牛。知识在自然哲学时期是一个整体。虽然，这样的工作主要是在前言中遇到的，而在哲学各分支学科中并不成为一个大的问题，但其遗风其实在本学科史中依然有其回声。

既有的若干学科史，或者是以专业为板块的学术历史，或者就是偏重于人物、出版物和课程等的机构编年简史。对哲学学科来说，这些形式皆非合适。哲学乃是思想的活动，哲学学科的历史，就是观念、思想和理论在一个学术共同体中的活动的历史，这样一个综合的活动需要在共同体的背景中展现出来。这个想法得到了撰写小组全体成员的同意，然而，它确实也对我们的学科史提出了很高的要求。各分学科主要撰写者在不同程度上为此做出了努力。但要真正落实这一点，却是颇不容易的工作。

首先，我们的想法虽然看似清楚，但要落诸笔端，却是需要一番功夫的，比如资料搜集和文献与文本研究的功夫，平实中肯的表达功夫；至于如何谋篇，怎样布局，都是要在具体的写作中才能够求得经验、掌握分寸的。其次，叙述观念、思想和理论，是要在掌握大量的文献和研究文献之后才可以做出的，这需要大量的时间。而这正是我们的不足之处，因为学科史从立意到现在完成，总共才一年多时间，而从开始撰写到成稿，实际上也就八个月左右的时间。所有编撰人员同时还要承担教学和其他科研工作。时间紧张对于学术来说，是常用的并经常为人调侃的理由，但对这部学科史，多半却是一个真实的原因。

《北京大学哲学学科史》撰写成员主要由何怀宏、章启群、刘壮虎、郑开、聂锦芳、吴增定、吴国盛、吴飞和我组成，其间徐向东和苏贤贵也几度参与，杨宇为秘书。

所有撰写者都是相当努力的，颇费了心思，各有若干可堪一一道来的故事。怀宏兄潜心研究，发掘了中国和北大伦理学史上若干人们未曾关注的史料，最早动手，写成的学科史初稿就线索清楚条理分明。启群兄写美学学科史九易其稿，良志兄亦赞助其事，力图勾勒出北大美学百年的观念和发展史。中国哲学和西方哲学原本有相当丰富的学科史料和文献文本——事实上还有许多不乏精彩的故事，要从汗牛充栋的资料中形成或勾勒出学科发展的大纲和细目来，是要别有一番心思才能够完成的工作，增定和郑开两位知难而进。宗教学科史和马克思主义哲学学科史两位执笔吴飞和聂锦芳几乎动员全体教员参与了学科史的写作，或提供相关文字或讨论，力求完备；逻辑和科学哲学，学科特点原来鲜明，几经努力，各以本色示人。

编撰一部北大哲学学科史是一开始就列入了哲学系百年系庆议程的一项工作。2011年6月8日系里召开了第一次会议，主要讨论对哲学学科史的理解、内容、主题和编撰的具体问题。系主任王博、副主任尚新建和李四龙，系庆总协调冀建中，以及各教研室主任参与了会议。在此次会议上，我的发言受到关注，最后被委以来主持这个我起初并不想承担的工作。7月7日系领导班子再次召集教师代表会议，包括在职的和退休的教师，讨论学科史。这次会议大抵确定了撰写组的成员，其时我正在德国的行旅之中。

2011年9月26日，在新学期开学之初，撰写组的全体成员召开了第一次会议，讨论观念、大纲和体例，正式开始学科史的研究和撰写工作。在会议讨论的基础上，于9月27日我拟出第一个大纲，发给大家讨论批评。10月14日撰写组成员召开了第二次会议，较为具体地提出和讨论了大纲、结构和体例等问题。两次会议都有录音，然后由杨宇整理成文字，发给大家参考。自此之后，学科史从原则上来说就进入写作的阶段。部分学科史初稿出来之后，虽然先有体例在前，但各位理解有异，彼此之间出现较大的差异。大家都觉得尚有讨论的必要，所以我们还开了几次讨论会，只是每次人数不齐，讨论是以会议和通讯讨论相结合的方式进行的。

定稿前最重要的一次会议是卧佛山庄会议，2012年7月9、10

两日，我们一行十三人，撰写组成员章启群、刘壮虎、郑开、聂锦芳、吴飞、苏贤贵、系副主任尚新建、请来审稿的孙尚杨教授、秘书杨宇、社科部项目主管郭琳和我，一起做了两天相当紧张和认真的讨论，分别就全稿的每个章节进行讨论和批评，提出具体的修改意见。这是一次少见的坦诚的学术会议，虽然北大哲学系同人之间的学术批评是一个传统，但这次会议也可算是最为坦诚直接的一次。它对整个学科史的调整和修订是有很大的帮助的。各个分学科史的撰者最终同意在体例上要统一起来，尽管两个学科史由于学科的独特性和时间紧张，最后保持了自己的风格，但总体上还是趋于一致。

历经一年零四个月，北京大学哲学学科史从拟议到撰写完成，现在放在了读者面前。它展示了北京大学哲学百年历史的来龙去脉，也为人们反思中国哲学百年的发展提供了一份文本。

我这次被委以主持编撰《北京大学哲学学科史》的任务，除了所发表的看法，主要还是因为大家认为我做过大学研究，所以对此题目比较熟悉。诚然，为了研究现代大学的原则，我做过一些西方大学史的研究，其实那是颇为概要的，且偏重于观念、原则和主要制度。对中国的大学制度、历史及现状我也做过综合性的考察，但它与一部既有观念和原则，又要以可靠和翔实文献为根据的《北京大学哲学学科史》之间还是有很大的差距。我以为一部哲学学科史，应当以观念和学术为主，并以此为核心来组织相应的制度、机构乃至人员的历史，但要把它付诸落实，却面临着很大的困难。经过本学科史撰写成员的努力，我们找到了将这样的观念付诸实现的具体方法，尽管不能说完全实现，而且也显得比较粗糙，但至少大致建立了哲学学科史的范式，而它对于其他人文学科乃至社会科学，也是有其一般意义的。

除了主编工作，我所撰写的部分是前言。它的主要内容有包括哲学学科及哲学学科史的界说，哲学学科在西方的发展和演变的历史，北京大学哲学学科形成和发展的简介，以及这部哲学学科史的内容、范围、原则和方法等。原计划还包括从学科史角度叙述的现代哲学学科建立之前的中国哲学学术和教学活动的演变，由于时间和准备的不足，这部分内容现在只能暂付阙如，或可有待于将来。

哲学学科在西方的演变和历史这一部分，虽然观念、主线、结构和叙述方式等都是出于我自己的设计，但在具体材料方面，尤其在叙述欧洲古典大学部分，除了其他参考著作之外，亦颇依赖于两方面的文献。其一是档案文献和历史文献，比如有关德国大学哲学教学的叙述倚重于当时的课程表，而北京大学学科一般制度及哲学学科制度的追述，主要根据北京大学档案馆所藏的资料。其二是《欧洲大学史》和《劳特里奇哲学史》这两部巨著，它为梳理和钩稽欧洲古典大学的哲学学科史提供了相当大的帮助。

在8月16日，所有完成的稿子合成一个整体的《北京大学哲学学科史》，虽然尚缺一个学科史，但已经洋洋洒洒有了三十余万字的规模，一部学科史已经成形。在此稿的基础上，作为主编我做了一些必要的修订，因为要承担相应的责任，所以就有必要在这里做一说明。

第一，在内容的处理上，删改了书稿中的重复部分，包括同一分支学科史中重复的内容和不同分支学科史中彼此重复的内容。在若干章节里，这样的更动还是很大的。第二，调整了若干部分的叙述次序，以符合一致性的原则。第三，精简或删节了一些枝蔓的文字——参与写作的人一多，这种情况就难以避免。不过，在做这样的修订时我是尽量谨慎的。第四，出于各种原因，各分支学科史在体例上面有或大或小的差异；为了全书的统一性，我做了一些必要的调整和修订。但就如前面所说，有两个学科史依然保持体例上的某种特殊性。第五，必要的润色和修辞。哲学学者有时兴起或为诗人哲学家，此时所爱的是激情而非理智，但学科史却是实证的，是要脚踏实地的，所以就需要压抑一下昂扬的情绪。第六，由于写作时间的紧张，文字的脱漏和句子的残缺，都是容易发生的。这些现象一经发现，就随手修订了。最后，在若干分支学科史中补充了若干史实，比如西方哲学方面补充了一些北大早期康德研究和教学的内容，在中国哲学方面补充了有关人物的介绍，在宗教学方面，补充了北大早期宗教研究的资料。这些篇幅皆不长，略做拾遗补漏之功。

《北京大学哲学学科史》作为一个整体，其实是可以从不同的侧面来观察和描述的，同一个人物、同一个观念、同一个事件，在不同作者的笔底，出于不同的学科视野，会呈现出不同的面目，获致不同的描述和评价。这样，在一部学科史中，不同论述和评价的抵牾就不可避免，只要不是史实上的冲突，都会予以保留。通过几次会议，各位执笔就学科史的整体叙述风格达成了比较一致的意见，但学科与个人在风格上的差异依然会透露出来，这一点也是可以理解的。

最后，我们要在这里感谢所有对这部学科史做出贡献的人。学科史的缘起是为了系庆，或出于系庆领导小组的意见，它也得到了全系教师的支持。王博主任、尚新建副主任和系庆总协调冀建中对学科史十分关注。他们多次参加会议发表意见，协助处理撰写过程中出现的若干棘手问题。李四龙副主任为了使这部学科史能够在系庆之前出版，精心协调。他们其实也应当是《北京大学哲学学科史》撰写组的成员。在各个分支学科史的写作过程中，相关教研室教师或参与或协助，这已由各学科史的执笔提及，这里不再赘述。

吴天岳老师帮助校对了前言中有关欧洲古典大学的课程名称，以及《学科的哲学体系表》中当时的学科名词，徐龙飞老师也为此提供了帮助。远在柏林的张灯和杨大卫为了寻找柏林大学哲学系初创之时的课程几次赴德国国家图书馆查阅文献，拍了十几张照片，使我们得以一睹那时课程表的原貌，尤其了解了柏林大学哲学系当时的课程体系，见识了费希特、黑格尔等哲学家当年所上的课程及其具体内容。方博帮助查找柏林大学哲学系二十世纪初期的课程，也摄制了照片。吴飞托他在哈佛大学的朋友帮我们复制了哈佛大学哲学系1978年"静悄悄的革命"之前的课程表——这也是了解现代哲学教育和学科变迁的重要史料。这里提及的若干课程表就插入在这部学科史的前言之中。

杨宇是由系里为学科史写作组安排的秘书，从撰写开始就承担起为本学科史搜集与其相关的大学和院系历史、制度、学制和课程等方面的史料，分类整理，为学科史的写作提供了重要的文献支持。她从北大档案馆里找到的民国时期第一份中国学位条例，是以前少有人提及的史料。她也负责安排每次学科史写作讨论的会议，并把几次重要会议的录音整理成文字，供大家参考——也为学科史的写作留下了史料。最后，杨宇还承担了原稿体例一致化的部分编辑工作。学生助理韩骁和许嘉静帮助做了资料搜集的工作，韩骁、杨思劢帮助做了原稿全部或部分体例的校订工作。我的学生王奎也帮助搜集资料、辅助其他相关的工作。

学科史全稿完成之后，送给哲学系前任主任朱德生、叶朗和赵敦华三位先生审阅，他们或提供了有价值的史实或提出了有益的意见。我们据此对学科史做了若干修订。

北大社会科学部李强部长和萧群副部长对本学科史的写作予以关注并提供了大力的支持。

对以上所有为这部学科史写作做出贡献、提供帮助的人，我在这里致以最衷心的谢忱。

中国第一部哲学学科史现在终于在北京大学哲学系百年系庆之前呈献在大家面前，敬请各位批评和指正。

2012年9月21日写定于北京圆明园东听风阁
（原载韩水法主编：《北京大学哲学学科史》，
商务印书馆，2014年）

《社会科学方法论》修订版后记

在今天,韦伯思想依然是社会科学和人文学科的重要资源,在观念、话语和方法等方面发挥虽然有时潜移默化却依旧重大的影响。不过,像韦伯思想这样宏大、丰富和复杂的理论体系,单单阅读其著作,并不足以充分地领会它的深度和广度,也难以切实理解它所包含的各种远见卓识。人们只有在从事具体的研究,处理与韦伯理论所处理的问题相似或相关的问题时,或者当他们从其他研究中发现韦伯理论的影响直接的或间接的存在时,他的思想的力度、深度和思考的周密,才会得到最为真切的把握。康德思想也是如此。因此,只有在面向实际,从复杂的多种维度来考察和研究社会实在并尝试予以解释时,人们才可以领会韦伯思想在今天依然具有的现实力量。

我首次接触到韦伯思想,是在1985年,其时正在读博士研究生。起初阅读台湾版介绍性的读物,接着阅读当时所能得到的研究性著作，韦伯原著在当时则难以得到。即便台湾出版的韦伯文献，就如所有台湾出版物一样，在那时也属于限制极严因而颇难读到的半禁书。不过，韦伯原著的最初节译本已经在大陆出现。当时，曾与同学郭小平一起译出一部韦伯研究著作，原拟在"新知文库"出版。但是，由于奇怪的原因，这个译本并没能出版，以后就一直束之高阁。

不过，我对韦伯的兴趣则越来越浓厚。1988年受友人之约翻译韦伯的方法论著作，我欣然接受，因为据说这原是出版社委托约请的。正式动手移译之时，我已经回到北大教书。当年栖身于29楼二〇四房间，在极窄的书桌上和更小的板凳上，勉力译事。其实，在那个年代，我们关于韦伯的知识，以及德语的知识，都还是相对薄弱的。诚然，工作是相当努力的，不清楚就查资料，或向人请教，所谓以勤补拙。大约于1989年2月完成了全部的翻译和校对，它当是汉语世界最早译出的韦伯方法论著作。不过，出版却遇到了许多挫折，蹉跎几年，其他迟译的本子反而早出版了，它差不多成为几个译本中最后出版的一本。这倒是让人经历了许多在当时看来颇大，而在今天看来却无非丰富经历和阅历的事件。其间，在二十世纪九十年代后期，应韦政通先生写过一本《韦伯》，1998年在台湾东大图书公司出版。《社会科学方法论》最终在中央编译出版社出版之后，我就再也没有去翻过它，尽管我一直时断时续地从事韦伯或与其思想相关的一些研究。

研究和翻译韦伯，对我日后的学术生涯有相当重要而多方面的影响。它为我理解人文学科和社会科学的性质、它们之间的关系以及它们与自然科学的关系提供了宽广而有效的视角，促进了我对方法和方法论的重视，而在考察和判断社会制度和结构、社会事态的关联和现代社会性质等宏观层面，韦伯的见解始终具有张力颇大的启发性和解释力。毫无疑问，对现代社会科学以及人文学科的研究，韦伯依然是一个重要的观念的和方法的源泉。

今天，因读校样而重温旧日的译文，自然回想起初回北大任教的岁月，那是一个生活条件极其清苦的时期。但思想有其自由激荡的空间，人们还可以对学术生涯和前景，持一份希望。而关于韦伯，我也有从事全面研究的计划，甚至还有将韦伯有关方法论学术论文全部翻译出来的计划。后来，社会发生了重大的事件和变化，自己的学术研究的兴趣和重点发生了转移，这些计划也就都悬搁了起来。

2012年，商务印书馆决定将此译本收入"汉译世界学术名著丛书"，要我校订清样。面对这个二十多年之前的译本，发现有需要修订之处不在少数，这主要是在术语的调整和表达的准确性等方面，当然也包括个别的漏译。本书第三篇长文，即《社会科学和经济科学"价值无涉"的意义》，是修订最多的所在。对照原文做逐句的校对，就使原本相对容易的看清样，变成了艰苦繁难的修订工作。韦伯是一位学术天才，他的头脑严密而又才思喷涌，文字却不免曲折复杂而句式多变。现在想来，翻译韦伯这样思想家的著作，真正需要年轻力壮才足以承当。

在这里，我要感谢商务印书馆的陈小文先生，他为此译收入"汉译世界学术名著丛书"做出了努力。我也要感谢王希勇先生的编辑工作。

2013年4月14日写于北京圆明园东听风阁

（原载马克斯·韦伯：《社会科学方法论》，韩水法等译，
商务印书馆，2013年）

张岩书画册序

北京大学现在校园所在地原本是北京西面水乡，皇室园林胜地。历代文人墨客于此地多遣文挥墨以叙写意境，抒发感情，或径直居于此，与山水书画俱乐。张岩出身于中央美术学院而就职于北京大学，得兼二美，故其所作水墨，泰半取材于北大校园内各处小园。燕南等园在其早时，中体西用，有秀木修竹，远可眺西山，近则观校园湖溪及西墙外野池长河。张岩几件燕南园写生，若无似有般展现如此气息，令至今已经消失殆尽的景色重回记忆。中国古典民居之理想境界最宜在水墨笔触中表现。张岩画册中另有几幅无题水墨山水，皆在描绘北方乡村民居，其景只取民宅几所，丘岩一角，草树一片，意在乡村闲适。几件水墨所呈现之视野或大或小，而景色尽量多且有变化，令人感受屋宇与山水树木皆有生气。张岩水墨，自成气象，观在质朴。

书法在于功力、性情与悟性，三者皆不可或缺，其理与绘画一样。如无功力,性情无所寄托,而悟性无由生发;自然,性情亦可寄托于他技,而不必在于书画;悟性亦可由他事他物而生发,亦不必由书画之一途。但寄情于山水园林而委之于书画,则功力为必由之路。张岩小楷,是有功力之作;出于巾帼之手,却颇具力道;一横一折,尽心尽力,端正大方,而舒展自如。就其全幅而观,布局得体,风气自生。

张岩书画相得益彰,前途更在别样眼光,而此乃是艺术作品所能给人提供之性命攸关者。

2014年9月23日

张岩书《西泠独坐记》跋

　　右张岩女士书拙作《西泠独坐记》，使之顿时生色。张岩小楷，整体而观，布局严谨，疏密相宜，全幅一气呵成，如有古风；又仔细观之，一丝不苟，舒展自如，结构大气，笔触秀丽。小楷本为书法之始之用，要在功夫，胜在精神。张岩小楷两者兼得，颇可赏玩。

2014年9月30日

散　章

卡济米尔·马列维奇,《至上主义绘画》,1916年

哲学史是可以这样写的
——读文德尔班《哲学史教程》

十九世纪下半叶，依然是德国哲学勃兴的时期。或许黑格尔"哲学史即哲学"的著名论断已经潜移默化地影响了那个时代的哲学家，所以研究哲学史就成了哲学活动本身，从而造就了一个哲学史佳作迭出精彩纷呈的年代。在众多杰出的著作之中，文德尔班的《哲学史教程》[1]独领风骚，意义深远，至今仍是学习与研究西方哲学史必读的参考书。就笔者所知，这个教程在1980年出了第十七版[2]，不过是最新修订本第十五版的重印。

在此书的绪论中，文德尔班阐述了他颇具特色的哲学与哲学史的观念，为理解此书的宗旨，其中所贯彻的原则以及材料的取舍安排，提供了清楚明白的线索。文德尔班指出，在自苏格拉

---

1 文德尔班:《哲学史教程（上、下卷）》，罗达仁译，商务印书馆，1997年。
2 Windelband, Wilhelm, *Lehrbuch der Geschichte der Philosophie*, 17. Aufl., unveraend. Nachdr. der 15., durchges. und erg. Aufl, Tübingen: Mohr, 1980.

底以后的希腊文献里,所谓哲学恰恰就是德语"Wissenschaft"所指的意思。"Wissenschaft"这个词虽然一般汉译为"科学",但实际上它的含义要远远大于英语、法语"science"一词的意义;而汉语"科学"一词通常是与英语、法语的"science"同义的,尽管在一些人的用法里由于受到德国思想的影响实际上是取与"Wissenschaft"同义的那种广义。"Wissenschaft"的本义是指在特定领域的创造性的与研究性的认识活动,因此它与汉语的学术一词的意义基本相同。在英语世界,人们把历史艺术等学科称为humanities(人文学科),而德语里则可以称为Geisteswissenschaft(精神科学)或Kulturwissenschaft(文化科学),与此相对的则是Naturwissenschaft(自然科学)。

因此,按照文德尔班的分析,哲学在其西方的源头原本包罗极广,尽管其核心乃在于从人类的认识中得出最为一般性的结论。不过,哲学在其历史的发展过程中,其概念的意义不断发生变化,准确地说,变得越来越狭窄。经过康德哲学的革命性转变之后,哲学已经放弃了自命的宏伟任务,即从科学的洞察中提供宇宙观与人生观的理论基础,而只限于理性对于自身活动的批判了。但这同时也为哲学提供了一个更加基本更其困难的任务,而且没有哪一种哲学能够回避这个任务。

在这样一个基础上,文德尔班提出对哲学以及哲学史的一般看法:"哲学力图把人类理性呈现其活动的必需形式和原则自觉地表现出来,力图把这些形式和原则从原始的知觉、感情和冲动的形式转化为概念的形式。每一种哲学,向着某一方向,以某一种方式,在或大或小的广阔的领域里,力图将世界上和生活中直接表现出来的材料用概念明确表达出来……哲学史是一个发展过程,在这过程中欧洲人用科学的概念具体地表现了他们对于宇宙的观点和对人生的判断。"[1]简单地说,哲学史就是问题与概念的历史,而这一点正是文德尔班这部哲学史的最大特点。我们看到,取代通常哲学史那种以政治的历史阶段为经,以学派和哲学家为纬的框架的,是问题和概念的历史演变,在这个结构中,除了康德哲学之外,其他哲学家思想体系的独立地位都被取消了:它们仅仅因为乃是某一个问题或概念的形成与发展的部分才有其意义。从这个意义上来说,它才是一部真正的哲学史,在这里出场的是哲学与其问题本身,而非其外在的形式。

也正是有了这一特殊的叙述角度,文德尔班才会认为,哲学史之所以对无论学术教育,还是何种文化都是必需的,是"因为哲学史告诉我们,概念和形式是怎样创造出来的;我们大家在日常生活中以及在各特殊科学中,都用这些概念和形式去思维,去判断我们的经验世界"[2]。

文德尔班是新康德主义西南学派的创始人和重镇。他曾执教于苏黎世、弗赖堡和海德堡等著名大学,除了这部《哲学史教程》之外,他的另一部著作《序曲》也相当出名。文德尔班在哲学上的最重要贡献有两个方面:第一,就是将一种全新哲学史

---

[1] 文德尔班:《哲学史教程(上卷)》,第18页。
[2] 同上。

观念引进哲学史的写作，这正是他在这部教程中所做的工作；第二，他尝试将康德的批判原则引进历史研究，这在某种意义上可以说成是历史理性批判。后一项工作，与其他新康德主义西南学派大师的成果一起，构成对二十世纪人文学科与社会科学研究影响颇大的新康德主义的文化科学学说。

于是，自然而然的是，在这部哲学史教程里面，我们看到哲学与科学以外的其他文化活动的关系受到特别的重视。这种关系在文德尔班看来有两个方面：一方面，哲学接受"从宗教、伦理、艺术各种生活而来的概念，从政治生活和社会生活而来的概念，与从科学研究中得出的结论一道，一股脑儿地涌进带有形而上学倾向的哲学所欲形成的宇宙观念中来"；另一方面，从各种生活而来的概念、理想与信念在哲学中受到有价值的阐明和改造。"因此哲学对一般文化的关系不但是'受'的关系，而且还是'给'的关系。"[1]

这种见解与黑格尔的哲学史观念自然是大不相同的，但这并不影响文德尔班承认：科学的哲学史是从黑格尔开始的。黑格尔认为，哲学史与哲学本身的逻辑展开原是一致的，而这种逻辑体系就是黑格尔自己那个绝对精神的自我发展。于是，在文德尔班看来，黑格尔的真知灼见就被黑格尔这个颇具特色而且重要的学说弄得残损了。为了使哲学史符合其范畴发展的次序，黑格尔不惜颠倒哲学史的事实次序。文德尔班认为情况并非如此，"事实

---

[1] 文德尔班:《哲学史教程（上卷）》，第14页。

上，哲学的历史发展是一幅与此完全不同的图案。它不是单独依靠'人类'或者甚至'宇宙精神'的思维，而同样也依靠从事哲学思维的个人的思考、理智和感情的需要、未来的先知的灵感，以及倏忽的机智"[1]。

正是由于这种广阔的视野、实事求是的精神，使得文德尔班对哲学史别具只眼，拎出许多有趣且大有深意的现象来。比如他认为，哲学在古代希腊是从一种社团性的科学活动中产生出来的。在希腊化与罗马时期，随着这些社团的解散，哲学活动就以纯个人的方式出现了。直到十八世纪后半叶，哲学才又变成集体活动，回到大学里来定居了。他的这个观点实际上开创了从其他学科，比如社会学来研究哲学史的先河。

文德尔班提出了自己的哲学史分段的观点：不应该将哲学史塞入政治史的框架，哲学思想的发展有其自己的历史阶段，它体现为如下的历史发展：（1）希腊哲学；（2）希腊化－罗马哲学；（3）中世纪哲学；（4）文艺复兴时期哲学；（5）启蒙时期哲学；（6）德国哲学；（7）十九世纪哲学。

但是，我们立即就可以发现其中的缺陷，他与黑格尔一样将非西方的哲学思想的发展排除在了哲学史的主流之外了。其实，问题还不止于此。按照概念与问题叙述的方法，实际上造成了一个无法避免的缺点：许多实际上非常重要的哲学家的重要学说无法予以深入系统的阐述，而哲学史的主干实际上是由这些重要哲

---

[1] 文德尔班:《哲学史教程（上卷）》，第20页。

学家的思想体系构成的。

  由此我们可以得到的启示就是，一部尽善尽美的哲学史是无法写出来的。对于读者，弥补的办法就是不同风格的哲学史都找来一读，而这里的首选就是黑格尔、文德尔班与罗素所写的三部风格迥异而堪称杰作的哲学史——这三部著作的汉译本恰好都是商务印书馆出版的。

（原载《中华读书报》，1999年7月9日）

重新回答这个问题：什么是启蒙

一

启蒙始终是一个基本的哲学问题，迄今为止，在西方哲学史上，在直接讨论启蒙问题的哲学文字中，康德和福柯两人的观点最具代表性。

康德在《回答这个问题：什么是启蒙》里，首先论及的是人们敢不敢应用自己理性的问题，其次谈及的是允不允许人们独立思考和自由地应用自己的理性的问题。"然而公众要启蒙自己，却是很可能的；只要允许他们自由，这还确实几乎是无可避免的。"[1]事实上，当时或者说迄今为止，思想自由无处而不遇到种种障碍。就此而言，启蒙或者启蒙运动就可以归结为如下一点：

---

1 康德：《历史理性批判文集》，第23页。

"这一启蒙运动除了自由而外并不需要任何别的东西,而且还确乎是一切可以称为自由的东西之中最无害的东西,那就是在一切事情上都有公开运用自己理性的自由。"[1]这样就进入第三个问题,公共理性与私人理性。康德说:"必须永远有公开运用自己理性的自由,并且只有它才能带来人类的启蒙。"[2]那么什么是私人理性?"一个人在其所受任的一定公职岗位或者职务上所能运用的自己的理性,我就称之为私下运用。"[3]私人理性是权宜之计吗?或者理性的不同部分各司其职?第四,不断启蒙是人之本性,因此它应该优先于人类的一切契约和权力。[4]康德认为,启蒙是人类的神圣权利。[5]第五,康德这里所说的国君乃是公意的代表。[6]这是康德论证的一个关键之点——否则国君如何是能够启蒙的?启蒙的对立面居于何处?第六,康德将启蒙运动的重点放在宗教事务上。

福柯并不简单地回答支持或拒绝启蒙,尽管他实际上不同意康德的启蒙及其前提条件,但他也仍然曲折地继承启蒙的某种精神,认为启蒙"应被看作是态度、'气质'、哲学生活。在这种生活中,对我们是什么的批判,既是对我们之被确定的界限做历史性分析,也是对超越这界限的可能性做一种检验"。

比较而言,康德的答案直截了当,看起来非常清楚,但其背

---

1 康德:《历史理性批判文集》,第24页。
2 同上。
3 同上书,第5页。
4 同上书,第27页。
5 同上书,第27—28页。
6 同上书,第28页。

景却相当复杂和深厚。福柯的答案在一定程度上将启蒙陶铸为另一种东西，从一种原则变成一种态度，从而使启蒙包含了自我批判和否定的可能性。

二

启蒙当然包含批判，但启蒙并不仅仅是批判。当人们狭隘地将启蒙理解为批判之时，蒙师和蒙童之间的分别就无可避免地产生了，蒙昧和先知之间的对立和对照也就凸现出来了。启蒙于是就成为一些人对另外一些人的行为，一种不对称的双向关系，其中一些人始终处于被动的地位。启蒙确立了新的不平等。就西方的精神发展史而言，如此理解的启蒙就是对宗教改革的某种否定。在这样的理解之下，《启蒙辩证法》所谓的启蒙的欺骗也就有了片面的根据。

《启蒙辩证法》的基本理论结构是这样的：进步与衰退（异化）；野蛮与人性；大众与精英。所以从实质上来说，他们是在以启蒙的老套反对启蒙的结果。他们在理论上比起启蒙的前辈来毫无长进，但是在批评的细节和技巧上有了进步。他们批评大众文化，或者一个新然而非常中肯的名字，即文化产业。

公共领域与私人领域的区分源于对人的生活本质的规定。不是公共领域和私人领域的区分决定理性的应用范围，而是理性的应用决定公共领域与私人领域的划分，这就是说，公共理性和私人理性只是出于理性自身的限制。

相对于《启蒙辩证法》，现代社会、经济体和政治体的巨大力量，使人们变得更加颓废，而不是愚蠢——这是霍克海默和阿多诺为了自己的观点而强加给大众的评价，因为只有这种评价，他们所谓的启蒙造成人的衰退的观点才有表面上的合理性。

霍克海默和阿多诺对比启蒙和神话，分析启蒙和神话之间的关系，启蒙对神话始终处于一种主动的关系之中：启蒙是神话的基础，启蒙所摧毁的神话本身是启蒙自己的产物，启蒙精神代替神话，如此等等（详见《启蒙辩证法》第一章《启蒙的概念》）。他们想将人类的社会装进某种套路，否则他们就没有办法说话。

启蒙在理性结构上造成了分裂：精英的与大众的。这样，在消除了社会的等级之后，建立起了精神的等级，启蒙于是成了一种特权，知识的特权。这一点福柯已经认识到了。福柯的分析比前两位的分析更加中肯一些。

启蒙与理性的关系，在卢卡奇看来，在纳粹事件上表现为理性的毁灭，而在霍克海默和阿多诺看来，理性本身完全可以成为野蛮的东西，因此它是人类本性的衰落，虽然理性并不曾毁灭。

福柯的一个严重问题乃在于将启蒙仅仅限制在狭窄的人文领域，这正是福柯不及康德之处。在普遍的、必然的和不可避免的东西那里找到其反面，或许在自然科学才最有可能，并且在一定程度上也最有说服力。哈贝马斯也有同样的弱点。当然，如果我们仔细考校，就康德论述启蒙的直接文本而言，康德或许也有这种倾向。

理性主义并非都是启蒙的，理性主义本身也可以是反启蒙的，或者理性主义包含着反启蒙的因素：胡塞尔就是反启蒙的。启蒙是相对基督教而言的，而基督教正是认定了最后结局的，乌托邦共产主义无非是对这种结局的另一种说法而已，所以从根本上来说，它们是反启蒙的。如果像霍克海默和阿多诺那样，将启蒙与理性主义等同起来，那么启蒙当然也就必须走向野蛮，至少在他们两人的意义上走向野蛮。

启蒙与理性主义的另一种关系，这就是与康德的理性主义的关系。直接从康德的理论出发，理性主义也许也会产生某种相似的结果。但是，康德的理性主义是保留着出路的背景。这样一种有限制的理性主义，它所追求的是现象里面的真实，而非现象之外的真实——就此而论，黑格尔当是与胡塞尔一致的，后者也要追求真理。

余下的问题是，是否要简单地追求不一致性？

三

在黑格尔那里，启蒙就是回归，或者黑格尔式的永恒回归。这样，启蒙就只是对一个整体才有完全的意义。绝对精神的自我启蒙，而个体无法达到自觉的启蒙。从这个意义上来说，尼采与基督教一样是启蒙的对立面。它们之间的差别在于，基督教是启蒙的敌人，而启蒙是尼采的敌人。基督教试图与启蒙妥协，而尼采决不与启蒙妥协。启蒙需要与谁与什么东西妥协吗？

《启蒙辩证法》的作者也同样背负一望而知的犹太-基督教的

阴影：这就是人类的堕落，人的理论与人的其他部分自然也就分享同样的命运。在这里，我们看到马克思主义的理论与之对应或者平行的思路——从本性到异化，然后是最终的回归。这一切的代价，就是对既往一切现实的东西的彻底否定。

启蒙在康德那里预设了理性的普遍的形式，而这种形式同时就构成自然和人类社会的秩序，即法则。因此启蒙的结果就其总体方向上来说是确定了的，但对于具体内容来说，它是开放的。福柯不同意康德的这种态度。他用康德启蒙概念的酒曲酿出现代批判的哲学心态（ethos）："这种哲学气质在于：通过我们自身的历史本体论，对我们之所说、所思、所做进行批判。"[1]

福柯的态度是，承认某种普遍的、必然的东西，但只是希望相对于它们找到某些个别的、偶然的东西："我认为，在今天，批判的问题应当转变为更积极的问题：在对于我们来说是普遍的、必然的、不可避免的东西中，有哪些是个别的、偶然的、专断强制的成分。总之，问题在于把在必然的限定形式中所做的批判转变为在可能的超越形式中的实际批判。"[2] 因为他并不从根本否定这种普遍的、必然的和不可避免的东西，所以他强调，他的"批判在其合目的性上是谱系学的，在其方法上是考古学的。所谓考古学的是意指：这种批判并不设法得出整个认识的或整个可能的道德行为的普遍结构，而是设法得出使我们所思、所说、所做都作

---

[1] 福柯：《何为启蒙》，参见《福柯集》，杜小真选编，上海远东出版社，1998年，第539页。
[2] 同上书，第539页。

为历史事件来得到陈述的那些话语"[1]。他只是在这些普遍的、必然的和不可避免的西方精神和历史的厚势旁边,以灵动的姿势打入一两个子,但不是为了试应手,而是设法通过寻找其中的破绽,来做瓦解这个厚势的尝试——不过,非常关键的一点是,他并不真正认为可以瓦解这个厚势。因为瓦解这个厚势,那么必然要建立起另一种形势,但是福柯认为:"事实上,我们从经验中得知,企图逃避现时的体系以制定出另一种社会、另一种思维方式、另一种文化、另一种世界观的总纲领,这只能导致最危险的传统卷土重来。"[2] 但是,一个无法克服的精神的和现实的事实是:对一种结构的致命的批判,必定是另一种结构的建立。

在西方,新教改革之后,人就要承担自己与上帝的全部关系的责任,同时也要承担自己与一切其他关系的全部责任。与此相似,启蒙就是要人承担人的一切责任。启蒙在理性上的这种逻辑关系实际上被遮蔽了,因为康德假定了某种理性的制度,不过康德实际上是要求人去构造这种制度和结构——虽然具有必然性,但是人仍然必须承担责任。自然权利或自然法学说也是要求人必须自己承担责任。但是,社会连带主义却把人的一切责任都归之于社会,而这就意味着每一个人都要承担责任,而事实上每一个人都不必承担责任。

霍克海默和阿多诺用神话来批评启蒙,正是他们矛盾心态的

---

1 福柯:《何为启蒙》,参见《福柯集》,第539页。
2 同上书,第540页。

表现，因为他们没有勇气直接将马克思主义和社会主义拎出来作为清算的对象。他们所谓的神话中的启蒙精神所指的内容正是马克思主义的一些基本思想，比如否定自由交换的计划经济，使人采取被认为唯一自然的、正常的、合理的统一的行动方式，如此等等，都是社会主义的范式。他们只是批判，却缺乏彻底的精神。

他们在《启蒙辩证法》的第一章里面，实际上把启蒙当作某种异化了的东西。由启蒙而实现的现代化的制度变成压迫生产者的东西。他们把启蒙—理性—统治权力串在一起。他们在马克思主义阶级学说的背景之下，将启蒙理解为资产阶级的启蒙。于是，启蒙在他们那里并不是一个真正的哲学概念，而是一个历史性的概念，尽管他们将西方启蒙的时限从启蒙运动拓展到现代工业社会，但是在他们的批判里，或者准确地说，就他们所批判的启蒙而言，启蒙到此就结束了。启蒙需要否定自己，他们将启蒙推上辩证法的轨道，启蒙就有了走向自己反面的命运。

四

启蒙与现代化保持着一种吊诡的关系。毫无疑问，现代化起源于启蒙，但现代化似乎正在从根本上扼杀启蒙。启蒙在现代社会里变得荒唐而浪漫。犹太－基督教－马克思主义于是提出了对启蒙的控诉："启蒙本身是对自己的绝对否定，它不是进步的直线式的实证主义，而是通向新的社会野蛮，通向它自己制造的、管理的世界的强制集体的途径。"——霍克海默和阿多诺这样一种说法显然是相当幼稚的，因为它没有区别启蒙的可能维度与其中某一个维度的差异。这种说法只是在纯粹欧洲的语境里，或者说只有在理性主义-辩证法的传统才是可能理解的。在现代社会里，还需要启蒙吗？多数思想精英的观点看来是否定的。

今天我们面对这个时代，我们所要提出的问题就是：我们现在所身处的这样一个状态是否是必然的？我们是否还有别的选择？如果别的选择没有了，或者尽管我们想到了别的可能性，但它们对于现实的世界与生活只有抽象的可能性，那么我们就会发现一个巨大的悲剧性的事实：理性是自由的，而现实的生活是有限制的，或者说得严重些（更直接些），现实是专制的，这种专制是由无数人的自由选择造成的。这样，我们又回到了启蒙以前的时代中去了。在马克思主义看来，个人的自由选择形成了合力，而后者变为一种外在的力量。

五

启蒙总是预设某种东西。在这样一种理解之下，辩证法总是与乌托邦联系在一起的。两者如同一对欢喜冤家，它们究竟是在胡闹还是在争吵，始终是没有一个答案的——它们自己或许清楚。启蒙的结果是否就是历史的完成。如果这样，启蒙就成了拯救，而启蒙的结果就成了地上的千年王国。因此，历史终结无非是一种变相的千年的王国说，自然也就是变相的乌托邦共产主义学说。

启蒙如果要走出作为中间过程的局限，就必须首先走出辩证法，这在现代中国话语，以及在欧洲话语里面尤其重要。但是，这仅仅涉及启蒙说客，而尚未进入启蒙本身。

在中国，启蒙原来是同真正意义上的人文结合在一起的。作为启蒙前提的人文主义和理性主义精神，乃是儒家学说的主旨。但是，儒家学说限于历史的选择，并未充分展开。老庄的理性主义虽然有凌虚蹈空的心态，却极具分析的性质。但是，本原的启蒙在中国思想的发展中趋于两途，而且因无所事事而流于中庸。

在现代中国，启蒙成了愤世嫉俗者的投枪，布道者的招魂幡，而且成了"流亡者"的浪漫回忆，体面生活的乞食钵。不过，迄今为止，一切启蒙及其产品都是舶来品，而乏中国制造者。于是，启蒙就成了西化的前导大旗，启蒙在启蒙者眼里始终是对蒙昧者的征服。结果，启蒙就不免流于启蒙者的经常哀怨。中国的本原启蒙成了大班启蒙的敌人，而且似乎是不共戴天的敌人。

于是，这里的真正问题其实在于，人们尚未清楚地回答这样一个问题：什么是启蒙？

2002年4月21日

法无定法[*]

一

政治哲学就如任何学术研究一样，虽然有其基本的知识、核心的问题的限制，并有学术规范的约束，但在其他方面却都是自由无拘的。作为真正的学术研究，每个学者的基本责任是在于提出新观点、思想和理论。

二

汉语政治哲学研究的两个基本点，或曰两个重点，当分别是基础理论研究和本土资源研究。没有基础理论研究，那么始终就

---

[*] 是文为参加2007年6月在浙江大学哲学系举办的"中文语境下如何做政治哲学"座谈会上的发言提纲。

只有介绍他人的东西的资格,中国政治哲学这样一件事情是无从谈起的;没有对中国思想的研究,就会以为政治哲学中的一切因素,以及各种主义中的因素都是西方人独创和原创的。政治哲学的汉语研究之所以有其重要意义,在今天是应该奠基于这两点之上的。

三

自由主义与新左派的争论是一场非学术的争论,既无理论和观点上的真正交锋,亦无实在的理论文章出现。它只是一场吵得很凶而没有多少实质内容的斗嘴而已。不是反对主义之间的争论,而是中国学术界太缺乏这样的争论,尤其是在基础理论方面的争论。

2007年6月9日

慈善与公民社会

慈善当是与人类社会俱来的行为，虽然现有的资料无法确切地断定它起源的具体时间。慈善的基本特征就是私人实施的公共善行，或者说由私人，包括自然人和法人所提供的公共善品。不过，这是一个现代的解释，它是以国家与私人之间明确的界限为前提的，而此种界限是通过以个人权利为核心的法律来划定的。

在哲学上，人们通常试图从人的本性来解释慈善行为的动机。中国古代思想家认为，对于人的关爱，原是出于人的本性。孟子说，恻隐之心，人皆有之，而恻隐之心乃是仁的开端，而仁也就是爱人。不过，这并不意味每个人都会出于本性而为仁，来实施善行，但慈善当出于这样的道德观念。

在现实中，慈善是一种社会行为，它是相对于国家行为而言的一种私人的行为。这就是说，对共同体内的个人的救济和关怀，或者出自政府，它就是国家的职责和福利；或者出自私人或其团体，它就是慈善。

慈善的方式受到不同的社会制度的制约和影响。人们一般都知道中国具有悠久的大同理想："大道之行也，天下为公。选贤与能，讲信修睦。故人不独亲其亲，不独子其子，使老有所终，壮有所用，幼有所长，矜、寡、孤、独、废疾者，皆有所养。男有分，女有归。……是谓大同。"（《礼记·礼运》）这种理想在传统中国主要是由国家与家族两个层面来实现的。中国传统郡县制社会的政府在其正常的状态中原本就包含某种救济的功能，所以即便是民间的慈善机构，也大多有政府的参与。中国传统社会的家族具有许多在现代社会属于国家的和社会的职能，家族的若干救济功能就包括了现代的慈善行为。同族对孤老的赡养、对学子的资助等等都属于此类。除此之外，也尚有私人的慈善行为和社会性慈善机构的慈善活动，其善行的对象就不限于同族的人员，而是面向一般的社会人员。由于政府的德政以及家族的人伦慈爱这两种传统，在中国古代社会，私人的或曰民间慈善并不发达。当然，这也并不意味，中国古代人们在遇到个人无法克服的生存危机或其他困难时，都能获得必要的救济。有一些情况之下，事情却正好相反。

在现代社会，尤其是在宪政之下的公民社会，慈善的活动乃是一种基于个人权利之上的志愿的社会救济行为，是由私人或私人团体实施的公共善行。就其理想的形式来说，它有两个基本的特征。第一，它是公民个人的自主行为，并且属于公民的权利。国家在这里所应当起的作用除了法律的保障之外，就是合理的支持。第二，它是市场经济中的非经济的行为，是一种道德行为。因为公民道德倾向的不同，慈善行为的指向也就有其多元性。然而，无论其多元性如何丰富，它的宗旨当在于人道主义。

由于现代社会慈善的这两个特征，亦即政治的和伦理的性质，它对民主与法治的良序环境有很高的要求。没有公正的和有效的法律制度，即没有以个人权利为核心的完善的法律制度，出自公民自主的慈善活动是很难普遍地开展的，因为现代性的慈善行为都是团体性的；没有团体性的组织，就没有现代性的慈善行为。另一方面，由于现代慈善活动牵涉大量的金钱和财物，承带复杂的和长期的救济运作，没有公共的与透明的监督程序，它就无法合理地实现；而公共的和透明的监督程序在现代社会唯有在民主制度之下才能实现。

现代国家相比于传统国家，承担了更多的福利功能，个人基本生存已经成为个人权利的一个部分。就此而言，慈善就是对危及基本生存条件的灾难、疾病和教育等方面困难的救济和关怀。因此，公民社会之中的慈善相对于人的存在境况来说就指向更高的目标。虽然存在着地区发展之间的差异，以及国际化的慈善对危机有不同的认知，对生存危机的救济依然是现代慈善的重要内容，而对于基本生存保障水平以上的困急的救济则成为公民社会之中的慈善的主要内容。

慈善现象的经常性、普及性和自由，反过来也是公民社会成熟和健全与否的标志。由于中国现代公民社会并未最终形成，所以一方面，慈善在中国有其更为迫切的需求和更大的施行空间，另一方面法治和公民社会的不成熟也为现代慈善活动带来各种障碍和困难。但是,促进慈善事业的发展同时也可以促进公民社会的建立和发展,这就是说,慈善不仅本身就是好的,而且对公民社会整体及其各个领域和层面的合理发展也是积极的。

2009年12月20日

(原载北京歌德学院网站:

https://www.goethe.de/ins/cn/zh/kul/mag/20680675.html)

学习心得[*]

通过参加哲学社会科学科研骨干研修班（第31、32期）的学习，在若干方面有新收获。我想分如下几个方面来谈一谈。

一

基于某些原因，中国社会的实际情况并不能够完全从媒体中获得，因此，平常我们对中国社会的了解总会存在着这样或那样的不足，信息和材料的缺乏。这次研修班中的一些报告为我们提供了一个直接的渠道来了解平时难以获得的信息。如关于中国经济、民族、教育等论域的实际情况，党与政府网络管理与意识形态宣传的一些实际情况，如此等等。其中，关于中国经济状况的

---

[*] 是文为参加哲学社会科学科研骨干研修班第31期所写学习报告。

较为务实的分析,中央政府暨主管经济的部门关于中国经济与世界经济形势的判断,国家经济管理的一些内部消息,大大地增长了我关于中国经济之所以如此发展的知识,也了解了政府在管理经济时所采用的一些手段。部级官员们比较坦率的讲话,是一种实事求是的态度。掌握这些实际的情况,并了解政府对此的态度,为认识和研究中国现实社会提供了更好的材料和背景。

二

通过这次学习也了解到主管意识形态领域的官员与主管经济的官员在判断和评价中国社会时的不同角度和方式。主管经济的官员通常来说,会提供事实和数据,从而更容易说服人,也更容易解释实际发生的事情。特别像这种具有半内部性质的报告,他们的坦诚就会使许多问题变得很好理解。另一方面,这自然也加深了人们对中国问题复杂性的理解。

三

参观井冈山让人产生很多感想。从小学起就接受了许多有关井冈山历史和故事的教育,井冈山干部学院所讲授的相关内容,在细节上更为丰富,在评价的客观性上也有进步,但在基本内容方面没有什么根本的差别。这就涉及若干非常严肃的问题,比如中国革命史与中国近现代史之间的关系,中国革命史与国际共产主义运动的关系,尤其是与共产国际的关系。如果不向学员全面介绍中国革命与共产国际的关系,是会让人们对井冈山革命等产生误解的。这种误解对于今天中国社会的和谐发展、法治建设的目标是不利的。

四

井冈山风景优美,空气相当清新,连水都是甜的。这也就突现出中国式发展的重大问题和冲突:发展就污染,财富虽然增加,但自然环境受到严重破坏;倘若想保护自然环境,保护优美的山水,似乎就得停止发展。实际的情况应当是,中国人必须采取另一种发展方式,也就是合理的、以人为本的发展方式。所谓以人为本的原则,并不是单靠口号本身或靠少数人就可以实现的,而是需要靠大家的共同努力。但是,所谓大家的共同努力,也不是多数人单单听少数人的指令就可以实现的,而是所有人都需要遵守共同的规则,并且彼此有相互的监督和约束,才可以达到。此外,在井冈山学习期间,看到茨坪新建的、相对来说较好的、整洁的市镇与山下及其他相对杂乱的市镇和村庄之间的对比,就会有许多想法。比如依靠中央政府财政的巨大投入而形成的井冈山新城与井冈山精神之间是一种什么样的关系?如何理解作为革命根据地的井冈山自身发展的必要性?

五

对于中国革命的历史,我们必须从今天中国的现实情况,从今天中国所面临的问题,以及从当代世界的发展与环境来进行反思,而且反思必须是全面的、客观的,而不应当是片面的和单单歌颂的。努力将历史真相告诉人们,才是最能说服人的,也才是一个长远之策。

六

如何从更高的高度来理解当前中国的现状以及中国革命的历史,也是一个相当困难的任务,不仅需要学术研究,也需要人民的评价;这并不是仅仅靠宣传就能够解决的问题。我们应当认识到,中华民族的自由、民主、繁荣和富强对全体中国人民来说乃是最高的原则;其他的东西都是第二位的,它们的合理性都取决于是否有利于实现上述目的。事实上,近现代以来中国社会发展虽然几经周折、许多波澜,但最终能够校正中国社会发展方向,重新凝聚中国人民力量的根本就是上述这个最高原则。在现代中国历史上,公开对抗这个原则的力量与活动最终都归于失败,而表面遵奉上述原则为最高原则,实际上却将之降为第二或第三原则的力量和活动最终也会归于失败。中国社会的改革开放之所以取得成功,获得人民群众的拥护和支持,就是因为明确地将上述最高原则树为大旗。但是,在中国,特殊利益集团的出现,试图将他们的特殊利益置于上述最高原则之上的努力越来越明显,这是值得国人高度关注的现象。

七

当代中国社会面临的问题其实是相当严峻的，需要大家共同来面对。为了中华民族自由、民主、繁荣和富强，以及中华民族的伟大复兴这个最高原则和目标，任何问题都是可以讨论的，都是需要讨论的。如果要让大家同舟共济地来解决中国的问题，来发展中国，那么就必须通过平等的、说理的和公开的方式来讨论各种问题，在这里没有什么教育者和被教育者之间的区别。我以为，像研修班也需要贯彻这样的精神。对其主体是以学术研究为业的人文社会科学教师的学员来说，即便从事某种思想教育，也需要贯彻这样的精神。这才是科学的态度，才能够取得更好的效果。

以上各条就是我参加本次研修班的学习心得。它只是一个初步的想法，许多问题还需进一步的考虑和思索。

2010年3月27日

湖山又添长卷
——读《品味西湖三十景》

世上有这样一处山水，这水面港湾够你几月的流连，这山川岭坞够你几年的勾留。它大到让你终身栖居于此，享受四季花树阴晴风雨的无穷变化而永不足够；一旦离开，便会生起无尽的相思，就如白乐天"最忆"之说。它又如此精巧，一片山溪，一座小岛，一角亭台，皆是一个别样的生面。

遥看西湖山山水水，不得不感叹自然的造化；走进这山山水水，又得赞叹人类的巧夺天工。千百年来，人们营造西湖的妙思精构，都化为山水曲径楼台的胜景。营造西湖及西湖风韵，也体现于流芳的文字和焕彩的绘画。正是这些文字和图画使西湖得以代代保持其胜境风华，虽几度险被壅塞荒废，而又得以疏浚开拓，人们不忍心这样一片山水蒙垢，更不用说消失在生前身后，而只是想踵事增华。

眼前又有这样一部营造西湖的文字，它便是庞学铨教授撰写的

《品味西湖三十景》。

描写西湖山水的文字,如周密的《武林旧事》、张岱的《西湖梦寻》,到郁达夫的散文,各擅胜场;依我之见,天然之中见性情的,最为动人。庞著别具一格,巧妙构思于前,重彩工笔继之,精描细画,写出一幅西湖湖光山色人文历史的长卷。

每一景作者用四个部分来表现,三章文字,一幅画意,各呈姿色。先施以素描,勾勒出一个景点的实在,即地理、历史、人文与建筑等。相对于景区本身,历史变迁更难描写,因为西湖故事始终是由历史与传说、记忆与想象交织而成的。

杭州山水是传说的原乡,从大禹渡江而至今天,人们一直津津乐道于其中。这实际上也是人们经营西湖的一个部分。但庞先生又是一位学者,出于学术态度,对这些美丽的故事予以考察甄别,揭示历史的本来面目,使湖山胜景呈现出自然变化的本色来。

诗情一章重在动人遐想。西湖是诗的天堂,不仅因为这里的风景,也缘于在这里留下踪迹的人。良渚先民的器物里就透出十二分的想象力,而有文字之后的诗词,则更加出神入化,枕上潮头,桌下桂雨,总在空蒙的意境里面。不过,它给人呈上的是古人的趣味和闲情;其醇厚的历史味道,或如疏影,自在横浅,又如暗香,心动随远。

最为难得的是印象之章。作者踏遍这西湖山水,细细地一一感受。此为劳作耶,享受耶?直叫人羡慕而已。湖山如在心中,亦如在手中,既可以把玩,亦可以会心。从不同的角度,以不同的心情来鉴赏和评品，西湖就呈现出不同的色彩不同的姿态，更不必论山水本来的横显侧出。杭州为禅学圣地，山水之间，一坐一茶，一瞥一嗅，皆可会心，或有顿悟，而至于一花一世界，一情一人生。作者是有心人，于细心地观察和体味之中，间或飘出悠远的梵铃。而描绘宝石山变化的文字，却又见作者对西湖和这个繁花世界的挚爱之情。

人或访杭州，当携庞著一卷，不仅指点山水，还可与作者慢慢谈来。

在铺天盖地的城市化的进程之下，西湖山水越来越成钢筋水泥群中的孤岛，无边的江南风景现在也面临同样的命运。而《品味西湖三十景》或为我们留下一幅永久的杭州山水的长卷。

2013年5月4日

北京大学德国研究中心沙龙倡议书[*]

  此地有渌水修林,雅室清风,可以谈玄理,论天道,说人心;此楼有学富五车之师,深思好问之儒,有反讽专家,雄辩斗士,可以释古典,评社会,批时文,抑或高谈阔论,旁征博引,插科打诨,嬉笑怒骂,而至于逐字逐词之争,皆有对手,不乏高人;此室有清咖,香茗,白水,同道朋友三五位或至十三五位,皆可获交流之利,讨论之益,而兼得友情之乐。一月或两谭,人人可乘兴而来,兴尽而归。辜负如此天时地利人情,沙龙胡不开?

2013年9月13日

---

[*] 是文原为建议北京大学德国研究中心开展沙龙活动而写。

西方理性的过去与未来

反思西方理性概念的内涵与限度，看起来是一个很好的题目，因为它表明了分析和批判西方理性的态度，并且间接表示了这样做法的必要性。但是，当我们认真考察和研究这个问题时，却发现它面临若干几乎难以克服的困难，而且还陷入根本性的理论矛盾。

一 西方概念的地域规定的困难

困难之一乃是"西方"的界定。这是一个长久以来人们因循习惯以为清楚却相当复杂的问题[1]，它在理论上比在实践中更为困难。在上述的题目之下，我们当然可以采取同情地理解的方式，

---

[1] 参见拙文《如何理解西方文明的核心因素？》，载《华东师范大学学报》2008年第1期。

那么所谓的西方就可以被理解为西方文明的核心区域，比如，当代的西欧和北美地区。但是，一旦进入历史的背景，那么所谓核心地区在地理上就不断地挪移，在不同的时代为不同的地区。比如，在公元前四世纪左右，当现代的人讨论西方及其理性时，它就只能是希腊本土和小亚细亚一带——西方这个概念在这里陷入了一个矛盾，将东方的地区即小亚细亚包裹在自己的名下，但倘若不这样来规定，西方哲学就是在东方开始的，直到希腊哲学转移到希腊本土——而在那个时候，现在西欧的核心地区，如英法德意等地区，还都处在蛮荒蒙昧时代。而当我们进入十七世纪近代欧洲哲学的勃兴时期、十八世纪的启蒙时期，希腊地区却处于伊斯兰文化的统治之下，古典的希腊哲学和文化早已不复存在。

中国传统思想在其两千多年的历史中虽然也有区域的变迁，但是在思想的持续性和文明体系连续性方面并没有太大的更动。但是，一般而言的西方文明在其近三千年的历史中，除了地域的巨大迁移之外，还有长时间的中断，以及其他文明因素的介入，或者上述三者相互作用。因此，一个基本上连续的、相对单纯的"中国理性"及其结果要与实际上处于不同地域具有不同性质的"西方理性"及其结果来进行对照，无疑是一个困难而复杂的任务，尽管这并不意味它不具有意义，或者它实际上具有重要的意义。

二 西方理性概念内涵规定的困难

困难之二关涉人类思想的单纯性。这里我们需要首先假定

"西方理性"与"中国理性"这两个概念是有效的，或者以同情的态度将它理解为西方人的心灵能力与中国人的心灵能力。那么，这个话题倘若在一百多年以前提出，或许更有理由，因为当时绝大多数的中国人并没有这样的反思和意识，还在信奉"非我族类，其心必异"。但在今天，这关涉了基本的理论和实践问题。心灵能力与其结果是可以清楚地区别开来的。这里我们可以首先从心灵能力的结果进入讨论。心灵能力的结果主要是知识、思想和观念等等。

自启蒙运动以降，人类思想和观念之间的交流如此频繁和经常，各种不同的思想互相影响、渗透、启发和利用，原来分属不同文明的观念和思想越来越融汇在一起，而新的观念和思想的形成利用各种可能的资源，而不会自限于某一特定的地区。这种趋势越到后来就越成为潮流。回到一百多年以前的叔本华和尼采，当人们要判定他们思想的西方或东方属性时，就会遇到巨大的困难，尽管人们依然可以简单地将他们的思想视为主要属于西方的传统。同样，当我们来考察王国维和梁启超的思想时，情况亦复如此。

当然，为了使得这种区分具有可能性，我们可以追溯到更早以前，比如一百五十年左右之前的过去，西方理性与中国理性对立的提法，或许就更有理由。因为一般而言，或者从表面上看起来，那个时代的中国思想还相当独立，既少受其他文明的观念和思想的影响和浸染，也与它们相当隔绝——倘若佛教的影响和浸润排除在外的话。这样，当我们讨论西方理性的内涵与限度时，包括规定中国理性的内涵和限度时，我们也只能限定于讨论那个时间段之前的西方思想，或中国思想。但是，问题依然存在。比如，即便当我们讨论那个时代与西方理性相对立的中国理性时，我们也无法回避有明一朝西方知识和方法开始在中国传播并且产生不小影响的事实。当时传入中国的几何、算术和天文等知识，以及基督教思想等等对中国的士林造成了实际的影响。相应地，我们也无法忽视那个时代欧洲人受到从印度和中国等地传入的观念和思想的影响等现实。尤其到了十七、十八世纪之后，西方对中国的了解大大增加，中国的思想、社会制度等直接进入西方，潜在地影响西方思想和观念。所以，在这样的情况之下，要界定单纯西方观念和思想，虽然并非没有可能，却也是一个巨大的挑战。而在没有做出这样的厘清前，权宜的概念乃至观念就会引起理论上莫大的困难。

因此，我们就需要把西方思想和观念与中国思想和观念的对立，亦即西方思想和观念的单纯性和中国思想和观念的单纯性得以成立的时间再次提前，比如，提前到欧洲的经院哲学时代。但是，当时欧洲人所理解的理性与现代欧洲人，或一般而言的西方人所理解的理性之间，存在着巨大的差距。这虽然不是这个论坛的主题所愿意蜷局的范围。

当我们在今天这个时代来考察人类特定区域思想单纯性的观念时，发现它受到多方面的、强大的和不可战胜的困难。

首先就是自然科学的普及化。一般而言，自欧洲启蒙运动以来，自然科学作为现代知识的基本结构和常识的基础，已经越来越具有不可动摇的性质，而它在相当大的程度上规定了人们其他思想的方法和方向。自然科学在地域上不受任何界线的限制和影响，而受它影响的思想和观念自然也很难限定在特定的地域和国家。

其次，进入互联网时代，人们思想、理论、观念等等之间的交流不受任何地域的限制，虽然这并不意味，特定地区的人从事思考时不受任何的特定的传统、教育和环境的影响。——当然，我们在这里不能忽视语言的影响，因为在互联网时代，语言的限制才是真正的限制。如果一定要规定某种地域的限制，那么这种地域是以语言来划界的。但是，一旦我们要认真地来做这样的规定和从事相应的研究，那么我们就得更换话题，不再谈论"西方理性"与"中国理性"，而是谈论汉语理性与英语理性、法语理性、德语理性或意大利语理性，或者更早一些的拉丁语理性和古希腊语理性。

再次，人们在一种特定的思想、理论和观念中，可以找出某些观念因素出自某种传统，或者某一思想家，但人们要进而判定作为整体的理论和思想的地域性质，那就会面临无法克服的理论困难。所以，我以为，在今天，人类已经进入世界思想的阶段，这一特征对于理解今天的哲学、艺术、音乐等精神形式，具有决定性的意义，更不用说自然科学。虽然在关涉政治、民族、宗教等领域的特定研究时，人们会更多地受到地域、社会境域和利益的局限。

三 如何研究理性问题，兼论如何研究西方理性概念

谈论和研究理性，这是人们经常自然而然地做的事情，在哲学家犹如在普通人那里，理性都仿佛是一个自明而自在存在的东西。虽然使用一般理性是一种通常的做法，但是当人们从哲学的角度来进行考察时，那么就必须予以必要的限制和规定。这种要求康德在他的理性批判中就已经提出，而后来的哲学为此做出了巨大的努力，更不用说分析哲学为此所提出的许多批判。

我的主要观点相当简单。

首先，我们必须把人有心灵能力与这种能力的结果即观念、思想、理论等区别开来。在这样一个前提之下，工具理性、科学理性、实践理性、价值理性、经济理性、系统理性与国家理性等等，就需要分别归入上述两个不同的层面。实践理性无疑主要指一种心灵能力，科学理性这个概念则要复杂一些，既包括能力，也包含科学思维的方法等。而所谓工具理性主要就是一种观念和原则，而与心灵的能力没有多大的关系。

这里尤其关键的一点，虽然我们可以承认一些观念和思想曾经为西方人所特有，但倘若进一步认为某种心灵能力只为西方人所特有，那么就犯了致命的错误，因为它与现在所有的科学知识和经验相冲突：没有材料证明，这种差别是存在的。尽管对这种能力的运用和发现在不同的地域是有时间上的差异的。

第二，我认为，没有一个统一的、内在一致的西方观念和思想，只有形形色色的西方观念、理论和学说——准确的界定还需

要以严格的区别为根据——以及相应的各种各样的思想态度、立场和方法。没有这样一个基本的认识，在从事有关西方与东方，西方与中国的哲学和思想的比较研究时，也会出现理论上和方法上的错乱。

认为存在着一种西方特有的理性，进而存在着一种单纯的思想体系，乃是现代中国思想界一种巨大的虚构。相应地，在政治上，以为具有一种统一的西方意识形态，有一种与中国观念和思想体系截然对立的西方观念和思想体系，也是现代中国的一个巨大的意识形态，一个有意或无意树立起来的"稻草人"。这种想法无论在思想上还是在政治上都导致了巨大的误解，也对中国现代社会的发展产生了巨大的误导。然而，这种想法却一直在发挥作用，并且常常是相当有效的。这倒引出了一个研究课题：这种观念以及这个虚拟的现象是如何建立起来并发挥作用的。这其实也在今天的话题范围之内，尽管我们没有时间和准备来面对它。

因此，当我们在讨论"西方理性"的时候，我们所面对的是人类共同的心灵能力，以及由此而生发出来的各种不同理论、主义和方法。如果有一种与"中国理性"对立的"西方理性"，那么它只能是后面这样一些内容，而不可能是前面那些能力。更进一步，彼此对立的，也不是作为整体的西方观念和思想与作为整体的中国观念和思想，而是其中的一些层面和因素，或许是关键的层面和因素。西方过去的观念和思想当做如此的理解，西方未来的思想和观念也应做如此的理解。在这样一个视野之下，中国观念和思想与西方观念和思想之间的对照比较，就是各种不同的主义、理论、观念之间的比较和对照。

这样一来，一百多年来中西方理性对立的思维习惯就得改弦更张。诚然，这也在相当大的程度上对本论坛主题提出了挑战。不过，这也应当是这个论坛的成果。因为学术论题本身受到批判、否定或者扬弃，原本就是论坛的题中应有之义。否则，学术论坛就成为一种卫城之战，而非思想原野之中的逐鹿之战。理性原则之下的各种思想、理论和观念之间的战争是现代真正的思想战争。

总之，虽然理性作为一个一般的概念指示人类的精神活动，而且人们也常常不加区分地用它来指示它的现实成果，但人们关于理性所能研究的总是特定的认识能力、形式和行为，以及作为结果的特定的原则、理论、主义和观念。相应地，倘若存在一种"西方理性"的研究，那么它唯一可能从事的工作也就是对发生和出现在西方那个区域的各种认识能力、形式和行为及其各种特定的原则、理论、主义和观念的研究，但这并不意味，这些东西在其他地方不存在。尤其重要的一点是，关于"西方理性"的研究倘若能够成立，它也绝不意味着存在某种为西方人所特有而不为其他地区的人所拥有的认识能力、形式和行为，它至多意味着那样的能力、形式和行为首先在某个特定的地域以较为完善的样式实现出来。

2013年11月1日草于北京圆明园东听风阁

中国文化的历史命运：旧文化与新文化 [*]

"新文化运动"发端迄今已近百年。人们固然可以说，中国社会已经进入一个全新的历史阶段，"新文化运动"作为一个历史事件已经结束。但是，从长时段来看，"新文化运动"中兴起的各种社会与文化的改革并未完成，甚至人们对这些改革及其意义的看法也在不断地变动之中，这些变化及其结果以及相关的争论一直在相当大的程度上持续地影响中国社会的现代化进程，所以关于新文化运动的反思是极其必要的。由北京大学哲学系、复旦大学哲学学院、台湾大学哲学系、浙江大学人文学院和安徽大学文学院所举办的"新文化运动百年"系列学术活动，旨在从学

---

[*] 是文原为《中国社会科学报》拟组的纪念新文化运动一百年的专栏所作的按语，未刊出。

术的角度对这场运动及其历史效果进行彻底的思考和研究，以期获得观点和知识方面的突破，并有助于人们全面和深入理解现代中国社会及其发展的历史趋势。

2014年11月21日

秩序与彻底性
——德国小事

德国浪漫派喜欢把德国描绘成一个具有神秘力量的国度，德国理性派倾向于把德国说成是讲道理的国家。外国人在德国所经历的确实是一个特殊的社会，但有些独特性是许多学者绞尽脑汁而无法获得满意的答案的，比如，许多受过大学教育的中国人就奇怪，为什么和奔驰、宝马、啤酒、足球一样，哲学是德国的特产？

人们给出了许多解释，但往往会忽略一些特征的重要方面。比如，浪漫派曾经说德国人及其社会具有独特的精神气质，要走独特发展的道路，但是，其他人很容易举出反例，说德国的标准化生产表明他们更具有一般性。其实，德国人及其社会的特性是由许多因素构成的，而其中某些因素其他社会也具备，只是在德国社会中具备若干其他社会缺乏的因素，这就使得所有因素的组合产生了不同的效果，从而与其他社会明显地区别了开来。

秩序与彻底性 | 237

德国的社会秩序和德国人遵守秩序的态度最易给人留下深刻印象。不过，人们有时会忽略其中所包括的彻底性精神。像康德、黑格尔、胡塞尔、海德格尔乃至维特根斯坦的哲学之所以有这样的规模和魅力，一个原因就在于他们考察问题都追根究底，或将自己的思想贯彻到理论的每一个方面和层面。其他宏大的精神作品，诸如理论物理学和交响乐就是这样建立起来的。更为重要的是，德国人在其日常生活和行为中也贯彻了这种彻底性。这里讲两件小事，以窥其一斑。

2014年夏天，德国海德堡附近的鹿角古堡，一个由中国学员参加的哲学暑期班在这里举行。一天下午，学员在古堡山下内卡河岸的镇上散步，在横跨内卡河的那座水坝桥头拍摄河岸风光。他们等待过马路时发现一个现象，路上车辆不多，但所有车辆在左转弯时，都走在自己的行车道内转大弯，即便反方向没有来车，也不会切线转小弯。开始学员以为是个别现象，于是就站在路边观察，看了二十多分钟，发现没有一辆车违规抄近道。学员对此颇有感触，也由衷敬佩。他们都是事业有成的社会中坚人士，也讲究遵守秩序规矩，但德国人能够做得这样彻底，也实在出乎他们的想象。

其间，学员一行到海德堡游览，晚间定在一家餐馆就餐。正值暑天，又经过一天的奔走，大家又热又渴又累，到了餐馆，一位学员见餐馆侍者安排好座位后并不马上来服务，而客人并不多，就去催促。服务员说，她得先招待先到的客人，然后再为他们服务。这位学员就认为，德国服务员死板；我们是一大群人，又热又渴，可以变通一下先为我们服务。可惜，这位学员没有意识到，这正是德国人遵守规则和秩序的特点。在这里，服务规则就是先来后到的次序。说到底，严格遵守秩序和规则所体现的就是彻底的精神。如果他们可以随机应变，就要自己来判定轻重缓急，也就是说他们可以随时改变规则和标准，按照自己的想法来行事。在这种情况下，秩序和质量就失去了根据。这位学员不同意我的看法，认为服务员可以权宜处理。我则说，这个要求太高，既要求严格服从规则，又要能够见机行事，绝大多数人是做不到的。一定这样要求的话，最后的结果必然是秩序无存，一切都随意处理了。

严守规则，遵守秩序，是一种习惯，一旦养成，就要体现在任何场合和任何行为中，难以随时改变。投机取巧，有空子就钻也是一种习惯，一旦养成，也很难改变，也要体现在任何场合、任何行为中。

一个良序社会的根本，就是人们遵守法律和秩序的彻底性。在绝大多数人都具有这样的彻底性时，良序社会才是可能的。只有在这种情况下，人们才能够在超市购买食品时，不必需要具备比专家更全面的鉴定食品的知识；在医院看病时，不必随时盘算要不要送红包以及送多少红包；在公路上开车时，才不必担心闯红灯的人和随时加塞挡道的车威胁你的行车安全。自然，唯有这种彻底性才使得制造出来的汽车具有世界性的信誉。在这样的社会里，人们才能够以最节约的方式来安排自己的生活，有效地从事各种活动，而不必时时考虑、提防和处理各种意外的情况。

然而，在现代社会，这种彻底性是无法通过教育人民来实现的，而只有在人民能够自主选择、自主决定和自我教育的条件下才能够实现。原因很简单，法律的全面落实、规则的完全遵守，是要以所有人受到一视同仁对待为条件的。

在日常生活中遵守规则和秩序的彻底性，与在理论和思想体系构造中的彻底性，在精神上是一致的。这一点读者是可以通过自己的观察和比较得出肯定的结论的。

2015年1月1日

视野、勇气和态度
——重新理解人文和人文学科[*]

一 愈益人文化的世界与愈益弱化的人文学科

当今世界比之于十九世纪,无论在中国,还是在西方,从总体上来说,都要更人文化——无论人文从什么意义上来理解,更何况从人文学科的意义上来理解。但是,人们通常听到的抱怨是:人文学科处于危机之中。因此,作为人文学者的我们就要考察一下:危机的现象与原因何在。

(一)人文学科如何面对当今世界

比如,一台苹果手机,相比于一台老式的电话机,是为人的

---

[*] 是文为在北京大学德国研究中心于2015年4月8—9日举行的"人文和社会科学的社会意义以及所面临的挑战"年度工作坊上的发言。

活动提供了更大可能性，还是相反？这种集成工具是更加符合人性，还是反人性的？

　　传统的人文学科，比如欧洲十八世纪以前的哲学院或文学院的人文学科，虽然与神学院、医学院和法学院等关系紧张，但是与人的科学和技术却直接结合在一起。今天，在日常生活中，人们愈发依赖于科学技术以及现代工业所造就的现代生活环境和条件，这就意味着，人之为人的现实性更加直接多样地通过这样的环境和条件得以落实。然而，许多——虽然不一定更多——人文学者，依循十九世纪社会理论家的思路，对这个人类自身创造的同样体现人之本性的体系，一直保持高调的批判。无疑，他们看到了，这些新的环境、条件和手段对过去的、未被异化的但也从来没有存在过的原形的人的异化，但是，他们没有看到，从人类漫长的进化史的角度来思考，每个人及其群体始终以其他特定的形态、方式和关系来落实和维持他们的现实性。不过，今天，人类从任何方面来说，都比先前更加平等、合理和有效地处理人类之间的事情。人类中的部分的不满的原因和指向究竟何在？他们是简单地就要回复到过去，还是以过去来指责和批判现在——这通常是出于简单的常识和无反思的直觉——而目的在于更加完善的未来？

　　顺便说及，今天的中国是一个"复辟"的时代。各色人物要进行各种各样的"复辟"，虽然所要"复辟"的时代相差颇远，社会形态和社会秩序也大相悬殊，但这些都挡不住这些人物"复辟"的热情，至少是嘴上的热情。有人要"复辟"到宋朝，有人要"复辟"到明朝,有人要"复辟"到清代,还有人要"复辟"到民国,最为狂热的人,是要"复辟"到"文革"以及之前时期。当然,还有人也不知道什么朝代和时代最好,只是要"复辟"而已。这些形形色色的"复辟"的目的,有的是政治的,有的是社会的,其中一些流派的"复辟"意向是为了对抗现代社会观念以及现代社会方式,比如,反对平等,主张以三纲为宗旨的身份等级,反对现代自由的生活,主张以礼来规范人际关系。但是,相当奇怪的是,这些"复辟"派并不拒绝现代科技产品、交通设施和居住方式,往往还是这些产品、设施和方式的最热心的使用者和享受者——当然,这也并不妨碍他们对之提出严厉的指责和批判。

回到我的主要话题,在今天,我们要反思的是,究竟是现代的自然科学、技术和人们的生活方式拒斥、排挤乃至抛弃人文学科,还是人文学科孤芳自赏、故步自封和闭关锁国,从而远离了现实生活?把现代社会批评为非人的社会的观点,诸如马克思、马尔库塞、海德格尔,或者还有那位语不惊人死不休的尼采,在今天的影响已经逊于以往的时代,但通常只有他们被认为是深刻的,而那些创造了现代生活的人们,却常常被主流的人文学科和学者轻轻放过或遗忘了。

(二)人文学科如何面对变迁了的人文样式?

人文学科与现代世界,与日常生活中的大众是一种什么样的关系?

还以苹果手机为例。乔布斯及其同行,通过辛勤的智力工作，通过不断的努力，通过激烈的竞争，不仅提供了日常生活的方便，而且在相当大的程度上改变了人与人之间交往的方式，这些集科学、技术、艺术、生活方式于一身的设备并不仅仅在争取或引导大众消费，而是为人们新的生活方式提供新的可能性。

一些人文学者以为自己的学科、自己的趣味、自己的评价是天经地义的，因此在人文学科的殿堂之前，万众来朝，而人文学科则是永恒不变的。

在中国，今天还有一些人沉溺于阿多诺、霍克海默式的精英文化立场：拒绝文化产业，拒绝大众文化。他们要求大众跟随精英。是的，大众自然会继续追随精英，但是，他们追随乔布斯的产品，却并不一定追随乔布斯；不仅如此，他们也自己造就精英，以便供自己追随。那么，人文学科能否提供现代民众愿意追随的精英作品，创造民众喜闻乐见的生活样式？

因此，对人文学科来说，现在的问题仿佛就是：通信工具可以变，交通工具可以变，但是，小说和诗歌能不能变？人们必须阅读小说、诗歌的要求能不能变？如果人们必须阅读经典样式的文学作品，那么人们是否可以要求这些样式具有新的形式？进一步来讲，人们不读或少读诗歌和小说，不读或少读古代经典，包括孔子、孟子的著作，柏拉图和亚里士多德的作品，是否就意味人文的失落？人们现在不看戏剧而看电影，不看电影而看电视，不看电视而读微信，或通过网络来获取各种影视作品，是否就意味着人文的失落，或文学的失落？

在汉语里面，文的本义就是线条丰富色彩斑斓，而人文就是指人的规范和活动的多样性。这种多样性是通过社会生活的不同层面实现的，而从历史的观点来看，它们是通过时间以及文明的演进不断展开的，在这个意义上，人文就是一个过程，就是人类不断展示和实现自己多样性的过程。所以，在今天，如果把看戏剧当作有人文修养，而把看电视归于这种修养的缺乏，把读小说视为有人文修养，而读各种网络文章则视为缺乏这样的修养，这就如今天把穿燕尾服紧身裤视为有教养，而把穿现代西服视为教养的缺乏一样。照此推理，身穿宽袖大袍就是高度的人文修养。

贯穿在这些问题之中的重要之点是人文学科如何来对待这种变迁的社会现象？

文学教授如何面对各种变化了的文学样式？或者固守既有的范围，直到有一天，它就成为某种类似于 philology 的东西。

人文学科关注的领域是否能够扩大？这同时承带另一个重要的问题：面对巨大的社会变迁的局势，人文学科自身是否也需要发生变化？

因此，人文学科的危机，从根本上来说，至少在相当大的程度上，是这个学科本身的问题。它们自称是最切近人的本来状态的，但是人的生活状态发生了巨大的变化，人文学科的样式的变化却步履蹒跚。它们反而要求人的现实生活依照它们固定乃至僵化下来的特定的样式来安排和进行。

二　思想实验

假定某一天，这个世界的人文学科全部消失了。那么，这些科学家、商人、政府雇员、公司职员、工人以及其他大众还会产生各种各样可以概括为人文的需求，并将它们付诸实现吗？毫无疑问，这是无可阻挡的事情。

至于人文学科或者类似人文学科一类的研究是否会再现？无疑，这也是一定会出现的，但其形式和方式与今天的样式必定会有很大的不同。不过，我想，最重要的不同可能会体现在研究的对象和研究的方法上面。没有强大传统的约束，人文学科的视野就会更加广阔，它的领域和学科的划分或许会与今天人们所熟悉的那些领域和学科迥然有别，不过，它们依然会包括那些最主要的内容，比如，肯定有文学，当然也就有小说、诗歌和戏剧，但是，它们将会容纳更多的其他种类的文字作品，而电影、电视、各种网络作品自然也会包括在内。它们研究的手段就不仅仅是文字和著作，统计分析的方法、影视等各种手段都会被采用。更重要的一点，它们大概并不仅仅限于批判，而且也会提出某些构成性的理论、观点和方案。

设计这样的思想实验——虽然简单，却也能够在一定程度上说明问题——是为了说明，今天的人文学科具有的鲜明的保守性，这种保守性使之无法面对和措置变化迅速的现实世界，因而非常紧张、局促和不安地守卫自己的领地。而这种精神状态自然就会影响这个现实世界的情绪和态度。

现代人文学科的一个特征——它在两百余年的时间内也逐渐形成了强大的传统——就是：对现实社会采取一种居高临下的批评态度。其锋芒所向，政府、制度以及人们的日常生活，无不披靡。无疑，这是人文学科的一种重要作用和功能。但是，在今天，人文学科是否应当具有更多的功能？我们可以从这样一个角度来提出问题：现代社会生活的多种样式和形式及其构成，在多大程度上归功于人文学科？或者说，人文学科对现代社会的贡献体现在什么方面？是持续向人们讲授经典著作，或者是不断地解释那些天才的预言和警示？如尼采的"上帝死了"。当中国的人文学者在课堂上一本正经地向中国学生宣布尼采的箴言，而借此表明中国人信仰的巨大的危机时，他们不曾想过：中国人向来生活在没有基督教上帝的世界中，他们经历了无数的危机，但从来没有哪一项危机比上帝的信仰真的出现在中国——而不是死了——的时候更紧迫更大。因此，一方面，我们可以说，在中国，不存在上帝死不死的问题，或者它的死与不死与中国也没有多大关系。另一方面，上帝真的死了，中国解脱危机的途径也就豁然开朗了。

然而，这里最为重要的一点是，许多人忘记了，构成和创造乃是最重要的批判。在人类社会的历史中，任何的批判都无法将人类倒退到过去的时代里面，即使是文艺复兴，人们也是在一个全新的社会环境和条件下复兴古典文化。而法国大革命之后的"复辟"，更是在落实革命精神之后的社会调整。批判的目的在于让社会制度和结构更加合理化，而后者正是需要创造性的工作。

三　中国人文学科的困境

在今天的中国，社会现实的复杂性、多维性、丰富性和戏剧性远远超出人们的想象力。欧洲人在巴黎看到成群的中国游客似乎都有共同的外表、相同的服饰、同样的举止,他们是一个特征分明的共同体,与欧洲人民形成了巨大的反差。但是,实际上,这些人群内部有形形色色的界限,分裂成一个又一个具体的群体,或者来自不同的社会阶层和群体,具有不同的价值观念和认同。欧洲人民在中国大地上看到,中国人分裂成不同的阶层、群体,中国社会本身就有三个世界,或四个世界,而且还有许多民族之间的冲突和纠纷。但是,他们也往往忽略了,这些中国人被若干巨大而又似乎无形的线索连接在一起,组成一个充满活力的整体。有时,他们会如此步调一致地行动,无须政府动员,也无须人号召,他们就形成一个目标相同的整体。对中国的"特权阶层"来说,他们担心的不是中国人的不团结,而是中国人的团结和共同行动。这样一种极其矛盾的现象,中国人文学者自然没有提出有效的和合理的解释理解,而中国的社会科学更是茫然无措。

这里可以举一个实际的例子,比如,中国的作家尤其是小说作家在当代就陷入了巨大的困境:中国社会的现实故事要比那些小说所构想的情节更离奇,更出人意料,自然也就更复杂。所以,余华的《第七天》在西方世界可能得到好评,但是在中国,一种评价就是:它等同于新闻的汇集,而且比不上现实事件的烧脑和刺激。

社会现象的巨大变迁、庞大的体系、盘根错节的复杂关系、出人意料的过程,使得中国人文学者瞠目结舌,中国人文学科手足无措。我们把眼光扩大，那么就会看到，中国社会科学的境遇也是一样，如果说它们像盲人摸象一般地了解中国，是有点夸张，那么说它们无法给人们提供足够清楚的中国的知识，则应当是比较中肯的。

不过，现在德国人民也不甘于寂寞，他们也创造了"伟大"的故事：去年德国媒体报道，奥尔登堡医院（Klinikum Oldenburg）的一位护士尼尔斯（Niels H.）与400多名老人和病人的死亡有关，他自己承认对90多名病人施用过量药物，导致其中的30人死亡。

在这个深夜乱丢垃圾就会被举报，在河里打一只野鸭都会被驱逐出境的国度，令人惊奇的不是有人杀了那么多人，而是在相当长的时间内竟然没有人发现这件事。或者人们确实都去看护野鸭了，人，活生生的人，却反而被遗忘了。

最近，更离奇的事又发生了：德国民航驾驶员直接把民航客机开去与山碰撞了。中国人文学者对德国，对中国以外的世界有了新的知识——尽管他们还是过分闭塞，过分内敛。

在这里，我们要问的是：对这种现象，人文学科要承担什么责任？

当然，《明镜》周刊可以说，这是跟中国人学的。德国国防部部长博士论文剽窃事发时，《明镜》周刊就说他是跟中国人学的。因为，中国人总在那里做山寨、抄论文。何况，中国的死刑犯是全世界最多的，中国的食品相比于欧洲、美国和日本来说，太不安全。中国不仅有很多的腐败官员，而且有很高官阶的腐败官员。

不过，即便他们是跟中国人学习的，我在这里的问题依然是：人文学科和学者应当承担起什么样的责任？这种责任究竟是一般性的，还是特殊性的？除了中国的人文学科以及人文学者要承带起重要的责任之外，德国的人文学者，以及其他的人文学者要承带什么责任？

在这里，我并不想仅仅调侃一下我们的德国同行，因为中国人文学科和学者扛着太深重的负担，怀有太深刻的内疚。我只是想由此提出人文学者的一般的责任，以及他们对这个社会这个世界的态度。我要强调的一点是，人文学科和人文学者，不分国界，他们对现代社会、对人类，应当具有一般的责任和态度。

因为，中国的许多人文学者身负双重的枷锁。

外在枷锁就是意识形态的禁锢。这对于多数学者来说，是外在强加的，但也有部分的学者是自愿背负的。

内在枷锁就是缺乏对人类一般问题的自觉意识。在外在表现上，他们缺乏世界的眼光，没有把全人类的问题当作自己的问题，只是把中国的问题当作自己的问题，而把世界其他部分的问题当作客人的事情，因此总是过分客气，尽管有时客气得不合时宜。不过，他们也有自己的优点，把中国的问题就当作中国的问题，通常不会把它当作全人类的问题。

就此而论，西方人文学科的优势就在于许多学者把人类的问题当然当作自己的对象和自己的问题，他们不仅仅研究所在国家的思想、文学、历史，并且以自己的方法来处理这些问题，他们也把其他国家的问题当作自己的问题，并以自己的方法、观点和态度来处理这些问题。不过，他们也常常把自己的特殊问题当作人类的一般问题。

为什么本·拉登和"伊斯兰国"都是先后在美国间接或直接的支持下成长起来的？在今天，更为严峻的问题是：为什么"伊斯兰国"的许多战士都是欧洲、美国等西方文明国家土生土长的公民？对于这个现象，如果中国的人文学者仅仅止于从意识形态上指责西方国家，那么他们就依然没有挣脱自己的枷锁。如果他们仅仅是客气地对待这些问题，那么他们就没有挣脱自己内在的枷锁。

当我们看到，领导和实施柬埔寨大屠杀的责任者多数是法国学校培养出来的精英，那么我们就不会把这个现象仅仅看作是与我们不相关的问题，我们就不会仅仅思考中国在这件事情上的责任。这是人类一般的问题。

中国人文学科和学者——当然也包括社会科学及其学者——面对现代历史上西方国家对中国的所作所为，虽然有许多不同的观点，但可以概括地区分为两种典型的态度。一种是一味地指责西方国家的侵略，尤其是他们恃强凌弱的做法。另一种是指责中国自己的落后和腐败。但是，很少有中国学者能够从如下的一个角度来看待问题：在那个时候，西方国家对待中国的态度，就如西方国家对待他们自己的邻居的态度一样，这是他们千年以来的传统。在那个时代，他们对中国和中国人当然有特别的歧视，但是从总体上来说，与对待他们的西方同类并没有特别大的不同。"一战"和"二战"相当充分地说明了这一点。倘若这样来考察，中国人文学者的视野和态度就可以发生相当大的变化，对这个世界的变化的理解就会有更加客观的，从而也更加复杂和立体的维度。我们固然要划分西方和中国，但同时也要从国家与国家之间的关系来考察和研究，那么人文学科和学者就不会再把彼此简单地当作异类来处理。

但是，中国人文学科似乎还没有成熟到这一地步。虽然他们戴着沉重的枷锁跳舞，但他们的心灵依然是相当地脆弱和柔软。近些年来，在人文学科领域，美国的新清史研究，就又一次挑战了中国学者脆弱的神经和柔软的心灵。

但是，仅仅脆弱的神经和柔软的心灵根本无法面对这个"艰硬"的世界，更不必说与它打交道，同样也无法处理同样"艰硬"的学术本身。这个世界，这个世界的历史是可以从各种不同的角度来看待、考察和研究的。对于外在世界，我们接受得很多，研究得太少，因此实际上，中国人文学者常常在知识上面表现出惊人的肤浅，很表面，很一厢情愿，很想当然。当然，他们常常也很客气。

当我询问一些中国同行说，1789年时，法国只有一半不到的人讲法语，也就是说多半的法国人不讲法语。你们怎么看这个现象？你怎么理解：当时的法国从什么意义上可以称为一个统一的国家？我没有得到任何让我觉得有启发的回答。是不是会有一个中国人文学者不由自主地挺身而出,把这个问题当作自己的问题来研究,当作人类的问题来研究?这样的时刻当然会到来,在年轻的一代学者之中,我们看到,这样的意识已经萌芽。但是,在当下,这样的成果暂时还不可能出现。

2015年4月6日草于北京圆明园东听风阁

2015年4月7日修订于北京圆明园东听风阁

关于文化创新和大学水平提高的两个建议

文化创新的根本途径

文化创新乃是全民的事业，因此，要在社会的所有领域扩大民众从事文化创作的空间，除了法律禁止的以外，不允许任何其他力量干预民众的文化创新活动，尤其要破除官员随意干预和指导的恶习。

任何创新都要以稳定的社会为前提，而稳定的社会必须建立在法治的基础之上；法治的核心乃是保障个人的权利。因此，任何创新的最根本的前提和途径，就是对个人权利的有效保障。由此可以明了，在一个法制健全的社会里面，即使政府不大力推动和直接介入，民众依然会自发产生巨大的创新热情。

法治是只有政府才有可能来实施和保障的条件。因此，如果中国社会要成为一个创新的社会，那么政府的首要职责就不是直接介入创新活动，而是大力实施法治。换言之，倘若没有严格的法治，缺乏个人权利，尤其是缺乏包括知识产权在内的个人财产权的有效保障，无论政府如何直接介入和大力投入，中国社会也难以成为真正的、有成效的、持续不断的创新社会。

提升研究型大学水平的一个策略

中国拥有世界上最大、最具潜力的优秀人才资源，中国也具有其他国家无法比拟的大学发展的规模条件。研究型大学的水平决定整个中国科学、思想和文化的水平。中国的科学、思想和文化要进入世界一流，成为科学新发现、思想新观念和文化新潮流的发源地和原创大国，要有能力参与国际秩序的建立和调整，至关重要的一点就是要充分扩展一流研究型大学自主办学的权力和空间。

中国大学现行管理体系所奉行的是拉平主义的原则，无论在资源分配、质量评比，还是研究和教学组织等方面，最终的结果基本上就是扶弱抑强，劣胜优汰。为了促进中国一流研究型大学的快速提高，政府应当允许并且鼓励一流研究型大学自愿结成不同的联盟，在教学和课程、学生培养、科研基金、成果评比等方面制定更高的标准，发挥一流大学的带头和拉动作用。与此同时，也要允许其他大学拥有相应的结成类似联盟的权利，从而促进中国大学之间的积极的和合理的竞争，通过竞争，消除中国大学阻碍创新、妨碍中国大学水平有效提高的积弊：大量的垃圾论文、难以处理的剽窃和造假、冗员过多。

2015年10月31日

对《自由意志对刑法的意义》的评论[*]

一　脑科学与意识和自由意志

希伦坎普（Hillenkamp）教授的报告从最近的脑科学研究的实验现象出发来讨论一个古老的问题，即人为什么要对自己的行为承担责任。从哲学的角度来考察，这就是自由意志是否存在，以及自由意志究竟意味什么。现代人类的一切规范，尤其是法律和道德，都是以自由意志为前提的。但是，法学通常只是假定自由意志的存在，而哲学则要研究自由意志本身的问题。

现在，科学比以往更为直接地进入自由意志的研究。由于现代生物学的发展和技术手段的改良，人们直接从大脑神经生物活

---

[*] 是文为对海德堡大学教授托马斯·希伦坎普题为《自由意志对刑法的意义》讲演的评论，该讲演由北大德国研究中心和德国赛德尔（Hanns-Seidel）基金会共同主办，于2015年12月2日晚7点在北大二教319教室举行。

动的层面来研究人的意识、感知觉、学习和记忆等活动。而对哲学影响最大，从而也就是对人认识自身影响最大的就是关于意识的研究，特别是其中关于语言、理解和自由意志这样一些重要的方面。

希伦坎普教授所转述的脑神经科学家里贝特等人的实验，以及近些年来采用核磁共振等新的手段所进行的研究，在揭示语言、认知、学习和记忆以及感知觉等行为和现象的神经生物学基础方面，持续取得进展。这些成果既有助于了解人自身，治疗一些疾病，也大有助于人工智能的研究和构造。同时，一些物理主义思潮也由这些研究的初步结果得以强化和壮大，他们倾向于将意识还原为物理现象，也就是还原为大脑的生物活动，而否定意识、语言相对的独立性。否定自由意志的存在就是这种物理主义的一个主要表现。

但是，这些研究到目前为止的结果都是一种相关性的结果，即在严格限定的单一的语言或意识行为的条件下，测量和记录大脑生物现象，如动作电位、成像强弱等的相关性。但是，这种实验由于样本经常非常少，所以并不能够证明，其他的相关意识或语言行为不会产生相关的大脑生物现象。因此，这种实验的结果，现在还远远谈不上将大脑的某些神经生物现象与确定的意识活动或语言表述联系起来。即使哪一天人们能够确定特定的意识行为和语言总是引起某些特定的神经元的突触的活动，或者相反，这还是无法说明人的意识和人的选择和决定就可以还原为这些神经的生物活动。因为意识和自由意志的特征不仅在于它的广泛联系，而且在于它们不同于物理因果性的特征。

对这个实验可以提出如下的反驳。第一，这个实验无法精确地确定与每个念头对应的电位。第二，它也无法确认在出现准备电位之前和同时，行为者的大脑中没有任何意识行为。第三，人们想做一件事情，到人们实际上完成一个事件，并不是一个立刻执行的过程，通常都有念头反复出现的过程。因此这个实验无法准确地判断那些电位与这些若干念头之间的关系。

二　因果性与意识

将意识还原于物理因果关系的物理主义有一个无法解决的困境，这就是他们总是以反思的方式来提出和论证自己的主张，包括反对自由意志的主张，始终是要以一种具有极强的主观判断的方式提出来的，而不是以物理的方式客观地呈现出来。

我在这里可以一般地断定，意识以及自由意志事实上是人类一切文明得以可能和具有意义的理由。如果没有意识和自由意志，那么，我们今天在这里举办讲座、讨论，就具有一种我们难以想象的无意义的性质：因为这一切都是必然发生的，也就是说，都是注定要发生的。我的评论，在座听众欲提不提的提问心态，彼此的反驳，都是注定要发生的，而不是出于我的、你的意愿。

我这里也想对本杰明·贝教授的观点提出一个一般性的反驳，即如果一切现象，包括意识现象，都遵循严格的因果律，那么里贝特教授的实验就是不可能的。第一，这个实验本身仅仅是因果网络中的一环，而这一环无法否定以前人们所承认和确立的责任刑法以及其他一切相应的事件，因为这一切也都是严格的因果链条中的一环。如果不承认这一点，那么他所设想的因果链条在这里就中断了，而自由意志就出现了。第二，如果意识也处于严格的因果关系之中，那么对这些因果现象的认识，又是一种什么活动？

三 自由意志与责任

当然，具体到刑法或一般的法律领域，里贝特的结论以及与此相关的将罪犯视为病人，而将犯罪行为视为病症，因而就如希伦坎普教授所说的保安处分，亦即那些大脑研究者所主张的"采用通过大脑治疗，用神经科学或者药物手段治愈错误编程的大脑区域"的做法，隐含了如下灾难性的后果：第一，它假定了有一个绝对正确的行为的普遍方式，并且这个方式是可以植入每个人的大脑神经之中的；第二，谁有权来做出这样的判断，即由哪些人来判定哪些行为是正当的，哪些行为是不正当的？由此，一个绝对专制的权力就必然要产生；第三，实际的可能结果是，人人都有趋向不正当行为的可能性，所以所有人都要受到矫正和治疗。

我这里还可以从另外一个方面来展开上面的观点。如果将人的行为视为因果必然性环节中的一环，自由意志不发挥任何作用，在这样的情况下，如果人们还想控制犯罪行为——如果这是可能的话，但这会自相矛盾——那么，唯一的办法，就是对所有的人实施外在的控制，就如现在看到的那样，对机器或者机器人实施外在的控制。因此，如果要在那种极其不可靠的大脑神经生理现象上的基础上来否定自由意志，那么在刑法，并且从而在一切法律上，唯一的选择就是普遍的外在控制。这种观念和判断并没有提高人的人道地位——仿佛免除人的责任具有人道的色彩，实际上是将人视为完全可以从外在方面控制的自然事物。但是，就如前面所说的那样，如果人的行为是完全处在因果链条之中的，那么控制犯罪这种观念也是没有存在的理由的，因为它是以人的自由意志为前提的。在自然的因果性中，没有罪与非罪的区分，而且一定要在自相矛盾的情况下设想控制或避免罪行，那么，这也只能听任于自然的因果性安排，人在此是无能为力的。

最后，我要补充一句，人类社会的存在意义，从自由意志上来考虑，就是允许人们有犯错和犯罪的可能性。或者，从另一个方面来说，这原本就是人类在现实世界存在的根本意义和现实的另一个不可或缺的层面。

这第三个方面，正是希伦坎普教授所没有论述，而我要予以特别强调的。

2015年12月1日

学以成人的开放性[*]

面对世界哲学大会九十九个论坛和其他几十个专门论坛，六千左右的参会者，我的第一个直觉是，这必定是一个开放的大会。这些主题论坛和专门论坛的题目大多数直面当代问题，从爱情哲学到人工智能。这些来自世界各地的哲学学者和爱好者坐在一起，即便面对古典的问题，也将在现代的境域中以其现代的态度和见识进行讨论和交流。参会者的宗旨是来向别人表达自己的见解，一些观点能够为人接受，进而达成共识，而多数见解难以获得大家的同意，甚或引起争论，但这正是这个会议主题中的应有之义。因此，正是开放性才能够成就这样一个大型的盛会。

同样，本次会议的主题"学以成人"亦具开放性。它的开放性就在于，人们必定会以不同的方式学习，通过不同的途径，最

---

[*] 是文应邀为2018年"第二十四届世界哲学大会"而写，但未刊出。

后成为具有不同主张、信念、审美趣味和哲学观念的不同类型、风格、才能的人。不过，在现代社会，有一个共同点，这就是所有人要通过学习成为彼此尊重和平等的个人。

由此而观，学以成人不仅是开放的，而且是当代的，并且面向未来。孔子说："学而时习之，不亦说乎。"学和习在这里被区分了开来，学为获得新知识，习是温习已经获得的知识。如果不学新知识，何来的温习？也没有必要温习。从认识论角度来看，人类学习的本质就是不断求得和获取新的发现。但是，从社会学、人类学和教育学等综合角度来看，多数人的学习只是学习已经获得的知识，但对个人而言仍是未掌握的知识。在正义原则和道德规范方面，情况也是如此。不过，在这一领域，所有人都要通过参与而达到学习的效果，因为它们的持续的更新依赖于人们的社会实践，这是与数学、自然科学和技术等明显不同的特征。

基于现实的情形，有一些人提倡向古代学习。从实际的方式来看，他们的手段是先重构过去，把古代按自己的想象以现代的手段予以重新地设计和塑造，然后让大家去效仿。其中比较有理想的做法，比如把儒家的核心观念抽象出来，使之游离于当时现实的社会关系，而成为一种超越具体限制的普遍性的观念。然而，这些普遍观念如要付诸落实，只有具备了一定的条件才可实行。如果条件不具备，就得重新构造。在这个意义上，这样的复古主张其实无非是另一种现代行为。

因此，坦诚说来，学以成人只有在现代境域之中才可能被理解，才有其现实的意义。诚然，在古代汉语中学这个词语原本就有多重意义，但现代教育体系的兴起，赋予这个词语以全新的并且更为广泛和基础的意义，现代初等、中等和高等教育都以学为中心构造而成，虽然在不同等级的教育中，学有其不同的要求、内容和标准。现代社会及其科学和技术在广度和深度两个方面的发展，大大地深化了学的内涵，使得它成为一个体系。对学的哲学理解就要以这个体系为背景和基础，从另一方面说，它因此也极大地拓宽了哲学的视野。正是在这一境域之中，世界哲学大会才能够设置九十九个论坛和其他几十个特别论坛。

如果我们再仔细观察这一百多个论坛的具体内容，那么，就会发现，它们的主旨多数又是面向未来的探讨。因此，我们在这里便可以理解，学还有一层更为重要的意义，这就是向着未来的探索，这也可以简称为向未来学习。人们之所以能够并且必须向未来学习，乃是出于如下原因。第一，现在的问题总是在未来得到解决，因此，解决的方法就要面向未来的变化。而当下用于解决问题的观念和方法大多数就来自过去的未来思考。第二，数学、科学和技术不仅提供解决问题的手段，亦提供了解未来的手段，从最日常的天气预报，到遥远星系的动态，皆是如此。与此同时，它们也发现未来的新问题。通过对未来的把握而使现在的生活更有保障。

人就在这样一个过程中不断地成长起来。从最早出现的晚期智人到现代人，在生物性质上并没有差异，但人的社会和文化面貌则经历了巨大的改变。这就是人的学习的结果。

我们看到，历史上，不同的人类族群在发展过程中，都面临过不同的学习的问题和挑战。布克哈特说:"当意大利人摆脱了中世纪的文化枷锁以后,他们需要一个导师来帮助他们认识物质世界和精神世界。他们在古典文化中找到了这样的一个导师……他们并不是要复古,而是要把古典文化加以改造,以适合于自己的需要。"[1] 这就是文艺复兴的根本精神。

　　人类在不同时代又都会遭遇新的问题和困难,但人类最终只能求助于自己的能力来克服它们。这同样是学的一个重要意义。萨特认为:"人性是没有的,因为没有上帝提供一个人的概念。人就是人。这不仅说他是自己认为的那样,而且也是他愿意成为的那样——是他(从无到有)从不存在到存在之后愿意成为的那样。人除了自己认为那样以外,什么都不是。"[2] 这种可能的境况,这样的态度,让一些人看到机会,既然上帝已死,他们就跑出来宣布死讯——甚至一再报信,然后自己充当起先知或圣贤,无论相信上帝和圣贤与否,他们就是要为人立心和立命,而不允许人们自己通过学习来形成和确立自己的规范和目标。这种做法当然与学以成人的精神大相违背。学的主体乃是所有人,因此也是所有人的教学相长,而不是某些人才有资格学并且持有教的特权。学以成人的开放性也体现在这一层意思上面。

2018年7月26日

---

[1] 雅各布·布克哈特:《意大利文艺复兴时期的文化》,何新译,商务印书馆,1979年,第7页。

[2] 让-保罗·萨特:《存在主义是一种人道主义》,周煦良等译,上海译文出版社,1988年,第8页。

合作与信任[*]

只要存在社会，就必然会发生信任行为，及其对立面不信任行为。不过，在现实里面，信任与不信任之间的简单而单纯的界限并不存在。判断社会信任度需要从若干其他的角度来入手。福山从经济繁荣来分析社会信任度乃是方法的一种。但是，信任行为还可以从更为宽广的视野来观察和考察，这就是合作。任何社会的存在，自然包含合作在其中，没有合作就没有社会。合作承带信任，合作可以多种方式进行，也可以在社会的不同层次上进行，因此学术研究也可以从不同的层次上来考察合作。相应地，合作也可以在各种不同程度的信任上面进行；而就研究而论，人们既可以从合作来考察信任，也可以从信任来考察合作。从发生

---

[*] 是文为2018年12月23日北京大学博古睿中心成立暨学术会议上的发言。原文乃属笔者有关信任的手稿中的一小节。

史上来说,合作与信任是同一种事态的不同层面,两者须臾不可分离。但是,随着社会的复杂化以及学术方法的进化,两者就能够予以分别的考察。而这也就给人们造成了幻觉,仿佛一种信任完全丧失的社会是可以存在的。一个由多个单独的个体构成的社群或组织之内倘若陷入低信任度的状态,那么它就会瓦解;一个由多个社群甚至组织构成的社群内部陷入低信任度的状态,那么不同的社群就会由冲突而分裂成为较小的社群。组织的情况则比较复杂,政治与宗教组织会因此而分裂,现代企业组织的情况则需另行考察。国家倘若陷入低信任度的状态,冲突不可避免,同时就会分裂成不同的政治社群,因情形的不同,这些政治社群可以是政治的,也可以是地域性的,多数是两者兼具,但最终都会落实为地域性的分裂。

毫无疑问,社会理论的立足点不是发生史的,而是当下或某一个特定的时期。因此,这里关于合作和信任的研究也是出于这样的视角。这样,人们就不难理解,身处社会之中的人必须合作,也必定要发生信任行为,而无论他们是如何进入这个社会的。那么从合作的角度来考察信任会得出一些怎么样的结论呢?这里我们先来看一看艾克斯罗德所设计的求解囚徒困境的计算机竞赛实验的结论。

艾克斯罗德研究合作所要解决的疑问是:"在什么条件下才能从没有集权的利己主义者中产生合作?"[1] 他的假设是人通常首先关

---

[1] 罗伯特·艾克斯罗德:《对策中的制胜之道——合作的进化》,吴坚忠译,上海人民出版社,1996年,第3页。

心自己的利益，但是，合作现象又无可避免，因为它是文明的基础。[1]

通过计算机竞赛的方式来研究什么是重复囚徒困境中的好策略，以探讨合作的形成，这无疑是艾克斯罗德别开生面的一个研究途径，但得出的结论却具有一般性的意义，切合经验观察的结果。[2]而艾克斯罗德通过实验最后得到一个颇具意义的发现：竞赛得胜者所采取的其实是最简单的策略，即以其人之道还治其人之身。这个策略的第一步是合作，然后就是模仿对方的选择。成功的策略同时具有宽容和行为简明而使对手了解的特点。通过这个实验，艾克斯罗德得出了一些重要的结论：

第一，合作结果的建立，个体和社会环境只需要很少的前提条件。

第二，个体不必是理性的，通过这个竞赛的进化过程，成功的策略也能够自动地发展起来。

第三，行为的意义胜于言语及信息的交换。

第四，对本文来说，尤其重要的一点是，对策者之间相互信任这个前提也是不需要的。[3]

第五，在这种竞赛中，利他主义并不必要，"成功的策略甚至能够从自私者那里引出合作"[4]。

---

[1] 罗伯特·艾克斯罗德：《对策中的制胜之道——合作的进化》，第3页。
[2] 同上书，第4页。
[3] 同上书，第133页。
[4] 同上。

最后,"不需要中央权威,基于回报的合作能够自我控制"[1]。

艾克斯罗德的实验是一个人为设计的实验,现实的情况要比它复杂得多。明智的人在做出决策时自然要分析和考虑这些复杂的关系,但是,人们也需要把握这些相互关系的基本特征,而他的抽象分析正好提供了这样的帮助:"正是现实的复杂性使得抽象的分析变得更有价值。"[2]

艾克斯罗德的实验和分析说明,在社会交往和互动无法避免而且相当经常的情况下,合作就是最优的策略,并且它先于信任。事实上,在某一个具体的交往和互动发生之初,它也是最优的策略。

就本文的主题而言,艾克斯罗德的一个观点相当重要:"合作的基础不是真正的信任,而是关系的持续性。当条件具备了,对策者能通过对双方有利的可能性的试错学习、通过对其他成功者的模仿或通过选择成功的策略剔除不成功的策略的盲目过程来达到相互的合作。从长远来说,双方建立稳定的合作模式的条件是否成熟比双方是否相互信任来得重要。"[3]

这一点对于理解合作的产生、合作与信任的关系以及信任与诚信的品德之间的关系,具有相当大的启发意义。道德戒律的有效性通常在于它的无条件性,如果它是有条件的,那么就成为一种效用有限的规则,而且也就与合作的策略没有多大的区别了。

---

[1] 罗伯特·艾克斯罗德:《对策中的制胜之道——合作的进化》,第133页。
[2] 同上书,第14页。
[3] 同上书,第139页。

艾克斯罗德的结论也蕴含了另外一个重要的但并不新颖的结论：道德规范是在合作中产生出来的。我在这里可以做进一步的推论，倘若信任归因于道德规范，那么信任也就是在合作中产生出来的。

由此，我们可以得出关于合作与信任之间关系的一些结论。首先，从逻辑上来说，一般地，合作先于信任。即使我们无法从发生学上来考察最初的合作和信任是如何发生的，这个推断也是能够成立的。其次，虽然每一项具体的合作抽象来看也是合作先于信任，对一项持续的合作来说，稳定的合作模式比信任更重要。但是，艾克斯罗德的实验实际上省略掉了对任何具体的社会合作都必要的前提。比如，对于艾克斯罗德的实验来说，所有参赛者都要遵守竞赛的外在的条件，不会因为竞赛得分的高低以及相应规则的争议而发生打斗，也不会将病毒用于竞赛的程序之中，如此等等。这一点在艾克斯罗德的理想实验中可以忽略不计，而对任何实际的合作来说，合作者遵守起码的行为规范则是必须考虑在内的重要条件。这就对艾克斯罗德所谓合作的真正基础不是信任做了一个限定。无须信任基础的合作的结论仅仅限定在项目的单纯过程时，才是有效的，一旦置身于现实而复杂的社会系统之中，任何合作其实都有一个更广阔的社会背景。这样，艾克斯罗德上述第一个结论也就需要修改，对一个持续的合作来说，个体和社会环境需要有一些基础性的条件。倘若合作要有高的效率，那么对这些基础性的条件要求就更高。

信任行为的发生始终指向未来的积极结果，所以预期在信任行为中发挥了极其重要的作用。一般来说，没有预期就无须信任。同样，合作的必要性也是基于未来的结果。而且这种预期和结果不是赌博式的一次性的结果，而是长期的和稳定的，因此合作也必须是可以持续的。所以当艾克斯罗德指出合作要基于回报和未来的影响足够重要这两个条件，其实已经给合作提出了比较多而且高的要求，而且把许多一次性的合作都排除在外了。社会生活中大量一次性的合作就需要其他的规则，它们的信任行为模式也同样如此。正是在这样的意义上，艾克斯罗德的下述观点是对头的："即使是在一个其他人不愿合作的世界里，合作仍然可以通过一小群准备回报合作的个体来产生。分析还表明合作能发展的两个关键前提是合作要基于回报和未来的影响要足够重要以使得回报稳定。"[1] 这两点对于信任行为同样是至关重要的。

就合作与信任，这里可以得出一个简要的总结。在任何一个社会里面，从逻辑上来说，合作先于信任是正确的，信任行为是因为合作而产生的，不过，合作同时就承带信任。合作和信任都指向未来的稳定和持续的互动关系。但是，在社会中，一般而言，人们的合作是不得不为之的，尽管任何一项具体的合作人们都有选择的自主权。相比之下，信任行为则是一个自主的选择，没有真正意义上的被迫信任。所谓的被迫信任只是被迫合作的一个副产物。社会始终是长期合作的产物，因此它不仅为个人、社群和组织之间的长期稳定合作提供条件，而且也为一次性的合作提供普遍性的条件。

---

1 罗伯特·艾克斯罗德：《对策中的制胜之道——合作的进化》，第132页。

发 言

保罗·克利,《打开的书》,1930年

《公民共和主义》讨论会上的发言

应奇主编的这套丛书中的四本书出版之后，他寄来给我，叫我写点东西，谈谈自己的看法，我就遵命写了一篇评论文章，除了其他内容，也提出了一些批评性的意见。另外，高全喜要开这样一个会。两件事情凑在一起，我就来听这场讨论。刚才我听到徐友渔全力在为自由主义辩护，好像主张共和主义的人占了上风了。共和主义，我十多年前就接触过。我也指导过一位本科毕业生写研究共和主义的重要代表汉娜·阿伦特思想的论文——这篇论文的一些部分还遭到了一个著名法学教授的剽窃。读了应奇所编选的《公民共和主义》，我发现那些共和主义者们对他们思想中的核心概念的定义很模糊。首先，他们强调"积极自由"，这种自由甚至比康德先验唯心主义意义上的自由法则还要抽象。其次，他们也强调公共善或者公共福利这个概念，但是他们并不能界定公共善的真正含义。如果做一下细致的概念辨析的话，就会发现共和主义所提出的一些为他们特有的概念的含义与自由主义思想并没有相差多少，也就是没有什么新东西。从实践上来讲，有人谈到了公民参与的问题，但是并不是只有共和主义才主张公民参与，自由主义也主张公民参与。关于公民参与的选择权的问题，两者并未见得有太大的差别。因此，共和主义所突出的问题，都是可以在自由主义里面消化掉的。自由主义不仅是一种理论，可以从理论上来探讨，同时也是一种方法，是可以用来分析社会现实的。所以，不仅在中国，而且在外国，究竟谁代表公共利益？一种侵害私人权利的公共利益是否能够存在？这些应是讨论共和主义对自由主义修正的可能性以及共和主义对当下中国社会的积极意义的时候，不得不面对的问题，并且需要首先面对的问题。在一个社会中，个人没有一些基本的权利，没有一个基本的自由选择范围，公共利益能否形成真是一个极其可疑的问题。我写的评论文章有很多理论分析和推论，但核心就落实到了这个问题上。

谢谢大家！

2006年4月23日于北京师范大学文学院

中西观念，谁主沉浮[*]

（开场白）

一　一个常新的老话题

中西观念之间的对立、争论与融合，是近现代中国历史中的一个老话题。这个话题之所以还时时被人提起，时时引发争论，从理论上来说，就是因为一套新的社会基本观念在中国尚未形成，中国人，不同的人群拥有不同的观念，或者没有什么清楚的观念。这同时也说明，中国社会尚未完成现代化的转型，还没有发展成为一个公正和稳定的社会。一套中国人共同的基本观念，应当是中国人自己的精神产物，它应当是不分中西的。不过，在

---

[*] 是文为2008年10月18日于北京大学举办的"中西观念谁主沉浮"对话会的开场白和收场白。

现在，它还是一个目标，而不是一个现实。

今年，是我们重新来反思中西观念之争的一个很好的时机。因为，在中国的土地上，发生了那么多重大的令人震惊、兴奋、悲痛和愤怒的事件。比如，关于奥运会，不仅在中国人与西方人之间，而且也在中国人自己中间，产生了重大的意见分歧。如果我们仅仅停留在事件表面，而不能深入探索其背后的原因，那么中国人就是一个缺乏思想的民族。不过，自古以来，中国人就不缺乏精神探索的勇气。我们原来就是自己构造并且形成了有我们特征、我们的优越性的观念世界。不过，这样的观念体系及其现实世界，在近代以来受到了巨大的冲击，到了二十世纪，几乎荡然无存。

这里我可以简单地回顾一下，中西观念交流几个重要的时期和事件。

二　西方观念进入中国的几个阶段

（一）佛教的传入

现在大体可以承认西方观念第一次进入中国的是佛教的传入。这是发生在汉代的事情，大约在公元一世纪中叶，即约两千年前。佛教经过长期的传播，以及中国人的阐发，已经成为中国观念的重要因素，所谓儒释道三家合一的说法表明它已经构成中国传统形而上学、知识论等的主要元素，而且同样重要的是，它同时成为中国人日常观念中的重要因素。至今，人们已经很难将来自佛教的观念和词语从我们的日常观念、语言中分辨出来,而这说明文化是如何深入地渗入中国人的观念世界的。

(二)欧美观念的传入

今天大家理解的西方观念,实际上就是欧美的观念。所谓"欧风美雨"。

大体可分为三个阶段。

第一阶段为明末清初耶稣会传教士进入中国时期。明万历年间,即十六、十七世纪之交,耶稣会传教士来到中国,在传播基督教教义的同时,也带来和翻译了许多科学技术方面的书籍。虽然一些士大夫及皇帝接受了一些科学技术知识,主要是数学、天文学和地理方面的书籍,以及基督教,但是科学技术等并没有产生大的影响,尤其没有对中国传统观念产生多少冲击。而当时正是欧洲科学技术快速发展、社会迅速变迁的时代。

第二阶段为鸦片战争前后(第一次鸦片战争:1840年至1842年,第二次鸦片战争:1856年至1860年)。在十九世纪初,西方的许多书籍被翻译介绍到中国。[1]接着,西方的观念就与他们的现实力量一同来到中国。西方人的行为与观念在这里并不是以其积极的,

---

[1] 十九世纪初以来,首先开始大量出版西学书籍的是西方的教会组织。如1843年英国传教士麦都思在上海创建墨海书馆。墨海书馆出版了一批关于西方政治、科学、宗教的书籍,如《新约全书》《大美联邦志略》《博物新编》《植物学》《代微积拾级》《代数学》等,还出版了中文期刊《六合丛谈》。它是清道咸年间译介西学最重要的出版组织。此外早期重要的西人出版社尚有美华书馆等。

而是以消极的形象出现的。中国人所看到的是其船坚炮利，看到的是其强盗行为，看到的是他们给中国人带来的失败、耻辱等。

对西方观念的复杂的心情与片面的理解就产生了。于是冯桂芬1861年在《校邠庐抗议》中提出"以中国之伦常名教为原本，辅以诸国富强之术"，这个思想后来就演变为张之洞1898年在《劝学篇》中提出的"中学为体，西学为用"著名原则，而这已经是中国在1894年的甲午战争中再次遭受巨大的失败之后的时期。不过，针对这个说法的肤浅，当时就有反对的或不同的意见。郭嵩焘（1818—1891年）说："西洋立国有本有末，其本在朝廷政教，其末在商贾。造船、制器，相辅以益其强，又末中之一节也。"同时代的薛福成（1838—1894年）就警告说：倘若中国人"以西人所尚而忽视之"来对待西方的东西，不数十年就必然出现"中国日贫且弱，西人日富且强"的局面。

第三阶段为以马列主义为指导思想的时代。这里也可以分出几个不同的时期或地区。1949年之后时期；"文化大革命"时期；随后就是1978年的改革开放，而在思想观念上面最重要的事件就是1978年5月开始进行的"实践是检验真理的唯一标准"的大讨论。这个讨论一方面放弃"左"倾激进主义和教条主义，为改革开放提供了思想的根据。而在另一方面，实际上也就放弃了基本观念的要求，而以技术性的、没有明确原则的"改革、开放"的过程为标准。这也就是"摸着石头过河"，以及"猫论"的核心。

在中国的不同地区，分别以不同的观念为指导。台湾当时自称"中华文化复兴基地"。1958年元旦，流寓港台的唐君毅、牟宗三、徐复观、张君劢四君子在香港联名发表了《为中国文化敬告世界人士宣言——我们对中国学术研究及中国文化与世界文化前途之共同认识》。此宣言宣称中华儒学自1919年以来，经过"五四运动"、中国共产主义革命、社会主义运动之后，力图"再度活跃于现代中国的思想舞台；同时，她也反映了现代新儒学力图走向世界的努力和雄心"。

三　我们的问题

在改革开放三十年之后的今天，在中华人民共和国成立近六十年后的今天，在"五四运动"九十年之后的今天，在鸦片战争近一百七十年之后的今天，中西观念的对立为什么至少在表面上看来还是这样分明？

实际上，在中国社会中，所谓中西观念之间的对立与争论，所体现的是中国人自己观念之间的对立与争论。它揭示了一个严重的问题，就是整个社会缺乏基本共识。

一个社会缺乏基本共识，也就是缺乏人们普遍接受的基本观念，那么人们都可以以自己的观念来指导自己的行动，并为自己的这种行动辩护。

以前，人们痛恨中国是一盘散沙。所谓一盘散沙，就是既缺乏共同观念，也缺乏一个有效的组织形式。当中国人在基本观念上未达成共识，那么她是否会再次陷入一盘散沙的状况？

更进一步，在这个世界上，中国究竟需要怎么样的话语权？

怎么样的形象？我们是否要参与世界秩序的制定？它们的依据是什么？

这都涉及观念。

我们是否需要一些共同的基本观念？这些共同观念的渊源究竟主要是来自中国传统思想，还是来自西方思想？或者，我们如何来形成这样的共同的基本观念？

下面就要听各位大家高明发表意见。

（收场白）

西方思想来源于非西方地区，但是西方人对来自其他文明的思想、观念和其他东西予以创造性的发展。这是我们需要学习的。

完全恢复中国传统是不可能的：因为作为一个文明的整体，它基本上被消灭了。它的一些因素虽然留传至今，但是，它们亦难以以其原来的意义和形式起作用，而必须与现时代的观念和其他因素整合起来。

中西体用之说的正确理解：现代社会需要一些基本的观念，以为人们的共识，构成这些共识的因素，既可以来自中国固有思想，也可以来自西方思想，但是，关键之点在于它们必须得到正当性的证明，这就是说，它们必须得到人民的普遍承认。这种承认必须通过某种形式来保证。现代中国社会是缺乏基本观念的社会。关键的问题不在于西方观念主导，还是中国观念主导，而是要由作为人民共识的观念来做主导。

"言论自由与公共理性"专题圆桌会议发言[*]

关于今天的题目我可以从三个方面来说。公共理性是比言论自由更基本的问题。我们为什么需要公共理性？在现代社会，公共理性是建立现代社会秩序的根据。社会秩序有两个层面，一个是法律层面，这涉及人的权利。另外一个层面涉及道德和伦理。这是比个人权利稍低的层次，但也是社会秩序的重要层面。我们讨论公共理性，或者就如今天的题目所说的那样，要构建理性的公共空间，这里所隐含的意思是，在转型时期的中国，社会各个层面都呈现出相当严重的混乱无序现象，建立新秩序就是一个迫切的任务。现在的问题是，在言论自由和媒体这个范围内，社会秩序的建立碰到了什么问题？下面我分别来讲这三个问题。

第一个问题。不管是刚才主持人提到的言论自由与媒体的关

---

[*] 是文为在北京大学举办的"言论自由与公共理性"专题圆桌会议上的发言整理稿。

系，以及季羡林藏画事件，还是我们现在经常见到的或听说的各种各样的群体事件，从根本上来讲都涉及权利问题。如何评价中国人的基本权利状况——《宪法》早已经把权利的概念写进去了，但基本权利在中国还是不成体系的，理论上缺乏必要的论证和解释，在观念上和法律上没有深入到人的日常生活里面——谁也不清楚我们的基本权利有什么。比如就今天的题目来说，我们说到言论自由，但是言论自由是基本权利的一个方面，它与基本权利的其他方面是可能形成冲突的。权利之间的冲突怎么协调解决？人们常常见到这样的情况，当强调言论自由的时候，可能就没有顾及他人的人身权利，比如说不能受到诬蔑、诽谤等。自由同时就是一种限制。人们谈到言论自由，一方面表明你有做某种事情的一种资格，或者身份，但它同时包含其他人不受你这种行为侵犯的一种资格、身份。任何一种自由同时就意味责任，所以，现在在理论上，在实践上，个人权利的保护，以及不同自由、不同权利之间的协调等，呈现一种相当混乱的状况，侵犯个人权利也是司空见惯的现象。

第二个问题。除了基本权利规范和法律，一个社会还有伦理、道德层面的规范——这是一个理论性很强的问题，但是我想简单地说。以前大家认为社会基本的规范是道德，但是，实际上社会的基本规范是法律。在法律之余的地方，需要道德规范。在现代社会里，道德规范越来越成为社会族类的规范，由按照不同宗旨组织起来的公民或团体来推行和实践。它们是承担道德或伦理责任的群体。就中国媒体而言——这里说的是广义的媒体，像博客是不是媒体还需要界定——它们对当代公众生活的变化、对社会秩序的重建发挥了积极的作用。但是另外一方面，因为我们的社会几十年来缺乏主流媒体，差不多所有媒体都是小报媒体，因此，也就缺乏媒体的道德规范，缺乏道德承担和自我约束。网络媒体虽然也发挥了很大的积极作用，但不是成形、成熟的媒体，所以，中国的媒体基本上属于散兵游勇式的媒体。这就造成了很大的问题，谁来推行媒体道德规范？谁来承担媒体的道德责任？

第三个问题。中国社会处于巨大的转型过程之中，媒体自然也同样面临重大的转变。网络媒体快速形成、迅速崛起之后，媒体秩序的建立，就变得更为迫切。在社会生活日益复杂，人们日益依靠及时而可靠的信息和媒体的时代，有代表性的、有责任心的媒体在当今社会还较缺乏。所以，当中国社会发生重大的社会事件，无论是直接关涉人们日常生活和利益的重大事件，还是人们十分关心的其他事件，比如今天所讨论的事件，人们不知道应当到哪里去获得可靠的信息。在媒体界，或者一般说，在信息界，现在是谁都可以相信，谁都可以不相信。公共理性本身就包括媒体秩序建立的要求。如果媒体界、信息界是有良好的秩序的，应该相信哪些人，相信哪些媒体，哪些媒体是可信的，人们是可以清楚地说出来的。不仅仅今天所说的藏画事件，还包括三聚氰胺事件等等，都是如此。但是，实际上，人们很难说，哪一个媒体是可以相信的，所以，在我们这个社会里面，每个人都成了绝对自主的人，他要对自己承担一切责任，他对自己的安全，对每天要吃的食物是不是有毒，对涉及生活根本利益的日常事情，自己做出完全的判断。这样，至少就此而言，每个人都是非常孤独和无助的。媒体秩序的问题，事实上就涉及中国社会、中国老百姓是如何组织起来的、应该以什么样的形式组织起来的问题。这就又牵涉到一个更深入的、更基本的社会秩序问题——这是中国社会转型过程中面临的巨大问题。

现在我简要总结一下我的发言。今天的题目涉及三个层次的规范或秩序。第一个就是基本权利，包括法律的规范。第二个就是媒体道德，以及相应的媒体责任。第三个就是现代公共生活或者日常生活的秩序，以及中国人民的日常组织形式。这些问题都是困难的理论问题，同时也是非常急迫的实践问题。谢谢大家！

2008年12月12日

理智的勇气
——2013年北京大学新年团拜会教师代表发言稿

在北京大学新年团拜会上作为教师代表发言,我想这是一个特别的荣誉。

我们会聚在这里辞旧迎新,这就意味,对过去的一年或多年,我们要有所回顾和反思,而对未来要有所憧憬。

北大人的所言所行,总是会在中国社会里引起波澜或涟漪,这是因为我们过去出色的成就,也因为我们的特立独行。这些反应也同样会给北大人带来精神上和行为上的冲击,乃是因为北大是我们的家园,理智的和精神的家园。

我从1978年作为七七级学生进入北大哲学系,至今已经开始第三十五年的北大生涯,而北大已有一百一十五年的历史。几十年来,我们身为北大的学生和教师,成了北大的一部分。然而,北大何尝又不是成了我们生活的一部分:这就是责任、自尊和荣誉。

去年10月，北大哲学系庆祝建系一百周年，无数的系友，从年逾九十的宿耆，到刚毕业的学生，从世界各地回到北大，回到哲学系。他们为何而来？他们是来重温在这个校园里所形成和获得的信念、精神和历史记忆的。

作为理智和精神的家园，北大应当是那些以学术为志业，以追求真理和寻求知识为生涯的人们的自由天地。

世界一流大学始终有其一流的理智与精神的追求，它们是创造性的工作，是新观念和新知识的真正源泉。

德国伟大哲学家康德为哲学也为人类的一般知识和真理追求提出了四个问题：

> 我能够认识什么？
> 我应当做什么？
> 我可以希望什么？
> 人是什么？

这种追求真正知识的研究和探索，并不关乎它的现实应用，而只是出于理智的关切——尽管所有的知识最终都产生了极其重大的社会效果。

因此，这样的努力及其成果，总是要超越流俗的见解和兴趣，甚至与它们相对立，因为无论新观念还是新知识，总是要揭示大众所未见及的世界的一个层面。

于是，除了它的伟大和崇高之外，即便在像北大这样的学校里，它也意味双重的冒险。首先是理智和精神的冒险。你必须竭尽全力，但最后可能一无所得，而生命是一次性的，你无法反悔。其次，你会显得与世俗生活格格不入，甚至生活艰难。

当下的生活世界又远远不够理想，甚至就如最近的北京天气，常有雾霾。如果要以世界一流为目标，以学术为自己的志业，那么就得透过这些雾霾，找到本质的东西。

但是，在这个时代，精神懦弱成为普遍的现象，到了人们不敢说出自己真实想法的地步。一个人来到大学，原本怀有一流的追求和对知识的承诺，但在弥漫的世俗风习面前，却不得不以切合大众口味的理由来掩饰这些单纯的目标。

北大的精神原本就是特立独行，但是，人们却仿佛越来越要在流俗的潮流里面安身立命。

所以，今天，作为一个北大人，更需要的是理智的勇气：这就是理念、原则和意志。

每次走过蔡元培先生雕像前，总会看到时新的鲜花。这是日常生活对理智的洞见和勇气的敬礼。这精神是永恒的，这敬仰也是持久的。

当然，这些是我们学者对自己职责的要求。而对于学校，我们自然希望有体面的生活，有更优美和宁静的校园，宁静得可以让我们在沉思的状态中从西门走到东门，从教室走到未名湖边。

恭祝各位新年愉快，事业顺利！

谢谢大家！

认同与复辟

当人们谈到某种历史的进程，某种现象的发生而用了命运这个概念时，毫无疑问，这透露了他们在认识和实践两方面的无力感。一种巨大的社会趋势，历史潮流，人们看到它的发生，感受它所带来的巨大的冲击和变化，甚至能够感知和预测它消极的结局——有如看到一列即将颠覆的列车，就是无力阻止，甚至连阻止它的勇气也没有，而不仅仅是没有力量。另一方面，人们亲临和感受了极其危急的情形，最终却见证它导致了出人意料的积极结果。这同样也被称为命运。

在中国历史上，人们曾经无数次经历这样的情势转变。现在，人们面临的是另一个巨大的问题：什么是中国文明？中国正在崛起，这看来是一个无可回避的事实、无可否认的共识。但是，中国文明是由此走向灿烂的前景，还是继续它崩坏的进程？倘若是前者，人们就要沿着既有的路线坚持不懈地走下去；倘若是后者，人们就得改弦更张，调整方向。今天，"滔滔者，天下皆是也，而谁以易之？"人们不仅质疑推翻满清皇朝的历史事件，甚至还提起崖山之后无中国的话题，至于质疑新文化运动，则更不在话下。但是，似乎少有人注意到，近几十年来，在反对全盘西化的标帜之下，正是中国社会盲目地西化最剧烈的时代。试看那些张口儒家、闭口传统的人，身上还有多少中国的东西？

任何一个社会在剧变——无论革命，还是改良——之后，都会经历一段复辟的时代，这是世界史的通例，无关乎普适价值。但是，今天的中国却面临一个极其复杂和困窘的境域：复辟到什么时代？如果崖山之后无中国，那么这些历经千古而不绝的南宋遗民要恢复赵宋之世？抑或更古而气象更盛的汉唐？诚然，儒家思想体系为人们提供了通行于中国传统社会主体的普遍价值，但各个朝代因应社会历史环境，在观念、制度、器物和疆域上是大有殊异的。孔子的学说原也是两头不靠的。他老人家一心想要恢复周礼，但那个时代离他太远也实在难以恢复。董仲舒提倡罢黜百家、独尊儒术之时，亦在他身后三百年，而所谓儒术亦掺杂了许多与他无关的思想。

全盘西化或彻底复辟，只有在一个条件下才是正当的，亦即通过程序规范的民众选择。然而，只要经过这样的选择，事实上，上述两种取向皆是不可能的。自由而自主的民众选择，必然会造就一个现代化的新型中国，而这正是当今许多人所不愿正视，亦无法理解的。这种选择并不依赖于某些人的机会主义，他们昨天或许还在鼓吹全盘西化，今天摇身一变，就穿着满式对襟衫倡导彻底复古了。于是，以其庶几西化之身来行彻底复古之事。但是，沉滓的泛起，绝不是传统的恢复。关键在于，无论中国传统的精华，还是现代社会公认的正义原则，都是旨在通过规范的程序和制度，诸如以法治国，使中国民众能够得其所需。

中国文明的历史命运，既不受制于过去，亦非委身于西方，既不仰仗庙堂，亦不可托迹江湖，而取决于自由而有理想的民众的自主行为。现代中国，人们常常推许一个信念，即历史由人民创造，而历史的具体形态就是文明，因此，文明自然也是人民创造的。但是，在今天，人们所需要的并非仅仅是文明的独特性，更要追求社会的公正、合理、稳定和繁荣。

从这个角度来理解新文化运动时，我们就可以发现，新文化运动及其后续其实就是现代中国民众的认同重新形成的社会行为，无论中国人的认同，还是中国的认同，都依赖于关于中国文明的清楚理解和共识。

中国现代文明的独特性和创造性，从根本上来说，就建立在中国民众发自内心的认同的基础之上。当我们从积极的意义上来理解中国文明的历史命运时，非唯如此，便无可能。

2014年11月18日写于北京圆明园东听风阁
（是文以《"全盘西化"和彻底复辟皆无可能》为题，
原载《中国社会科学报》2014年12月24日）

"文学与社会"会议致辞[*]

各位同人：

今天，我们会聚在一起，举行"新文化运动百年反思"系列活动的第一场会议："文学与社会"。

新文化运动是中国现代化进程中一场以思想文化为核心的社会运动。这场运动揭开了全面批判和评价中国传统文明从主流意识形态到日常习惯等各个层面的序幕，也肇始了自觉地全面建设中国新文化的进程。这个进程至今尚未结束。在这场运动中发源的

---

[*] 2014年至2015年间北京大学、复旦大学、浙江大学、安徽大学和台湾大学多位学者为纪念新文化运动一百周年，联合举办了"新文化运动百年反思"系列活动，共有"文学与社会"（安徽大学，2014年12月28—29日）、"问题与主义"（复旦大学，2015年3月14—15日）、"民主与科学"（浙江大学，2015年4月11—12日）、"历史与方法"（台湾大学，2015年5月30—31日）、"观念与自由"（北京大学，2015年9月19—20日）五场。原计划出版五本论文集，因故未能实行。是文及后面《"问题与主义"会议致辞》和《"民主与科学"会议致辞》等，均为会议开幕式发言。

中国现代化不同路线之争，以及对这场运动的认识和评价的分歧，到了二十一世纪初的今天，反而愈形激烈，形成了观点和态度鲜明对立的不同派别。有鉴于此，重新理性地，从而全面和客观地反思这场运动，不仅具有重要的学术的和理论的意义，也具有重要的实践意义。这正是我们开展"新文化运动百年反思"系列活动的目的。

本次系列活动有如下两个特点。

第一，它是海峡两岸最具影响力的五所大学以自主联合、协商共办的形式举办的大型学术活动。

第二，它以跨学科的综合视野，倡导具有学术深度和思想高度的专业研究和理论构建。

我们希望，通过这次活动，探索中国学术界联合行动、深度交流、共同探讨的学术平台和工作机制。

新文化运动肇始者陈独秀和胡适都是安徽人，《新青年》杂志第一期的作者都是安徽人和在安徽工作的人。我们这次活动的最初创意来自由北大哲学系两位安徽籍教授：周程和章启群。我们第一场会议"文学与社会"在安徽大学召开。这又造就了极富象征意义的历史事件。

自今年5月以来，北京大学、复旦大学、浙江大学、安徽大学和台湾大学的若干同人首先成立了"新文化运动百年反思"系列活动筹备小组，后成立了组织委员会和秘书组，就这次活动的内容、形式、组织、与会人员的遴选和邀请、媒体介绍和报道，进行了多次的协商和讨论，举办了三次富有成效的工作坊。到现在为止，《中国社会科学报》《中国科学报》《中国教育报》《中国文化报》等媒体都报道了这个系列活动，《中国社会科学报》将分期刊出专栏，刊发这次系列活动的参与者的专题文章。这些报刊还将持续报道我们的各次会议，发表相关的专题和专栏。我们敬请在座的各位不吝赐稿。

这次系列活动得到汉语学术界许多同人和朋友的热情支持，今天在座的各位就是最好的代表，你们提交的高质量的论文，是这次系列活动取得成功的可靠保证。我们组委会和秘书组对此表示由衷的敬意。

安徽大学校领导和文学院领导为这次会议做了大量的准备工作，提供了良好的条件和保障。我们组织委员会和秘书组对此表示衷心的感谢。

祝会议顺利成功！

2014年12月27日

"问题与主义"会议致辞

各位同人：

今天，"新文化运动百年反思"的第二场会议"问题与主义"在复旦大学哲学学院顺利开幕。一百年前，拉开新文化运动大幕的《新青年》前身《青年杂志》在上海创刊。那些先驱者为了中国未来的梦想，奋不顾身，努力摧毁传统，挑战当时的社会观念和制度。一百年后，我们齐聚在这里重新回顾和点评那个时代由此而引发的各种问题与主义的争论。中国梦重新升起，但人们的观点、态度和主张之间的分歧和冲突却变得越来越大，越来越剧烈。

这就表明，梦想依旧，但是新文化运动所向往的新文化并没有真正建立起来，或者建立了一种出乎人们意料之外的文化，人们对此尚未获得共识。问题也依然存在，而且似乎也变得越来越复杂。有鉴于此，重新理性地，从而全面和客观地反思这场运动，在学术上和理论上是无可回避的，在实践上也有其迫切性。

为此，北京大学、复旦大学、浙江大学、安徽大学和台湾大学的若干同人从去年起发起"新文化运动百年反思"系列活动，这个活动有如下两个特点。

第一，它是海峡两岸最具影响力的五所大学以自主联合、协商共办的形式举办的大型学术活动。

第二，它以跨学科的综合视野，倡导具有学术深度和思想高度的专业研究和理论构建。

我们希望，通过这次活动，探索中国学术界联合行动、深度交流、共同探讨的学术平台和工作机制。

自去年5月以来，五校的同人成立了新文化运动百年反思的召集小组，就这次活动的内容、形式、组织、与会人员的遴选和邀请、媒体介绍和报道，进行了多次的协商和讨论，举办了三次富有成效的工作坊。第一场"文学与社会"会议去年年底在安徽大学召开，相当成功。到现在为止，"新文化运动百年反思"系列活动得到了中国主流科学与文化媒体的关注，分别发表了许多报道。《中国科学报》《中国社会科学报》等报以专版专栏的形式多次集中发表此次活动参与人员撰写的文章。

这次系列的反思得到中国学术界同人和朋友的大力支持，今天到场的各位硕学鸿儒就是最好的证明。各位提交的高质量的论文，可令我们预期本次会议将是一次颇有精神高度、学术深度的交流和交锋。

复旦大学哲学学院是本次系列活动的发起者和中坚力量。孙向晨院长颇具组织能力和号召力，白彤东教授从观念和行动两个层面促进，哲学学院全力支持，提供了良好的条件和保障。

为此，我们"新文化运动百年反思"组委会和秘书组对媒体界的朋友，各位到场的学者，对复旦大学哲学学院表示崇高的敬意和衷心的感谢。

祝会议顺利成功！

2015年3月14日

"民主与科学"会议致辞

晓明兄深得民主与科学的三昧。民主和科学，并不如人们通常所想象的那样是壮烈、完全献身的事业。民主和科学的社会效应就是这样休闲和优雅地、放松地讨论问题，聊天，享受自然的美景、舒适的天气，这里的径山茶、径山古道，以及自由地，并且更加方便地缅怀远古和近人的事迹。

"新文化运动百年反思"的直接结果是学术论文和讨论，而其社会效果的目标依然是一种稳定、舒适、方便和自由的社会。新文化运动中的人物，除了个别，多数也是为了这样一种目标。

如果你富有道德理想并且付诸实践，那么你愿意辛勤工作，而使他人获得幸福和舒适的生活；如果你除了道德理想，也是一个具有合理性的人，那么，你的工作也是为自己生活得更好、更安逸。

崇高的民主与科学，必定有坚实的大地、亲切而日常的生活的依归。

2015年4月11日

问题先于话语

——"中国道路与中国话语体系"对话发言提纲

一 在"中国道路与中国话语体系"这个题目之下，我们要谈论什么？

中国道路是一个热门的题目，但同时也是颇有争议的题目。与其他的观点不同，我认为，这个说法本身是不清楚的。"中国道路"是指什么？

比如，第一，这可以指中国到现在为止的发展是"中国道路"。这样的说法固然不错，因为它确实是中国的发展，而不是其他国家的发展。但是，如果详细一点考察，它包含了什么内容，那么人们就会发现，它包含许多与其他国家共同的模式，比如市场经济。

第二，它也可以指，中国发展从根本制度到具体政策与世界主流都是不同的。那么,作为学者就要考察,差别在哪里?又还有多少是相同的?中国现代社会经济的进展是由这些差异造成的,还是由那些共同点造成的?当然,人们也可以这样来考察,中国现在面临哪些问题?这些问题是由这些差异造成的,还是由这些共同点造成的?或者是由它们独特的结合方式造成的?

第三,中国道路也可以指中国在现代化的发展中采用了世界的主流原则和体系,但在道路上或者在某些方面采取了不同的措施,那么,中国就是世界现代化发展中一个具有若干特殊之点的经典模式。所有的国家在现代化过程中,都有其特殊性,这样的特殊性就是一般的特殊性,就不是游离世界潮流之外的特殊性。

第四,特殊道路的两面。例如德国现代化过程出现的"普鲁士-德意志"特殊道路,试图避免现代化进程的自由民主化,结果给德国社会造成了巨大的灾难。

"中国话语体系"也包含同样多的含混和模糊。

第一,"中国话语体系"是理论体系,还是政治话语?如果是理论体系,那么是一种唯一的理论体系,还是多种理论体系?如果是唯一的一种,显然这与事实不相符合,因为它既不存在,也不可能存在。如果它指多种理论体系,那么,所谓"中国话语体系"就需要略加规定,比如它仅仅指由中国人提出的理论体系,而不关涉它的来源。倘若一涉及来源,那么在中国的许多理论,包括当代主流的经济学理论、法学理论、哲学理论都会被排除出去,更不用说所有的科学理论、最主要的医学理论和体系,比如北京大学诸多附属医院所奉行的医学理论和技术,都要被排除在外。

第二,"中国话语体系"如果是指中国人原创的理论体系,那么这是一个很好的题目和问题。近几十年来,中国学者,包括科学家确实有了若干新的发现、发明,提出了新的观点和思想。但是,独立成为一种思想体系、一个流派的理论,无论在人文科学领域,还是在自然科学领域,现在都还没有出现。即使马克思主义学院,也还顶着马克思的名义,而所谓新儒家,除了复辟的模式不伦不类,所有的观点都来自太久远的古代。

第三,当然,这并不妨碍人们都去探讨和发掘在中国是否已经存在若干"中国话语",即使没有体系。这也许是一个有价值的工作。

第四,无论如何,我想,在学术和思想自由的情况下,中国话语,无论它指什么,是一定会出现的。

二　问题先于话语

(一) 中国问题

任何道路,就短期来说,是解决面临的具体而实际的问题的,就长期来说,就是解决根本问题的——当然,这里包括人民的选择。总之,道路直接关涉解决问题。

"改革开放"虽然算不上中国道路,但确实是一种解决中国问题的手段。"改革开放"的目的是解决中国的贫穷和落后。而实际的手段却是不断地解开捆绑中国人民手脚的各种意识形态及其衍生的绳索,简单地来说,中国现代经济和社会的快速发展,无非就是人民自由度的扩大，从能够拥有有限度的个人财产所有权到前往世界各国旅游的可能性。

马克思有一句名言："政治是经济的集中体现。"反过来说，当中国经济出现问题，它无非表明，中国政治出现了问题。改革开放迄今为止的正确性就在于，遵循的原则乃是解决经济的根本问题在于政治改革，从财产所有权到学术自由，无非如此。

另一方面，中国存在许多问题，而从理论上解释和解决这些问题，需要不同的理论活动，倘若这种理论研究是自由而切实的，那么就必定会有许多不同的理论和学说产生，这些从地域的原则来说，都可以称为中国话语，但它们彼此之间不仅不相同，甚至可能是冲突和矛盾的。

（二）复辟与中国话语

当然，不少人会提出异议说，中国话语就是传统思想。对此，我可以提出如下几点分析。

第一，如果中国传统思想就是中国话语，那么，"中国话语"就是与其有效性无关的。中国古代有许多思想，比如风水、运理、报应等等。这样的中国话语研究就是思想史的研究，而不是有关活的、有生命力的和能够解释乃至指导现实生活的理论和学说的研究。

第二，中国传统社会中有效地维持社会和日常生活的观念和思想是多层面的，而不能仅仅从某些思想家的著作中去寻找和推演，在相当大的程度上还必须求证于中国传统社会的实际制度、结构和运行。

第三，过分地强调所谓传统思想和文化，无异于作茧自缚。中国文化原来具有普适的内容，而现在却变成了一种完全特殊的个别的东西。

中国传统社会是一个具体而切实的存在，是立体的多维社会形态。今天在中国，人们常常从一些抽象的和一般的观念来理解传统文化，或者从片断的经验来理解传统文化。对于学术和理论研究来说，这些都是远远不够的，往往导致误解。

传统文化与中国传统法律，就要从具体的生活方式讲起。人们谈论中国传统社会的法律，更是要从传统社会之中中国人的生存方式谈起，从当时的生活世界谈起。瞿同祖的著作是一个典范。

倘若讨论现代中国的法治与中国传统的关系，同样也要从中国传统社会之中人的存在方式入手。

现实的生活远比一般的和抽象的观念复杂，而且许多观念也仅仅代表古代一些思想家的主张、愿望和理想，而并不足以充分地反映、体现和代表人的实际生活状况和条件。

譬如以中国传统社会的法治研究为例，它也涉及人们的政治、经济、社会、教育和文化等活动。只有这样才能够理解中国传统社会生活方式的复杂性，从而理解中国传统伦理规范和法律的复杂性。

2016年1月16日

"黉门对话·汉语哲学"开场白

各位学者、同学和来宾：

  欢迎大家的光临！

  一、整个对话是开放的，汉语哲学是不是一个问题，或者根本不是问题，皆在讨论范围内。如果汉语哲学是一个问题并包含一系列问题，那么它们分别是什么，或者它们应当是另外一些形式？或者，这些所谓的问题根本就是一种误解，所以汉语哲学不构成特定的研究领域。

  二、这个论坛的价值在于澄清和解决问题，就此而论，大家达成共识，汉语哲学是问题，或者汉语哲学不是问题，或者意见颇为分歧，都应当视为会议的成果。但是，如果大家认为汉语哲学是问题，或者对此的意见极其分歧，那么，这个论坛就有继续的价值和意义；如果大家认为，汉语哲学根本就不是问题，那么，这个论坛虽然取得巨大成就，但同时也就寿终正寝了。

三、从目前的论文和提纲来看，大家关注的重点和问题相当不同，因此，就"对话"这个形式来说，就具有一定的风险和挑战性。所谓风险就是它易于造成风马牛不相及的效果，对不起话来。——既然对不起话来，但大家还有各自认为有值得研究的问题，那么这表明什么呢？汉语哲学是需要研究的问题，还是根本不是问题？我现在也不能做出判断，有待各位高手过招。

最后，衷心感谢北大研究生院支持这场"汉语哲学"的簧门对话。

2016年5月7日

青春、阅历与未来
——杭州市郊区工农五七学校[1]76届高中同学毕业四十周年聚会发言

青 春

我们都是少年同学，青春时代的朋友！今天，我们是以同学少年、青春友谊的心态和身影相聚，一起追忆我们共同拥有的年华。

无论当时社会环境如何恶劣，只要是青春，它就总是要展现它的壮丽和热情。

当年大家是多么地纯朴！我们对周围环境知之甚少，对中国了解不多，对海外世界更是如隔云山雾海。然而，当年的河流可

---

[1] 杭州市郊区工农五七学校前身为杭州青年中学，"文革"中改为这个名称，"文革"后先改名为杭州留下中学，后来初中部迁出原址，高中部改名为杭州西湖高级中学，留驻留下镇屏基山北坡原校址。

以游泳，溪水是能喝的。我在北大的课堂上这样告诉学生，许多人将信将疑。现在，即使告诉留下当地人，他们也不会相信：这西溪的河是可以游泳的。

当年大家是多么地简单！生活因贫乏而简单，快乐亦因简单而常有，友谊亦因简单而发生，但冲突亦是如此。

当年大家多么地自在！没有太大的理想，也不可能有太大的理想，自然也就没有现在学生每日面临的那种压力，那时的压力主要来自温饱，或获得一份工作。

阅　历

四十年之后，今天我们再聚，自然身经丰富的阅历，而有沧桑之感。

我们这一代人的经历极其丰富，相当独特。这种经历让我们具有与其他世代的人不同的观念、态度和人生境界。从用蜡烛和煤油灯照明而到今天手机一刻不离手，这样大幅度的跳跃式进步，是空前的，但我们经历了，而我们的后代应不会再遭遇。

我们亲身为中国的巨大变化做出了贡献，我们是这个变化全程的见证人。

以这样的阅历来回望我们过去的同学岁月，自然就别具一番心情和味道。今天，我们比以往任何时候都更深刻地认识到青春岁月的弥足珍贵，但可以发出不负此生的感慨。

因为这个阅历，我们有资格对后代子孙谈谈我们亲历的奋斗、艰辛和痛苦，而我们的观念和生活态度原本就包含了那些过去了的复杂的社会现象和人生经历的影响。

未 来

今天我们大家聚在一起，还有一个更为重要的理由：期待一个更加美好的未来。我们一甲子的年龄已经近在眼前，但是尚不应当称老，还可以做几个中国梦。

在信息时代的今天，借着技术手段的便利，我们每个人都可以像青年人一样追求自己的兴趣、爱好和志向，相对而言，今天的我们比少年时代的我们有更好的条件、更大的活动空间。毫无疑问，有一些同学不妨再干一番事业。

当然，各位同学应比先前更加关注养生，热爱运动，与朋友往来。

中国社会按其合理的道路发展，在我们的有生之年还会经历重大的变化，所以我们要以健康的身体、平常的心态和足够的热情来过好未来的生活，做好自己的事情，也支持儿女们的发展，继续见证中国社会三千年以来最大变局所造就的精彩时代。

感谢各位教导过我们的老师，尤其感谢今天出席我们聚会的各位老师。

祝大家健康、快乐！谢谢大家！

2016年7月14日

汉语哲学：不同的视野不同的路径

一　为什么要研究汉语哲学

汉语哲学早已存在，但它作为一个领域、对象和问题被提出来，只是近两年的事情。就如可以预料的那样，汉语哲学一提出就有人质疑：汉语哲学，是否还有英语哲学？这样的质疑无疑有正当理由，而且很有冲击力。因此，汉语哲学究竟是一个什么样的领域，有什么样的对象，正是我们需要研究和探讨的，而这也正是此次论坛召开的理由。即便认为汉语哲学是一个重要的问题和领域的学者，彼此的理解也有很大差异。复旦哲学学院举办的这次汉语哲学论坛的主题与北大哲学系今年5月在北京召开的汉语哲学专家主题论坛，就有不同的着重。北大论坛偏重于汉语哲学的语言与哲学的关系，但亦兼顾汉语哲学的传统资源的重新阐释。本次复旦论坛比较偏重从汉语哲学来重新反思和阐释中国传统哲学与思想。不过，我认为，无论承认还是质疑汉语哲学，汉语哲学究竟包含什么样的主题和内容，开放的态度都是最合理的。在北大5月论坛上，我说，如果大家一致认为根本不存在汉语哲学，那么我们以后就不再讨论这个问题。结果大家的意见甚为分歧，反对的理由也遭到反驳，于是至少有一点是明白无疑的，即汉语哲学作为一个领域和问题具有正当性。

那么，汉语哲学的正当性是什么呢？这可以从历史的和未来的发展两个方面来论述。从历史上来说，为什么诸如形而上学、认识论等问题在传统的汉语文明中不突出、不受重视？以前人们常常从科学、政治以及与其他文明交通的地理位置等角度着手研究，那么现在我们可以从语言的角度来研究。这个研究角度可以让我们看见许多以前被忽略和遮蔽的问题。比如，西方文明的传承从两河流域向西移动，并接受来自古埃及的影响，但在每一次大的移动当中，语言并没有被继承下来。在学术和哲学方面，就是语言的众神喧哗的时代。在主流文明发展的每一次语言变换当中，人类的哲学思考各有中心关切，别有风格。在二十世纪上半叶之前，操不同语言的西方哲学已经发展出极为明显的各自特色，至今依然有其风流遗韵。

从未来发展来说，所有的哲学是否会逐渐统一为同一个思想体系，只是语言不同而已？或者更进一步，语言也越来越趋同，最后，所有哲学研究归化为由英语表达出来的哲学？正是出于上述的经验和考虑，汉语哲学作为一个问题就有了值得深入研究的理由。这个研究可以从各种角度切入，比如语言哲学的、形而上学的、方法论的,以及历史的、语言学的乃至社会学和政治学的。所有结果都可以归结为汉语哲学,汉语和哲学及其须臾不可分的结合,就是这个研究的核心。这本身就是一个重要的形而上学问题。事实上,人类的任何思考不受任何表达形式、任何语言的限制,它们最终会在某些重要的、基本的方面达到一致,但是人们确确实实是通过不同的语言以不同的途径达到这样的目的的。

汉语哲学研究是开放的,而汉语哲学研究的结果在我看来也是开放的,可能的结果有如下几种。

(一)汉语哲学根本不构成一个问题:汉语哲学与英语哲学,在所有的方面和问题上,仅仅是表达的语言手段不同而已,并不会造成领会、理解、方法直到问题的差异。在这样的情况下,汉语和英语与哲学的关系是同等的。由此得出结论,其一,通过汉语表达的哲学研究之所以不兴盛,完全是这群用汉语的哲学人不努力和不用功所造成的;其二,语言的应用无关乎哲学研究,就此而论,现在的哲学文献以英语为主,除了前种原因之外,完全是出于对英语的盲目推崇,事实上汉语完全可以成为哲学研究的通用语。

(二)汉语哲学在某些领域构成问题。比如,在研究西方传统的形而上学和认识论时,汉语无法胜任哲学的表达,不仅缺乏对being的表达和讨论,也缺乏相应的术语,甚至缺乏相应的构词能力。再如,在语言哲学研究领域,由于汉语语法结构和文字的独特性,主要是有别于印欧语系的语言,它无法胜任语言哲学的诸多问题的讨论。

（三）汉语根本无法用作哲学语言。即使在当代人类思想中，哲学也是有其语言偏向的。不必远溯至古代诸如黑格尔这样的哲学家，即便当代仍然有人认为，汉语根本无法适用于哲学，尤其不适用于语言哲学。有人认为，这是因为汉语不精确。那么，问题就出现了：汉语为什么不精确？在什么意义上不精确？汉语对什么而言不精确？是对科学不精确，还是对哲学不精确？如果汉语在所有方面都不精确，那么它是否有足够的能力来表达现代科学？这些问题不仅关涉语言学，也直接关涉哲学。因此，即便是反对的意见，实际上也为汉语哲学的成立提供了理由。

二 汉语哲学包含哪些主要问题

如果汉学哲学就是一个研究领域，它面临一些什么问题？我们之所以提出汉语哲学的问题，就是因为长久以来汉语与哲学之间出现了许多问题。汉语哲学的正当性，不同于所谓"中国哲学合法性"问题。事实上，"中国哲学合法性"这个说法本身就揭示了汉语哲学是一个问题：哪有一种什么"法"可以规定何种学术是哲学，何种不是？前提和概念不清，如何能够清楚地讨论问题？又比如，西方哲学中的being如何翻译，人们依据不同的文本、语境和独特的理解，译成有、存在、是等意思。但是，现代西方哲学基本上不再讨论being一类问题，那么，我们就要追问一下，汉语缺乏相应的术语，缺乏相应的问题研究，究竟是汉语哲学的一个洞见，还是它的不足？

　　当然，今天，汉语哲学正式成为一个领域，它有如下许多重要的问题需要研究，而如to-be词簇的翻译只是一个案例。

　　第一，汉语传统哲学的现代表达范式。我们现在能不能回到原本的中国传统哲学？显然，这是不可能的。且不说，哲学就是一个现代的说法，古代的思想家有着自己的表达范式，而且不同流派也有不同的范式。就汉语来说，不同时代的文言文的写法就有很大的差别，更不用说，我们今天根本不可能用文言文来分析和研究古代哲学和思想。不同时代的文言文的词汇、语法和知识背景都不一样，理解也有很大的变化，比如，魏晋人对庄子思想的阐释主要就是自己的发挥。今天，所有人都不得不以现代的方式和手段来研究古代的思想，以这样的方式与古人对话，并与其他古代研究者交流，同样将以这样的方式阐释过的观点或理论传达给其他现代人。现在的问题是：现代的范式是在什么意义上、什么程度上表达或传达了汉语传统的哲学和思想？有一些学者提出，西方哲学的那套概念、理论和方法无法表达中国传统的哲学和思想。那么，中国的概念、理论和方式究竟是什么？有一种还是多种？现代汉语表达范式在什么意义上、什么境域中更加接近汉语传统哲学和思想？毫无疑问，这些都构成了汉语哲学的对象和问题。

　　第二，哲学翻译与汉语现代哲学话语和范式的形成。汉语哲学的现代转型是从翻译肇始的，翻译不仅引入了西方哲学的观念、理论、问题、方法、分支和流派，输入了大量的术语和词汇，还影响了汉语的表达方式。这些现象虽然早就为人注意，但是也仅仅止于观察和直觉，缺乏系统的研究，人们对此的理论知识是相当不够的。

翻译促进了现代汉语的发展和现代汉语哲学的形成，对此，我们也没有什么好觉得有愧的。德语在一段时间内被若干德国哲学家标榜为最适合于哲学思维的语言，但是回顾一下历史就会知道，只是从马丁·路德用德语翻译了圣经之后，规范的德语才开始形成，而德语成为正式的学术语言还更晚。在此之前，德语甚至难说是一种统一的语言。因此，我们无须费心于有人就此做出的价值评价。所要考虑和研究的是，西方学术尤其是哲学翻译，如何促进和影响了现代汉语哲学？这种现代哲学话语体系反过来又对人们理解西方哲学、现代哲学问题产生了什么样的作用和影响？同时，它对理解传统汉语哲学又产生了什么影响？有些人仅仅凭借直觉和零碎的经验就做出判断说，现代汉语在这里那里都不完善、不足够。事实上，汉语或现代汉语虽然可能有某些方面不完美，但是汉语能力不够这样的问题则根本不存在。

第三，现代汉语的形成，包括其表达范式的形成、表达形式的拓展，都是汉语哲学所要研究的问题。这种研究也可能扩展到任何语言表达形式的拓展上面。它既是语言学的问题，也是汉语哲学的问题，单单语言学不足以研究这个问题，单单哲学也不足以研究这个问题，而汉语与哲学的结合即汉语哲学正好是研究这一问题的适当的领域。在这个意义上，汉语哲学不仅是一个领域，而且具有方法论的意义。十九、二十世纪之交，现代汉语书面语言开始兴起和形成，相对于口头语而言，汉语书面语发生了巨大的变化。这个巨大的变化本身就有无数值得研究、值得哲学反思的对象和内容。比如，一个看似简单而难以回答的问题是：汉语表达能力有多大的张力？语言的张力是否就是思想和哲学的张力，或者两者之间的关系是如何的？这一点说明，汉语哲学的方法论意义不仅限于哲学领域，对语言学等其他领域也是有意义的。

第四，回顾人类的哲学和思想史，就可以看到，采用不同的语言来表达同一种观念、学说和思想，同一种宗教教义及其学说，在一定的境域之下，就会产生相当大的分歧。前段时间与徐龙飞教授谈论汉语哲学时，他强调，天主教与东正教的分离，与它们分别采用拉丁语和希腊语有着莫大的关系，这两种不同的语言形成了对基督教教义甚至仪式的不同解释系统。事实上，我们也看到，现代汉语哲学的表达范式在理解和解释传统汉语哲学与思想时，理解西方传统的哲学和思想时，导致了许多理解的差异，而这正是汉语哲学兴起的一个重要原因。那么，我们完全可以追问，现代汉语哲学的自主发展，是否在关注和研究人类共同的问题时，会形成不同的看法与理论。卡尔纳普说过，本体论的各个议题取决于采用哪一套语言，换言之，采用不同的语言即论述方式，就会导致不同的本体论问题。[1] 他所谓的一套语言还指语

---

[1] 参见Carnap, "Empirismus, Semantik und Ontologie", in *Bedeutung und Notwen-digkeit*, Wien: Springer-Verlag, 1972, pp. 257–261。

言学上同一种语言的不同范式。采用不同的语言来表达和思考哲学的同一个问题，是否会产生不同的理解与议题？这样的思考无疑是出于认真和严肃的态度。

（是文为《社会科学报》记者博芬采访的整理稿，原载2016年7月21日第5版《学术探讨》专栏）

中国大学改革的几个关键问题[*]

我和钱颖一教授都是77级,"文革"后恢复高考的第一批大学生,他读数学,我读哲学。前几年,我也研究过大学教育和改革,写过一些文章,所以对今天这个主题比较感兴趣。

钱教授的新著《大学的改革》涵盖面很广,分学校篇和学院篇,谈到了大学观念、教学、学生和教师制度、大学制度和院系制度。他是清华大学经济管理学院的院长,对中国大学的管理和改革有切身的管理经验。他又是经济学家,能用经济学的工具,如内部性和外部性,来分析中国大学的问题,很有见解。

下面我主要围绕这本书中几个在我看来是中国大学改革的关键或者说要害问题,谈我自己的看法。

---

[*] 是文为作者在2016年12月6日的第五期中国金融四十人论坛·孙冶方悦读会"大学改革之路:大学为学生"上,就钱颖一教授的演讲所做点评的记录稿,由中国金融四十人论坛秘书处整理,经本人修订。

缺乏合理的学科布局是中国大学的关键问题

现代大学有两个核心任务，一个是教学，一个是研究。今天"悦读会"的题目是"大学为学生"，主要是指教学。但是，实际上现代大学的学术研究也是为学生。钱教授著作讨论的是清华大学，我自己在北京大学，所以我们把这个问题收窄一点，主要聚焦在像清华大学、北京大学这样的研究型大学，它们本科教学的中心内容是什么？不管在美国还是中国，大学都分很多类型，不同类型的大学的基本宗旨以及教学组织方式是有差异的。

关于大学本科教育，钱教授的著作中有一篇重要的文章，它从大学的学科布局谈起。我觉得这一点非常到位，因为现代大学诞生的标志就是大学学科的重新布局。1810年德国柏林大学建立，奠定了现代大学学科分类的原则和体系。在这之前，世界上所有的大学都不是按照数、理、化、天、地、生等学科组织起来，而是由一个一个的学院组合成的——每个学院都是一个独立的、自己进行各科教学的组织，学院独立聘请老师来开展大体相同的教学等活动。柏林大学由洪堡倡导建立，第一次开始按数、理、化、天、地、生等科系来建立大学的各个学术单位。学生在院系注册，教师按照这样的学科体系组织起来，进行教学和研究。

我觉得钱教授从学科布局入手谈大学改革，非常好，因为学科分科不合理恰恰是当今中国大学的关键问题，或者说是致命的问题。这一点我们从中国大学的一些翻来覆去的调整中也可以领会。他们翻来覆去在改什么呢？要么就是把几个系合并成一个学院,要么是把一个系拆成好几个系再建一个学院,学院越建越多,不够了再建学部……之所以会出现这样的现象,最关键的原因就是现代学科的布局体系没有建立起来。

钱教授基于在美国大学的经验和观察,在其著作里面对学科布局谈了自己的看法。美国研究型大学的学科布局和中国现在的大学很不一样:美国的本科生绝大多数是在文理学院这样的基础学科学院,而其他职业教育的学院基本上没有本科生。但是在中国大学,这样的学科布局建立不起来。所以可以看到,我们的大学——无论清华也好,北大也好——都有许许多多的学院,每个学院都有同等的重要性,在学科布局上就没有基础学科和职业教育的分别。

钱教授在书中是从经管学院院长的角度讨论这个问题,但他所考虑的实际上是大学的一个全局问题,我觉得这个问题非常重要。我特别注意到,钱教授在讨论通识教育的时候,一方面他有很好的见解,另一方面他也感到通识教育面临很多困难,包括刚才他提到的有时候请不到老师。为什么出现这个问题呢?如果大学的学科布局是合理地建立起来的,像开展通识教育这样的工作就会由校长来完成,现在却要由一个学院院长来做,他实际上是以院长之身负校长之责。这种混乱跟中国大学现在的学科分布有直接的关系。

世界上一些好的大学,它们先进的教育制度——包括在这两本书里面反复提到的通识教育——都是建立在学科合理布局的基础上,所以做起来会非常顺利。在中国大学,搞通识教育也好,建学院搭学部也好，总是无法妥帖到位，原因就是学科分布的问题到现在还没有解决。当然这个问题的原因包括两个方面，一是在大学内部，一是在大学外部。这是我想讲的第一点，也是现在中国大学改革的关键，在某种意义上也是一个致命的问题。这个问题不解决好，像北大、清华这样的大学想要再提高一个档次会非常困难。就像刚才钱教授所说的方差小，现在可能会有极少数人异军突起，但是成本非常高。

中国大学的基本结构尚不清晰

大学也是政治性的，我分三点来讲大学政治。首先，大学的基本结构是什么；其次，大学的动力机制；最后，大学的统一性。

北大、清华这样的大学的基本结构是什么？这是一个非常关键的问题，人们却很少关注。我以前也常常思考这个问题，钱教授的著作也讨论到了这个问题。因为他以一个院长之身在做校长的事，那么我们就要想一想：这个大学的基本结构是怎么样的？大学的基本结构涉及大学的基本安排，它的权力的范围是怎么样的。我们知道，中国大学一直在改革，但人们都说不好改，没有多少成效，为什么？因为大学内部进行改革的时候就会受到很多外部条件的制约。那么，钱教授的这本著作提到，我在北京大学做的一些研究也发现：实际上，大学的院系，大学本身，还是有很大的活动余地和张力的。那么，这些自主权，它们的张力的界限在哪里呢？实际上是不确定的。如果有眼光、敢作敢为，你就可以做很多的事情；如果没有眼光、不敢作敢为，或者没有想象力，很多事情就做不起来。我们看到钱教授在经济管理学院做了很多事情，这些事情在有些学校根本不敢试、不敢碰。

但是如果真正要把中国大学整体提高一个档次、一层水平，我们还是要研究大学的基本结构是怎么样的，大学的权力范围应该有多大，院系能够做些什么样的事情。这个政治结构不清楚，大学就会经常出现很别扭的事。

我们都知道，通识教育是从美国引进来的。1978年，哈佛大学文理学院院长罗索夫斯基主导"静悄悄的革命"，搞了通识教育，他们叫核心课程。当时的核心课程和现在的核心课程相比，内容有很大的变化：当时比较重视文学和艺术，十类课程里面文学艺术有三类，人文和社科总共占八类；现在八类课程里数学和科学占三类，文学和艺术综合为一类，偏重科学和综合性的训练。这个转变反映了这几十年人类知识结构的重大变化。美国大学的通识教育，比如在哈佛，一直是在几乎囊括了所有本科生的文理学院内进行。但是，通识教育引进中国后就面临巨大的困难，因为中国大学的学科布局不是这样的。所以，钱教授只能在他的经济管理学院自己搞通识教育，还要自己跑去招老师。因此，中国大学的基础结构与我们引进的先进制度不匹配、不契合。

又比如，把美国大学学生对教师的评估制度引进中国，也出现了很大的问题。因为教师的其他权力不配套，所以有些大学老师就在课堂上讨学生欢喜——学生喜欢听什么就讲什么，还出现了以灌鸡汤、讲段子为业的老师，给分给得松。这样一来，愿意听他们讲课的学生越多，他的影响就越大，学生评价越高。学生来到清华和北大这样的大学，本来应该进行非常艰苦、相当投入的学习，可是在这样一个环境下，老师和学生之间的教学关系处在引进来的先进制度与现有结构不匹配的状况中，大学的学习或课程就变得稀松平常。这些都涉及大学的基础结构。

大学应围绕学术产生动力机制

第二个重要问题，就是大学的动力机制。从政治学上说，一个人做事、一个机构要运行，必须有一个动力机制。我们看到清华大学经管学院改革的动力很大一部分来自钱院长本人的理想，他不做经济学了，而专门以管理为专业。这当然也是一种动力机制，但是这样的人很少。建立于个人理想之上的动力机制是不稳定的。大学和其他学院要改革、要提高自己的水平，它们的动力来自哪里，机制是什么？这一点在中国大学，包括在北大清华，都是很大的问题。

我们大学的目标、原则和制度实际上是不清楚的。大学的基本动力机制、基本结构要围绕大学的明确目标和原则才能建立起来。比如钱教授谈到用批判性思维培养人，培养人的什么呢？当然培养他们的能力、道德水准，培养他们了解和判断不同类型知识的能力——这些是培养人的非常重要的内容，也是核心课程的内容。但是这些都应该围绕着一点，就是学术，大学整个的动力机制应该围绕学术而形成。但是实际上，当今中国大学的运作有多种动力机制，这些动力机制经常会互相冲突、互相干扰，所以大学改革有时候会出现非常矛盾甚至怪异的现象。钱教授在他的著作里面谈到了美国大学的结构，比如美国私立大学和公立大学都有董事会，不是简单的教授治校。而中国大学的权力结构实际上是不清楚的，今天关于中国大学改革的一个主要声音是说大学要去行政化，但是去行政化最后结果会怎么样呢？就是去掉职务的级别。但是去掉职务级别，并不能去掉大学的非学术的行政干预。在美国的一些大学，比如钱教授谈到，系主任不是选的，但是院系的学术本身是自治的。这样，大学里面的政治结构和学术活动有一个平衡的关系。所以，大学的动力机制是一个关键：中国大学要改革，就要清楚大学的动力机制来自哪里，才能知道中国大学应该朝什么方向改革。

中国大学缺乏统一性

事实上，中国很多大学没有统一性，不少著名的大学连一个统一的课程体系也建不起来。比如，本科生的课程系统和研究生的课程系统是不统一的，所以想要建立一个从本科生到研究生的统一培养和教学计划是不可能的。又如，中国大学的院系和院系之间是割据式的，甚至老死不相往来。人们通过行政手段想把这些院系结合在一起，但他们还是不来往。通识教育，像现代大学的跨学科教育，其本身目的是要打破学科之间的界限，因为人类的知识朝哪个方向发展是不确定的，问题处理到哪儿，学术就要朝那个方向发展。但是，在我们的大学里面，院系分科变成了一种封建式的割据，这个割据甚至还有行政上的依据——国家颁布的学科分类标准，申报项目、奖励、开课程都要按照这个标准来进行，这就使得跨学科研究非常困难。我们看到，事实上，最前沿的那些研究成果和知识，很难明确地区分是否仅仅来自物理的或化学的研究；也很难界定是否仅仅是经济的或政治的或教育的研究。比如钱教授是经济学家，但是他现在研究的是大学教育，而大学教育是可以用经济学的方式来研究的。

在大学缺乏统一性的情况下，不同学科之间的融合和合作就非常困难，大学的各种功能无法整合起来，钱教授关心的通识教育也是如此，比如找一个讲大学语文、教写作的老师，他要自己去跑，因为学校没有统一的机构来处理这样的事情。

当然，这里面还涉及另外一个问题。现在许多大学主张和推行改革，却把很多本来应该由学校行政做的事情放到院系，由它们来承担责任。当然，从表面上看这个做法很好：做试验、摸着石头过河。但是实际上，就像刚才钱教授讲的，他在学院里实施教授聘任制度，副教授究竟是长聘还是短聘，本来应该是大学要处理的事情，在清华这样的大学里面却由院系主任来决定。大学的行政机构、领导层把自己要承担的责任推给了下级单位去承担，这其实不是放权，而是大学缺乏统一性的表现。这也就从另外一方面证明了我前面提到的"中国大学动力机制混乱"这一现象。所以中国大学改革在今天还是像以前蔡元培先生那个时代一样，主要靠一个人的力量，比如清华经管学院靠钱教授一个人的力量。但蔡元培当过教育总长，是大学校长而不是系主任，他建立了统一的原则，整合了大学的功能。

中国大学应"师夷长技以自强"

最后，我讲一下态度。现在我们讲中国特色，大学当然也需要有中国特色，但不是现在，而是未来。为什么呢？因为整个大学制度都是从西方来的。即使是现在综合实力最强的美国大学，最早继承英国大学的学院制，到十九世纪末二十世纪初才全面向德国学习。十九世纪末，美国有几万人到德国大学学习，他们回美国后开始采用德国大学制度，也就是现代大学制度——按照学科组织教学和研究的制度。美国当时基本上是照搬，成熟之后才开始更进一步的发展，比如说本科生和研究生区分的制度、研究生院和通识教育等就是美国大学的发明。所以到了二十世纪末，欧洲的大学就反过来要向美国学习。2000—2001年我在德国图宾根大学教书一年，当时大学里最热闹的事情就是德国大学要不要学习美国大学制度的大讨论。图宾根大学校长跑到教室里面跟学生和老师讨论、争论这个问题。最后，整个欧盟制定了一个博洛尼亚进程，总的方向就是欧洲大学的教育制度要向美国学习。我讲这个事实是什么意思呢？美国开始是学习德国，后来在学习好的基础上有创新，创造出美国的特色，然后反过来人家要向它学习。中国的大学制度实际上也面临这样的问题，我们是不是应该先向先进的大学制度学习，在学习好的基础上再创新？

　　这里我再举一个例子。我们都知道西南联大是中国教育史上的一个典范，大家都认为西南联大办得好，出了很多人才。可大家都不太清楚的是，西南联大之前，在二十世纪三十年代，中国的大学教育制度尤其北大的教育制度，基本上是学美国的。就是说，我们现在作为改革目标的本科生低年级不分专业和系科并选修共同课、学分制、选修制等制度，在三十年代的北京大学已经全部建立起来了。正是早期的学习和改革，为西南联大的黄金发展和巨大成就打下了基础。并不是因为组成了一个西南联大，搬到昆明去了，它就突然发展起来了。西南联大实际上受惠于三十年代中国北大、清华这些大学的教育制度改革的成果。这个例子说明，在大学制度上，我们现在还要很好地向国外先进的大学学习，在某种程度上把他们的制度照搬过来，学好以后再发展。这一点非常重要，而且这样做非常有效、非常省心。当然，这样也不是说就不需要创新，人家的经验很成功，我们学习好了以后再发展，也许再过几十年，人家反过来要向我们学习。钱教授有在美国大学学习和从教的经历，他把美国大学的一些理念引进到清华大学管理学院，这一点和我刚才讲的意思实际上也是契合的。

2016年12月16日

北京大学德国研究中心2018年新年酒会讲话

北京大学德国研究中心自1999年成立以来,已经跨入第十九个年头。

2018年对我们来说,依然是一个既充满矛盾又满怀希望的一年。

过去几年,整个世界开始了一个重大的调整阶段;历史没有终结,而是进入了一个新的不稳定时期。

巨大的挑战来自个人与个人、社会阶层与社会阶层之间的不平等,彼此的不满意和不适应。

我们相当热爱的德国也面临着一个不太确定的局势,而这对于我们那种已经习惯了的几十年间城外森林小道边的一张座椅都不会变动的德国情况的心理,也是一个重大的挑战。不过,变动的原因、变动的本身,虽然不甚清楚,但都是我们学术研究的最好素材、题目和内容。

事实上，无论是伟大的时代，还是伟大的学术，都是因为现状的改变、既有原则的失效为开端的。比如，康德的批判哲学，就是因为休谟的理论撼动了科学的基础而因应产生的。

特朗普现象的出现，从长远来看，其实是一件很值得正面评价的事情。就如休谟的理论打破了康德的独断论的迷梦一样，特朗普现象也打破了许许多多的人有关当代社会形势和命运的独断论的迷梦。这迫使人们重新理解和寻找现代社会的政治基础，至少要调整现有的基础。

中国与德国的关系不再像以前那样互补了，至少在经济上是如此，在其他方面或许有待观察。但是，互相竞争的经济其实是避免不了的，而对我们的德国研究来说，它还有特别的方法论意义。

倘若中国经济在现在的社会条件下能够持续发展，并与德国的经济形成正面的竞争，那么人们就真的要认真反思传统的经济学理论。

倘若中国经济的持续增长是通过社会制度的改革而达成的，那么不仅德国的一些学者和政治家，而且我们自己也要重新审视人们关于中国的改革开放现状的理解。

对我们这些从事德国研究的人，尤其在中国社会中从事德国和西方社会研究的人来说，2018年是一个值得纪念的时段。在一百年前，德国思想家斯宾格勒出版了他那本震动了西方社会的伟大著作《西方的没落》。但是，今天，西方没有没落，虽然又经历了残酷的第二次世界大战。不过，这个社会发生了重大的变化，取得了巨大的进步，并推动了整个世界的进步。在斯宾格勒之后七十年，1988年，一位美国人发表了《历史的终结》的讲演。福山相信，他看到了一个旧时代的结束，并以为它预言了千年王国的降临。然而，他确实没有预见到，一个旧时代的结束却带来了一个巨大的不确定的新时代。

再往前，1848年，即一百七十年前，《共产党宣言》发表。但资本主义并没有灭亡，而是在整个世界欣欣向荣地扩展。

同一年，欧洲爆发了历史上最大规模的革命运动，史称"1848年革命"。欧洲大陆的资产阶级、自由主义者和工人奋起反抗封建贵族和君权独裁统治，追求自由、民主和平等。这场运动虽然最后大都失败了，但导致了若干国家农奴制或君主制的废除、民主制度的建立，亦间接地导致了后来的德国统一。

今年的前一年，2017年，正是新教改革五百周年，而这场发生在德国的宗教改革运动改变了欧洲的历史进程和方向，同样促进了世界发展的方向的转变。

明年，2019年，中华人民共和国成立七十周年。中国在现代世界的崛起，又一次改变了历史进程的节奏和方向。

明年亦是北大德国研究中心成立二十周年，而这也不小地影响了北大乃至中国德国研究的发展。

我们处在许多伟大历史事件周年的节点上，这可激发学者深刻的反思、诗人闪耀的灵感。

诚然，伟大预言家们的预言大都没有着落，但是，他们确实敏锐地发现了他们所处时代的重大问题，而指出这些问题的理论和学说，不仅惊醒他们的同时代人，也时时鞭策和提醒后人，包括在座的每一位。

谢谢大家！

王路教授《一"是"到底论》学术研讨会发言

我的发言是反思性的,就是说,我不具体讨论being、Sein、Desein这些词语怎么翻译的问题,我只是对西方哲学著作的汉语翻译这个活动做一些反思性的思考。我要说的可以分为四点。前两点关系比较密切,后两点则是顺势发挥。

第一,being的翻译与哲学史研究方法。我们需要考虑一个问题:当我们在翻译being这个词语,或者翻译西方哲学史上的其他术语,当然包括以不同语言表达出来的概念时,我们实际上要理解一个重要的背景。这就是,不同时代的西方哲学著作所表达的乃是西方不同时代的哲学家所构造的世界和事物的秩序,虽然不一定是真实的秩序,甚至不一定是真实的世界,但他们确实通过自己的理论构造出一个世界,一个具有特定秩序的世界。比如说,亚里士多德构造的物理世界及其秩序,柏拉图构造的理念世界及其秩序。我们是不是会在理解、讨论和翻译中把不同的世界及其秩序不加区别地混同了起来？比如说在讨论being的翻译时，就要区分这个词语在其中出现的不同的世界及其秩序。我们现在的物理知识所描绘的世界图景、所告诉我们的世界秩序，与柏拉图、亚里士多德通过他们的哲学理论所描述出来的世界图景和秩序，实际上不是一回事。所以，我们在翻译西方的哲学著作时，实际上是在理解西方不同时代的哲学家所构造的世界及其秩序，而这样的世界及其秩序肯定是多种多样的。在这里，世界和世界秩序当然是一种一般的说法，理论体系，有结构或逻辑联系的一套观念，甚至几个相互关联的观点，都可以理解为一种有秩序的世界。

第二点，我们在翻译时要分辨西方不同时代的不同语言，西方哲学的通常的表达语言属于印欧语系，虽然具有语法、文字等方面的共同点，但是具体的语法规则、拼写、语音还是有很大的差异。比如，拉丁语与希腊语不一样，它们两者与德语也很不一样。那么，在翻译时，我们假设所有语言都有一种基层的共同语序，还是没有这样的语序？人们在翻译哲学著作时，除了思想，要理解的不仅有语言，还有语言的秩序。是否可以把语法句法理解为语言秩序的一种表现？操不同语言的哲学家用不同的语言秩序来表达他们的思想，比如God is，实际上是否就是特定的语言秩序的一种表现？那么，如果现代汉语的秩序无法对应这样的语言秩序，困难自然而生：理解的困难和表达的困难。

于是，第三个问题也就出现了，什么问题呢？我是说，在翻译西方哲学著作时，汉语，当然是现代汉语，要完成双重的对应。一个对应就是，我们要用现代汉语来描述或叙述西方不同时代的哲学家所描述或叙述、所构建的不同的世界秩序和事物秩序；另一个对应就是，我们要用现代汉语来对应西方不同时代的哲学家用不同的语言表达出来的语言秩序。由此来考察王路兄的"一'是'到底论"，它基本上就是主张用现代汉语的一个词语来对应西方不同时代的不同哲学家用不同的语言及其秩序表达出来的他们所构造的不同的世界秩序和事物秩序之中以许多不同的样式出现的一簇词语——它们或有相同的词源，或有相同的语法或句法功能。这个说法，可能有一点极端。现代汉语虽然具有极大的张力，但是它的语法、句法是否能够应付那么多种不同的秩序？宗白华先生翻译《判断力批判》，有时候就照着德语的句式来安排汉语秩序，从句在后就从句在后，人们费点劲读，大体也能理解，而懂德语的人，就能看出其中的缘由。那么，就此而论，"一'是'到底论"就是用现代汉语构造出一套完全能对应西方各种哲学语言之中的特定词语，至少要能够全面地对应being和Sein一类词语的语言秩序和词语的一个尝试。它所要对应的词语虽然不算太多，但是，此"是"所要涵盖的语言种类、历史时段和理论体系则太过宽广，从柏拉图、亚里士多德到中世纪的经院哲学，再到黑格尔，甚至海德格尔。分析哲学大概就不用管了，因为它不讨论being或Sein这样的问题。

所以，我们对这个问题所蕴含的深层意义是不是有一个特别的领会、清楚的意识？如果没有清楚的意识和领会，那么对所讨论的问题、所做的事情的意义，以及它们的特点就可能是模糊的，或了解不够,而不知道它关涉了一整个体系。我是从外在的角度来反思这个问题。我最早之所以形成汉语哲学的念头,与如何翻译being或Sein的争论也大有关系。所以,我自己记下的关于汉语哲学的第一篇札记就是《being与汉语本体论》,思考由being的翻译而引发的汉语如何表达这个世界及其秩序的问题。王路兄独到的观点和论证给了我很大的启发。早在二十多年前,我请王路兄来我们哲学系做讲演,地点是在治贝子园,也就是农园,主题是"真与真理"。那天偌大的一个教室挤满了听众,王路兄有号召力,不过,他当时还在高高在上的中国社科院哲学所,不太习惯北大学生的发问方式。后来是不是因为这次讲演让王路兄萌生了到清华教书的念头,这个我不敢肯定。那个时候,王路兄非常关注Wahrheit或truth的译法,认为Wahrheit不能翻译成真理,因为这个词里面不包含"理"的义项,这个概念也是如此。它就是指真的东西,译成真、真性或者真相,还可以商量。我当时非常赞同王路兄的意见。无论如何,"理"这层意思是没有的。真知又变得太逻辑化。当然,这个还需要讨论,但是译成真理呢,我想来想去,这还是错的。所以,我现在依然同意王路兄的观点。从这样的角度出发来考虑,你如果完全用英语或德语表达,那么,这个问题就不存在。但是,当我们用汉语来翻译,用汉语来传达相应的思想,要与西方哲学家们的观念相对应时,问题就出现了,而且还很复杂。这里就出现了世界、秩序、思想和语言之间的多重关系,汉语哲学就要研究这种多重关系。

讲到这里,我稍微总结一下前面所说的内容。上面第二点所说的问题对汉语哲学来说，就是大问题。它包含许多层意思，诸如汉语的若干类型，汉语的翻译，古代中国人的世界观和对世界秩序的理解，现代汉语如何与之相对应。在做翻译时，人们老是觉得汉语不够用。原因何在？那是因为我们的祖先古代中国人对世界和世界秩序的理解，与西方人不同，有很大的差别。不同的理解表达出来就造就了不同的语言系统，这就是语言遗产。翻译西方思想的困难一部分就来自这里。所谓汉语不够用，既包括词汇的不够用，也包括语法的不够用。语言体系与人们关于世界及其秩序的理解直接相关。说不够用，有些人可能不高兴。但是，我这里说的不够用，主要是强调不同语言在理解和传达上面存在着差异。

还有一个问题就是古代汉语的秩序。关于古代汉语的体系和秩序，人们已经讨论了很多，有许多著作摆在那里，比如，古代汉语的语法体系，跟印欧语系究竟是一个什么样的关系？差别究竟在哪里？现在，对以汉语为母语的人来说，比较鼓舞人心的一件事就是有人主张，汉语，尤其是现代汉语，主要是一种分析语，而现代英语的发展也是趋向于分析语。因此，汉语很早就向分析性的方向发展，比印欧语系的英语要早。这个事我们先不去管它。但是，在翻译西方哲学著作的时候，我们是不是也要考虑一下古代汉语的秩序与现代汉语的秩序之间的差异，这样，对照关系又复杂了一层，古代汉语与古代西方语言之间的比较，现代汉语与古代西方语言之间的比较。我们看到，一旦讨论到翻译，那么，世界的和事物的秩序、语言的秩序以及它们之间的关系的多重性就显露了出来。这种复杂性就构成了我们讨论现代汉语哲学翻译的背景。

迄今为止，人们用汉语翻译西方哲学著作往往自觉或不自觉地模仿印欧语系的语言秩序，从而在一定程度上改造了现代汉语的秩序。经过这样的改造，以及人们对现代汉语的创造性运用，大家仔细考察一下，今天的现代汉语与民国初年的现代汉语，在许多方面都呈现了不小的差异，比如说，王路兄的《一"是"到底论》这本书里的表达，从句式到风格，与民国初期的汉语表达就有许多的不同。上月初在台湾，我对台湾同行说，你们的现代汉语的书面语变化比较慢，比较少，还保留了1949年以前那种夹文夹白的样式和风格，大陆这边的现代汉语书面语基本上就没有了夹文的现象，口语就更不用说了。如此看来，大陆的现代汉语受西方语言的形式的影响更大。或者换一种说法，不说西方的影响，大陆的现代汉语变化较多，演化更快。

我们还可以更进一步来考虑相关的问题。就翻译西方哲学著作而论，我们是否能够构造出一套或几套汉语秩序，它或它们既能够与西方古代的世界秩序相对应，与他们的古代语言秩序相对应，又能够与西方的现代语言秩序相对应？或者换个角度说，现代汉语的秩序能否既跟柏拉图所使用的语言秩序相对应，再晚一点，又跟黑格尔的语言秩序相对应？这种对应本身还包含另一层意思，即跟这些哲学所描述的世界及其秩序，包括宗教的世界及其秩序相对应？不仅仅汉语的哲学翻译，任何语言的翻译，其实都会碰到这样的问题。当然，对应或许容有程度的差异，是不是可以不那么完全地对应？"一'是'到底论"是否包含这样一个核心观点：词语或概念的翻译不准确，就不能准确地传达原著中所表达的哲学思想，不能准确地传达它们的语言秩序，以及用这个语言秩序所表达的世界秩序和事物秩序，至少不能准确地传达其中的某个关键之点或基本之点，如being。我们能不能做到这一点？要不要做到这一点？这些问题当然都值得深入思考。

有些哲学著作的翻译或许相对简单一些，但是，即便容易，如果缺乏必要的语言知识，缺乏必要的理论训练，缺乏必要的分析能力，或者就我们现在讨论的语境而论，缺乏必要的对相应的体系和秩序的知识和理解，也一样会出错。在罗尔斯政治哲学研究的课程上，我反复阐述过good这个词翻译的关键。许多人望文生义，因此，这个词的一望而知的字面意义就造成了一种误导。有几本罗尔斯著作的汉译本将它译成善，这是从德性的意义上来理解这个词。这不仅对学生影响很大，甚至一些学者也深受影响。我对学生说，罗尔斯用这个词不是在讲德性意义上的善，而是指好的东西、利益，即人们在现代自由民主社会中所想要追求的那些现世的物质利益和精神荣誉等。因为有人将它理解和翻译为善，在汉语政治哲学界，就有一些人来研究正义与善的对立，仿佛正义或正义的东西可以是恶的，从而制造了正义与道德的冲突。这是一些人人都想要的好的东西，我译为善品。在罗尔斯那里，正义原则就是公平地分配善品的原则。有的学生还是不相信，他们认为good这个词怎么会是好的东西呢？这与他们从中学，甚至小学的英语里就获得的理解相冲突啊。况且正义与善的对比，多有哲学和古典的意义啊！这当然不包括那些把它译成物品的译者，主要是经济学专业的译者。有一位学生写论文，还是把它译为善，我说，我就不跟你多解释了。你可以这样译，但一定要提出这样译的根据和理由。你去把最权威的英语词典，比如牛津词典、韦伯斯特词典中名词good下面的义项一项一项列出来，然后看看，第一义项是什么，第二义项是什么，把所有的例句也考察对比一下，看看这个词在英语里究竟有多少种含义，主要是怎么用的。再者，你把罗尔斯著作中这个词的语境全部列出来，仔细分析和领会罗尔斯用它究竟来表达什么。在做了这样的分析和考察工作之后，无论你译成什么，你至少可以说出你自己的理由，而不是说，中学老师就是这么教的，或者某某学者的译本就是这样译的。这个例子当然也有对应的问题，但是，这里要对应的不仅仅有字面意思，而且还包括秩序，语言秩序、事物秩序和理论体系。

在汉语政治哲学界，有一些人说正义跟善是有冲突的，所以就有人以此来批判西方的正义观，要提倡德性优先。这样，事情就变得麻烦了。这是我要讲的第三点。这种对应相对来说还比较容易，因为它所关涉的秩序是当下的东西，我们直接可以征诸当下的现实。

第四点，昨天晚上我读到了《科学》(Science)上两篇关于脑科学研究论文的综述报道，联想到今天这个会议的主题，我就在想，现在脑科学的研究采用最先进的技术手段，如人工智能、核磁共振等，以及大量的动物实验、建立模型等，从各个不同的角度切入，进步很快。这两篇文章有两个结论非常重要，也很有启发。这两个结论是说人的意识有两个特征。意识的一个特征就是，它是全局性的。我马上就联想到了康德的理论。意识的第二个特征是自我监督，所谓无意识的意识活动与意识之间的差别，就在于自我监督和全局性的有无。康德的意识理论蕴含了与这两个特征非常相似的东西。我又想到，在我们考察和研究人的意识活动，并要把我们的理解和思想表达出来时，就没有像理解和表达being这类问题那样大的障碍。

所以，我们若用现代汉语、现代汉语的秩序，以对现代的世界秩序和事物秩序的理解为背景，来理解古代西方的语言秩序，以及由此而表达出来的世界秩序和事物秩序，我们就首先要弄清楚，真正的障碍在哪里？其实，今天用现代汉语来理解我们古人的语言秩序，以及由这种语言秩序表达出来的世界秩序和事物秩序，也面临同样的问题、障碍和困难。以上就是我的一些想法和疑问。谢谢大家！

2018年2月9日

先立乎其大
——2018年北大哲学系迎新会致辞*

各位同学,各位同人:

今天哲学系请我来代表教师发言,我既高兴,亦费琢磨:要讲一些什么内容呢?正好也有一个机缘,今年是我考入北大四十周年,回北大哲学系任教三十周年。反思以北大为场所的近四十年生涯,有许多经验可谈。不过,在短短的十分钟时间内,面对2018级从本科生到博士生的全体新同学,我想谈一谈我现在认为相当基础亦很重要的三个看法。

第一点,哲学是什么?

今年北大哲学系招收了64名本科新生,这是近年来最多的一次。加上硕士生53名和博士生46名,全系一共有165名新生,这么

---

* 是文为2018年9月16日于二教107室举行的北京大学哲学系2018年新生开学典礼上的致辞稿。

多有志于学习哲学和从事哲学研究的青年才俊，进入哲学系，他们的关切何在？伟大的哲学家对什么是哲学这个问题做过各种不同的回答，许多同学想必已经通过阅读和课程了解了其中的一些定义。我认为，在既有的各种解释里面，康德的定义最为概括，亦最为清楚。在康德看来，哲学所要探讨的基本问题有三个，即一、我能知道什么？二、我应当做什么？三、我可以期望什么？第一个问题关涉形而上学和认识论，第二个问题关涉伦理学，第三个问题关涉信仰和宗教。而这三个问题概括起来就形成一个总的问题，即四、人是什么？这就是哲学的根本任务。当然，根据康德的《判断力批判》，我还可以再补充一个问题，即五、我会鉴赏什么？这个问题关涉审美和艺术。它依然属于人是什么这个总的问题。

爱因斯坦在回顾他们那个时代的物理学观念革命时说，康德哲学已经提出了这种革命的理论原则。爱因斯坦的理论从根本上改变了人们对整个物理世界的看法，而这个物理世界也包括人的生命的存在。这就是所谓的科学范式的转变。

据于以上的叙述，在这里，我想指出的一点是：当前，人类正面临自现代智人出现以来最大的变局，由于基因工程、人工智能和植入性医疗技术的出现和发展，人的性质正在经历变化。这个变化遍及所有人类，而并不限于某一个族类或国家。

人的性质正在经历变化，那么，前面所提到的四个问题或五个问题的意义、广度和深度是否同样就要发生变化，因而，迄今为止的哲学理论是否相应地要经受重大的冲击,而哲学研究的方向和方法是否亦要发生根本的变化?

各位同学甫一进入哲学领域,或者刚刚跨入了一只脚,就面临哲学这样的根本变化,这既是一个极好的机遇,亦是一个重大的挑战。

哲学的宗旨就是人类关切。中国儒家创始人所提倡的仁乃以整个人类为其关怀。没有人类关切,哲学就会失去基础,而哲学研究者也就缺乏必要的态度,在这个领域里,人们或许还可以从事一些技术性工作,但无法面对今天所面临的根本变局。

第二点,先立乎其大。

人类关切不仅是态度,而且也是志向。而从学术上来说,它要求以学术本身为目的。对北大的学生来说,这样的态度和志向应当是一个基本要求。

对每位同学来说,进入北大是人生的重要一步,但是,它只证明你现在的成功,而并不表明,你的整个生涯必然出色。譬如本科生,就近些年的统计数字来看,北大、清华和其他录取分数相近的大学的新生,大概占当年全部考生的千分之一点四左右。仅以高考成绩而论,他们也属于千分之一点四的顶尖之列。不过,各位需要思考的是,十年之后,二十年之后,在个人成就、事业和对社会的贡献上面,各位是否还能处于这样领先的地位?虽然我没有读到相关的统计分析,但以我的经验来看,不少北大的学生在十年、二十年之后变得相当平庸。要避免从天之骄子沦落为庸常之人,每位同学从现在起就必须做好准备。

孟子说:"先立乎其大者,则其小者不能夺也。"[1]所谓大者,是多种因素的综合体,包括个人的志向、宽广的知识和扎实的专业训练、批判性的思维以及解决问题的方法的养成,更包括坚定的意志与对社会和人类的责任。

在座的各位同学,尤其是本科同学,经过艰苦的努力达到了人生第一个重要的目标。但是,这个目标是确定的,对大多数人来说是共同的,因此,它不仅相对简单,而且也是被规定好的。老师、家长可以一种通用的程式和途径来进行教育和训练,同学本身也无须更多的独立思考和自我定位。尽管我不否认,必定也有少数同学即便在中学亦已建立了远大志向。

但是,大学,尤其北京大学,是一个学习自由的场所。不仅专业方向、系统知识的组合方式,而且人生的志向、职业生涯的路径,都要同学自己自主地决定。北京大学和中国其他少数研究型大学,学习北美和欧洲大学的成功经验,本科生可以自由转系,需要选修从数学、自然科学、社会科学、人文学科到哲学的综合课程,它的目的就在于让学生在了解人类知识的主要范围、各种不同类型和不同性质的知识的同时或之后,独立自主地选择自己真正有兴趣的专业,确定自己的知识、学术和事业的方向。无疑,这同样是促使学生对自己亦对社会负责的一个有效途径。

北大自创立以来就奉行"思想自由、兼容并包"的原则,而这个原则原本包含对自己的责任、对社会的责任和对人类的责任。

---

[1] 引自兰州大学中文系孟子译注小组:《孟子译注(下)》,中华书局,1960年,第370页。

在一些同学那里，入校之初的万丈雄心和骄傲，也很可能在两三年之后就被繁难的学业、复杂的社会环境和关系、择业的困难以及其他各种人生遭际打得七零八落，而趋于实际，乃至消沉。

现实的态度是必需的，而且从现在开始就应当具备。远大的志向和高度的责任感总是立足于实际的努力和工作。在面临各种困扰之后依然保持自己的方向、原则和态度，这才是志向的真正体现。只有这样，你才不会被复杂甚至荆棘丛生的实际生活所束缚，乃至随波逐流，而是能够成就自己的志向和事业。孟子"先立乎其大者，则其小者不能夺也"的另一个要点也就在此。因此，现实的态度是做好面对和克服困难的准备，而不是趋于消极。

不过，我还得再补充一句，以我的经验，所有能够做成一件事、一番事业的人，绝大多数都经历艰难困苦。一帆风顺的成功是没有的，但每人面临的困难各不相同，学术上的困难与在社会事业上的困难，从外在形式来看，很难比较，但是它们所包含的远大志向、坚定的意志、始终探索的精神，则是完全一样的。

就哲学界而论，伟大哲学家完成自己的著作和思想体系的年龄阶段或不一样，因为每个人能力发挥的机遇不同。休谟26岁就完成了他一辈子最重要的著作《人性论》，它也是西方哲学史上最重要的著作，而康德57岁才完成他一生最重要的著作之一——《纯粹理性批判》，而它是人类哲学史上少数几本最重要的著作中的一本。但是，他们都有一个共同点，就是在年轻时代就定下目标，并且志向高远。

第三点，人类不同知识和实践领域的相关性。

现代大学教育和学术研究有一个明显的外在标志，即学科的划分。这种划分原来是为了方便教学和研究的管理，以及高等教育的各种统计。在中国，它演变为国家法规，从而产生了某种教条的和画地为牢的副作用。我想说的是，人类知识的扩展和学术研究的深入，根本不受这些人为的学科界限的限制。

人们原来以为，这些学科区分至少在规定知识的性质上还有其合理性，比如，不同学科知识的核心是清楚的，虽然边缘模糊。但是，当代的知识演进表明，一个学科或一种知识的核心何在，取决于你观察的角度和研究的方法。整个世界以一种远远超过人们的常识的方式密切地相互关联着。两个相距甚远或者表面上看起来互不相干的事件或领域之间，实际上存在着直接的关联。这一点对学习和研究的启发是，虽然你不可能专业地掌握所有学科的知识，但是，必须掌握进入某一个新的知识领域的方法，并且保持心灵的开放态度。学术上的创造性工作依赖于想象力，而想象力实际上就是把那些原本以为互不相干的规则和事件关联起来。想象力则进一步依赖于开放的心态。

事实上，社会实践也是如此。以技术和社会生活为例，我们看到，各种技术正以出人意料的方式结合起来，手机就是一个经典的例子。富于想象力和创造精神的人们，通过持续的努力创造了一种集成的信息接收和处理工具，并且它还在升级之中。对经历了没有用过电话一直到现在几乎离不开手机的我们这一代人来说，持续地见证了这个关联的过程：原来完全不相干的技术和应用被整合到这个小小的机器上。而这种集成不仅产生了一种全新的工具，同时也带来了新的生活方式，更不用说大大提高了工作和生产的效率。

我们正处在人类及其社会发生重大变化和转折的前期。这个巨大的变化具有许多维度和特征，而综合性正是它的一个根本特征。如果各位在入学时就认识到这一点，那么不仅能够更加明确和深刻地理解现代大学的性质、功能和意义，也会更加深入地理解数学和逻辑、自然科学、社会科学和人文学科等其他学科的知识对理解、处理哲学问题的基础性。而这样的认识无疑也大有利于各位更加有效地利用北大的一切教育资源和手段，有利于各位自主和独立地选择自己的发展方向，为未来的事业，无论是学术的还是其他的事业，打下坚实而宽广的基础，立下坚定的决心。

谢谢大家！

2018年9月16日

康德批评史
——首届全国德国观念论青年论坛"康德与他的批评者们"开幕致辞*

"康德与他的批评者们"这个题目起得很好,仅仅批评康德哲学就成就了若干重要的哲学家。我的致辞也顺势简要地回顾一下康德批评史——既然简要,就不免缺漏,这一点要请各位明鉴。

一

据传罗尔斯晚年说过一句话,他对康德提不出什么批评。这是我从二手文献中看到的说法,没有查到原始出处。如果这个说法是真的,那么罗尔斯无非想表明他对康德的高度崇敬。事实

---

* 是文为2018年10月13日在中山大学南校区锡昌堂由中山大学哲学系主办的首届全国德国观念论青年论坛上的开幕致辞。

上，罗尔斯采用了康德实践哲学的基本观念和主要方法，但他的正义学说的论证基础与康德大不相同，并不奠立于先天的形而上学基础，而是立足于经验的基础。无疑，这也应当归入康德批评的范围，当然，可能是最为积极的批评之中的一种。

二

黑格尔和叔本华对康德持一种独特的态度和方式：大部采用整体批判。这是康德批判者的两个早期典型，至今还是经典。他们从康德哲学中采用了许多基本的或重要的概念、观念和理论以为自己哲学的基本概念、观念和理论，但予以不同的解释和关联，在这个基础上，对康德哲学从整体上进行批判。这也包括以康德的一种观点来批判康德的另一种观点。

黑格尔和叔本华两人的哲学曾经一时遮掩了康德哲学的光芒。在这两种哲学的影响渐趋平淡之后，人们对康德哲学的兴趣才重新恢复，而对其意义与重要性的认识，也更上层楼，蔚为大观。这是十九世纪末的事情。

海德格尔在《康德与形而上学问题》中以康德《纯粹理性批判》第一版演绎来消解、质疑、批判第二版演绎。这是康德批评的另一种经典。当然，这个批评是以海德格尔自己的学说为根据的阐释，而与康德哲学的内部冲突没有多少干系。

无论如何，以上三种批判或批评都体现了康德哲学内涵和维度的丰富性。

三

迄今，康德研究可区分为内在研究和外在研究，前者是康德学者的领域，而后者属于一般的哲学研究，尽管两者的界限并不那么分明。前一种研究亦有其历史。康德内在研究的制度建立可追溯至汉斯·法辛格（Hans Vaihinger）。他创立了《康德研究》(*Kant-Studium*, 1896年)，建立了康德学会（Kant Geselschaft, 1904年）。就如一般所说的那样，这两者奠定了后世康德研究的学术制度。

但是，法辛格持《纯粹理性批判》为百衲衣（patchwork）的观点。他的两册巨著（*Kommentar zu Kants Kritik der reinen Vernunft*）只评注了《纯粹理性批判》前75页。N. K. 史密斯（N. K. Smith）深受法辛格的影响，撰写了一本同名的著作，即 *A Commentary to Kant's Critique of Pure Reason*，赓续百衲衣的观点。当年，我不同意这个观点，就阅读了持相反观点而认为康德理论哲学具有内在一致性的代表性著作，H. J. 帕通（H. J. Paton）的 *Kant's Metaphysics of Experience*。这也是一部两卷本的巨著。帕通的论证比较细致，不过，也比较烦琐——这是我凭记忆追述三十多年前的阅读经验。

四

现象学，在其相当严格的胡塞尔意义上，可以说，就是康德理论哲学一派的流向。在《逻辑研究》第一卷中，胡塞尔多次提到康德，一方面，他要表明，他与康德哲学在基础方面的共同性，另一方面，他也批评了康德的理论从而论证他与康德的区别。胡塞尔指出，康德哲学乃是其理论的最重要的先驱。"我们在主要倾向上与康德一致，但我们并不认为他明晰地看透了这门学科的本质以及阐明了这门学科本身的适当内涵。"[1]胡塞尔为他的《逻辑研究》提出的中心问题乃是"一般科学的可能性条件"，显然，这与康德为他的纯粹理性批判所提出的一般任务在根本目标上相一致："纯粹的科学是如何可能的？"当然，康德的根本任务由一个系列构成，从"先天综合判断是如何可能的？"（Wie sind synthetische Urteile a priori möglich？）一直到"纯粹自然科学是如何可能的？"（Wie ist reine Naturwissenschaft möglich？）

五

从艾耶尔的《语言、真理与逻辑》可以了解，分析哲学的基本概念来自康德。奎因的《经验论的两个教条》从康德的分析的和综合的概念着手讨论，尤其是从对康德的分析性概念的修正开始。进到最后的结论部分，奎因虽然没有再提及康德的名字，却得到了与康德理论相通的结论：综合的先于分析的，以及科学知识是以体系的方式依赖于经验，而不是以单个命题或陈述的方式

---

[1] 胡塞尔：《逻辑研究（第一卷）》，第187页。

依赖于经验。

塞尔在讨论意识经验时提到了康德的洞见:"康德正确地看到,这是一个有关意识一般的问题,并且对这一现象给了一个没有多大吸引力的名称——'统觉的先验统一性'(the transcendental unity of apperception)。"[1]"先验的"当然不见容于经验主义的哲学。不过,我要指出的是,到塞尔的时代,对康德的批评已经成为一种更为根本或更为基础性的评论,因为他们乃是在处理或解决问题时发现康德理论或方法的现实意义,就如罗尔斯和诺齐克在处理或解决政治哲学时发现康德实践哲学的意义,同时也更加切实地指出了他们所认识到的康德哲学的不足或陈旧之说。

分析哲学家现在也撰写了分析哲学史,如果借此考察一下分析哲学批评康德哲学的历史,或许也是一件颇有意味的事情。

六

施太格缪勒在《当代哲学主流》前言中讨论现代哲学的各种问题时,以《康德和现代哲学》为起点开始叙述。他说:"今天只有少数哲学观点不是也以它们探讨康德观点的方式为特征的。这种状况绝不意味着可以把大部分现代哲学著作看成是康德思想的积极继承。绝不是这种情况。宁肯说,对康德思想遗产采取论战

---

[1] 约翰·塞尔:《心灵、语言和社会——实在世界中的哲学》,李步楼译,上海译文出版社,2006年,第78页。

态度的人，比革新它和进一步精炼它的人越来越多。但是，即使是对康德哲学持论战态度的学说，也采用了康德的某些对问题的提法，并且是建立在康德思想之上的。"[1]这样的叙述本身就是一种批评。借助施太格缪勒的研究，我们可以得到一个大致的线索：当代哲学的哪些问题出自康德，哪些观点和学派与康德具有理论、观点和方法的渊源，包括以批判为主的关联；以及哪些学说和理论与康德哲学没有多大干系。

谢谢大家！

2018年10月13日于广州中山大学哲学系

---

[1] 施太格缪勒：《当代哲学主流（上）》，王炳文等译，商务印书馆，1986年，第17页。

士林浪子与山水
——中国传统文化的一个层面[*]

感谢庆节兄、寒碧兄和李青先生组织这么有品位的论坛，让大家在富春山水之中谈山水。

我先稍微谈一谈这个题目的缘起。从去年开始，我在为研究浪漫主义而阅读汉语古典文献时，对一些人和事的思考触发了这个观念，也可以说灵感。于是，中国传统社会士林浪子的形象就在我的脑子里慢慢地形成了，它又逐渐地丰满起来，累积起了一系列的特征，日益鲜明。现在我暂时把它定义为一种社会的和自然的人格类型。在中国传统社会中，有这样一些士人，他们的行为和品格展现出一些令人向往的因素和性质，而它们又不符合居于统治地位的道德理想，也就是所谓的礼法。现实人物像刘伶、

---

[*] 是文为《山水》丛刊编辑部于2019年3月27—29日在山水基地（俱舍书院）主办的"山水"论坛上的发言的整理稿。

杜牧，像李白、柳永，就属于这一类型，还有钱谦益和胡兰成，钱谦益青年时候被人称为浪子，而胡兰成自称是浪子。虚构人物有贾宝玉等。汉语的古典文献记载了许多这样的人物和他们的事迹，只要你喜欢中国古典文学，了解一些历史，这样的人物你也一定会熟悉几个。先前没有士林浪子这个概念，人们没有从这个角度来着眼。有了这个概念，先前难以归类的这一类人物就可以串联起来了，他们的共同特征也就越来越分明。我就拟了一个提纲，计划做些研究，写出论文。

当然，首先要对这个概念做界定。在传统文献中，浪子这个词用得比较泛，含有贬义，但有分寸。大家都知道"浪子回头金不换"的俗语，它的实际的意思分析起来，其实比较丰富，浪子至少蕴含了好的潜能。不过，因为缺乏深入的研究和系统的理论表述，浪子的用法在传统文献中究竟是怎样一个状况还不是很清楚，就所看到的文献而言，浪子常常与浪荡子、荡子混用，人们有时甚至把市井无赖也叫作浪子。在我的定义中，浪子是一个中性词，不带贬义——贬义是相对于传统礼法的，为了与日常话语中的浪子区别，给它加一个限定，叫作士林浪子，他们是士大夫之属。比如柳永、杜牧，他们不仅是士大夫，而且出仕，为官还有好名声。这些可归在浪子队里的人物，每人的出身、个性和经历不同，近代的苏曼殊和郁达夫，两人的差别就很明显。苏曼殊是一个士林浪子的典型，试看："春雨楼头尺八箫，何时归看浙江潮？芒鞋破钵无人识，踏过樱花第几桥。"解读这首七绝，人们可有大为殊异的体会，但都难尽其意。郁达夫则不那么典型。我的研究就要整理出浪子的典型的、独有的品格，它们应当是普遍性的，但在每个人身上可有不同的表现，程度不同，风格也不同。柳永说起来可算是最典型的，有些人物就不那么典型。这个研究如完成，写出文章来，估计比较有趣味。

有了这样思考的基础，有了一个整体的提纲，我才敢来开这个会议，山水与浪子是我研究的重点。浪子跟山水天然有关，浪子是一定要浪迹江湖的。不过，浪子跟山水之间的关系要具体地分析。浪子行走江湖，浪迹于山水之间，但他们并非以山水为归宿，这就是说，他们不是隐士。比如，在这俱舍附近的富春江边托身于山水的严子陵就不是浪子，而是隐士。他穿着羊皮袍子整天在那儿钓鱼，也很辛苦，并不是那种走终南捷径的隐士，他就是不想当官。严光先生心里很清楚，他跟刘秀是同学，过去的关系很好，现在的关系很好，但是一旦进了他的彀中，未来的关系难保依然好，就是刘秀优待他，周围那些官员也不会放过他。浪子是不会老坐在那里钓鱼的，所以，柳永在富春江上来来往往几次，并不钓鱼，但看人钓鱼，也写人钓鱼。他寄情山水，但他的归宿不是山水；他也不是探索自然，不像徐霞客那样，踏遍名山大川是要做研究。尽管当时中国人还没有地理学的概念，但徐霞客研究山河大地的格局和走势，要把山水的来源搞清楚，最后为此送了命，献身于科学。隐士不是这样，是要逃避社会，而不是做研究。

山水是柳永的一个场所，他是山水的过客，作为一个浪子，他必定会在这里那里的山水中，这不是表演，他的性情就这样，浪迹于山水，但不是托身于山水，也不常住在那里。柳永在词里表示，他是很想家的："想佳人，妆楼颙望，误几回，天际识归舟。争知我，倚阑干处，正恁凝愁。"柳永在这富春江上游地方的睦州做过小官，他肯定会乘船经过这里，这个子胥渡口。他那首有名的满江红，写的就是这一带山水，他在这山水之中的心情："暮雨初收，长川静，征帆夜落。临岛屿，蓼烟疏淡，苇风萧索。几许渔人飞短艇，尽载灯火归村落。遣行客，当此念回程，伤漂泊。"从内心深处，家是他的归宿。

严子陵不会有这样的想法，他就在这儿住定了。后人建了这些祠堂、这么高的亭子来纪念他，或许正符合他的初心。自然，严光先生也不是什么渔樵。现在有人开始讨论渔樵，但大概并不真正了解打鱼人和砍柴人的艰辛，更不用说，实在地去打鱼和砍柴。比如，在富春江边当樵夫，不要说砍柴，光说挑那一百来斤的柴担，从山上爬上爬下，我想，那些将渔樵树立为通达、隐逸、潇洒和自由的形象乃至象征的士大夫没有哪个是吃得消的。他们或以为渔樵的日常大多是坐在江边山脚喝酒谈天。这样的见识远不如白乐天先生，他写的卖炭翁就是樵夫的一个典型："满面尘灰烟火色，两鬓苍苍十指黑。"而且樵夫的手上常常是有伤的。另一位宋朝大词人范仲淹也写过渔夫的辛苦："江上往来人，但爱鲈鱼美。君看一叶舟，出没风波里。"这一位唐朝一位宋朝的高官的思想觉悟看来比以渔樵为理想的人要高太多。陶渊明是多少代中国士大夫的榜样，不过，五柳先生的田地基本上不是他自己种的，有长工短工帮助他打理。传统所谓的耕读世家，绝大多数是有地之主，至少是地主兼自耕农。要是整天在田地上干活，那是成不了耕读世家的。

山水不是士林浪子的归宿，同样也不是他谋生的手段。浪子多数不善理财，浪子必须小有资产，否则当不了浪子，当然，他们的才华也能为他们谋得衣食，没有才华也当不了浪子，只能老老实实地种田做手艺活。总之，浪子一定要寄情于山水，不过，山水既不是他的归宿之地，也不是谋生的手段，他是山水江湖间的一个过客。

当然，山水的外延可以更广泛，不仅仅是城郭之外的山和水，风景名胜之地也可以纳入山水之内，而在古代，诸如杭州和苏州这些地方，城市就在山水之间。

山水又是浪子激发和表达自己情感的凭借和场所。比如，柳永在词里念归程，伤漂泊，而家里楼上的佳人也天天望归，他却总是不回去，这样的情感又有什么样的奥秘？他如在家里宅着，肯定写不出这样令人一咏三叹的词句。人们或问，那你为什么不回去？他依旧不回去，回不去，还是要在山水里面浪游，这固然有不得不为之的缘故，但还在于这里就是他的主场，情感生发之所。从我们的角度看，或者从旁人的角度看，他可以回去啊，想想陶渊明，不是归去了吗？但是浪子出于他的性情，他回不去，他一定要在山水江湖之间走来走去。这种品格，这样的身不由己，是需要好好体会的。士林浪子的作品所表现的情绪很有感染力，可以引发他人同样的意绪，这种缘由也是值得仔细琢磨和研究的。

胡兰成大概是恶名最大的浪子，对人世生活却有相当深的体会和把握。《今生今世》一开始就描写绍兴嵊县（今嵊州市）的山水，读后令人宛入其境。他的语言极具张力，有人不喜欢他的语言，以为做作。不过，一种事情做到极致，大体会触发一些人的反感，但其厉害之处也正是体现在这里。他叙述自己的生活，夸张与天然融合在一起，他跑来跑去，处处留情，认为这就是人世的道理，自然行事的方式。他自己说，他就是一个浪子。他谈民族国家，但他对此不承担责任，他是一个可以大谈国家民族的汉奸，对亲近的人也可以不承担责任。

柳永受到的主要差评，就是流连于青楼勾栏，以至与青楼女子打成一片，李清照说他"词语尘下"。他确实有若干阕词的格调不符合当时的礼法，还不在于他的仕途不顺。苏东坡也钟情于山水，也好歌舞女色，但他不是浪子，也没有因此受到人的批评，这不在于他官做得好，而是他的行为符合当时的礼法，也不在于他有没有浪子之心。

浪子原有一种漂泊的自我意识，在山水江湖中行走，以此突出自己的这种身份，强化自己这样的观念，如杜牧的"十年一觉扬州梦，赢得青楼薄幸名"，如柳永的"忍把浮名，换了浅斟低唱"。青楼、山水和江湖固然是他们成人的场所和天地，却正是有了浪子的游历和故事，山水才具有了特色，现在叫作文化内涵。富春江，它的上下游，自然很美，要是没有孟浩然的诗、柳永的词，没有黄公望的画，没有其他文人的游历，这处山水的意义就会显得单薄。单薄，当然是从人文的意义上来评价的，这里讨论浪子也是出于人文的关切，而士林浪子的经历确实就把山水的多层意义发挥了出来。

因此，山水与浪子，从外在方面看，前者是浪子的场所、途径和手段，从内在方面看，山水是他的自我意识甚至自我认同强化的境域，他的情感、作品、形象和故事，只有在山水之中才能生成和抒发。不离家就不会有对家的思念，不总在外游荡，就不会有伤漂泊的情感；一生漂泊不定，所以浪子的精神最后还是遗落在山水之间。在《红楼梦》中，贾宝玉是一个文学形象，起初大观园是他的山水江湖、红尘世界，他在那里跑来跑去，最后以出家为了局。出家这个行为在《红楼梦》中有些复杂，既可以算是彻底回到山水之中，也可以算是回到原来的处所，即家。带他下凡接他回归的一僧一道，在仙界的形象是"骨格不凡，丰神迥异"，而在人间则"癞头跣脚，跛足蓬头"，这种对照，两种形象，实在是非常地有意思。

总之，山水反衬了士林浪子的几个特征。第一，人生的漂泊与无定，大凡浪子都表达了这样的感受和体会。浪子沉溺于这样的情感，以至于浪游本身就成为他生活的一种样态，这种情感和行为会上瘾，他在家住不久，总要往外面走。在现实生活中，人们或可以就看到这样的朋友。家对他们来说就是想念的地方，而不是日常生活的地方。柳永说："念去去，千里烟波，暮霭沉沉楚天阔。"要不是漂泊既久，如此感觉是感受不到生发不出来的。你要是生活在城市里面，宅在家里，顶多就是对面房舍的灯光黯淡不黯淡，有没有灯火啊，等等。对那些有浪子之心而无浪子之行的人，柳永或许为他们唱出了内心潜伏着、郁结着的这样的情绪。

第二点，只有在中国传统文化的背景中，士林浪子才会出现，为什么？浪子的生活态度和方式与主流的礼法制度格格不入。在那样的时代，仕途经济是正途，浪游山水显然就不是，在正途的人看来，他们的行为是荒唐不经的。事实上，士林浪子多数是在正途上走过的，但他们常常将正途浪游化，柳永也寻求仕途出身，但传说，连皇帝都烦他把写词看得比仕途重，就说"且去填词"，意思是官就不必做了，于是就有"奉旨填词柳三变"的典故。贾宝玉也一样，把大观园里的生活，小儿女私情当作正事来做，人称其为无事忙。近代的苏曼殊在这方面也有许多独绝的故事。

第三点，浪子不断强化自己对家的思念来反衬自己的浪游的处境。家是他的出发点，也是他的归宿；山水是隐士的归宿之地，浪子的归宿永远是家。他们要以对家的思念、家的最终归宿的意义来突出和展现他们的漂泊心态和状态。所以，家的存在、家的观念，对浪子是必不可少的。如果缺乏对家的深切思念，不把家作为出发点、视为最终归宿，浪子就不再是浪子，"浪子回头金不换"也要从这一点来理解。浪子实际上也明确地意识到，这样无定的漂泊状态，是他自己造成的，所以柳永就自问："叹年来踪迹，何事苦淹留？"他或许不知道理由何在，或许他能讲出一些什么理由，但觉得缺乏充分的根据。不过，"何事苦淹留"本身就是一种强理由，这就在于他的情感、他的经历和他的欲望。

第四点，浪子还有一个很突出的品格，就是任性任情，他们控制不住自己。在中国传统文化中，作为对主流观念的抗衡，任性和任情向来受到多数士大夫的赞赏，却一直受到传统礼法的打压。魏晋风度就是任情任性的风度。如果行走于山水之间的士人，很能够控制自己，那么他大体就是一位隐士，而不是浪子。严光先生就很能够控制自己，不会一冲动又去见皇帝同学了，也很可以让朝廷寻不见他。浪子一定是冲动的。在这个意义上，刘伶更是一位浪子。

第五点，浪子、山水与时代变迁，这个说法太有点学术套路的味道，姑且用之。并非每一个士林浪子都在山水江湖中漂泊，但绝大部分这样做，寄情于山水是浪子的标志和身份，他即使身不浪游，心也要表示出对山水的钟情和热爱。在古代，交通不便，旅行非常辛苦，信息更是不灵，所以士大夫浪游的心态、形象和感慨等等，只在那种背景下才可能生发和滋长。一出远门便是壮游，归来就是几年后了。杜甫忆李白说，"渭北春天树，江东日暮云"，实际上他根本不知道李太白跑到哪里去了。在现代社会，交通和信息的便利、生活方式的舒适，山水与浪子的关系就渐渐地退隐了，山水对浪子的重要性大大地弱化了。现代或有浪子，但他们应当是以一种很不同的形态存在了，或主要不是在山水之中了。现代有没有浪子，形态和品格如何，这些都很可以研究。

有一首英文歌，名叫 *Desperado*，我以为很好地表达了这里所阐述的浪子情绪和态度的某些方面。这首歌的歌名先前有人译为

《亡命徒》，我以为是不对的，应该译成《浪子》，而整首歌唱的就是浪子，尽管是西方的浪子，但所描述的心态与我这里讲的浪子颇有契合。有一次偶然听到这首歌，我便喜欢上了，而且一直很喜欢，尽管原本我很少听英文歌。这是老鹰乐队的原唱，但我起初听的是日本女歌手藤田惠美的版本。原唱基本上是一个男人的自我叙述，听起来比较主观。藤田惠美的歌唱，体现了他者，尤其女性对浪子的理解和追问，意义更复杂和宽广，而且我觉得，她的声音也更美。我想，这个或许跟山水没多少关系。许多男人或许都有一颗浪子的心，但只有少数人做得成。

　　浪子是用来分析中国传统社会的人物类型的概念，人们不能用今天的观念和标准来简单地判断其好坏。像柳永，至今有多少人喜欢他啊！李白、杜牧是这样，贾宝玉也是这样。《诗经》也蕴有其义，孔子说："《诗》三百，一言以蔽之，曰：'思无邪'。"其实，这个说法并不准确，思可以有邪，行当无邪。第一首《关雎》，究竟是思有邪，还是无邪？

（以下文字，是对与会的寒碧、王庆节、司徒立、杨儒宾、郑宇健、卜松山、李青等先生提问的回答及相关讨论的概述）

　　如果说他们游戏人生则有一点贬低士林浪子。士林浪子，根据我对相关的文献的理解，要有才华，没有才华的不属于这里所说的浪子。"无奈"也不是浪子的品格，浪子包含无奈的因素，但我不讨论无奈者，士林浪子之为浪子当出于自主。强人也要排除出去。谈到社会背景，浪子多少包含反抗的心态，但并没有那么积极、自觉的反抗。士林浪子的关键，就是对传统礼法的不负责任，比如，父母在他还是要远游，就不符合儒家的要求。他们也意识到不顾家是不对的，这样一种矛盾的心态很关键。学术研究要持中立立场，先前对这里所描述的士林浪子现象，人们多持批判的和否定的态度，其实不少批评者，自己心里就有一颗浪子之心。在现代知识分子中，士林浪子的这种心态、现象和风格其实还是很可以见到的，只是不那么典型。寒碧兄提到晏几道和韦庄，尤其"垆边人似月，皓腕凝霜雪。未老莫还乡，还乡须断肠"，非常中肯，典型的浪子情态；寒兄又提到郁达夫的"江山也要文人捧，堤柳而今尚姓苏"，也很到位。郁达夫是传统社会的最后一位浪子，有自觉意识的士林浪子。司徒先生讲到魏晋风流，与士林浪子很有关系，但究竟如何，还要进一步研究；司徒先生又讲率真和真情，颇具会心，这也是我研究的要点。宇健兄阐发得很高远。卜松山先生研究音乐，对 *Desperado* 意义的解释揭示了这个词义的可能变化，romanticize（浪漫化）应是其中一个重要的因素。[1]

2020年8月26日改定于北京褐石园听风阁

---

[1] 卜松山先生是德国美学家。在会议期间的3月29日晚，李青先生找出了 *Desperado* 许多演唱版本，在俱舍的骑马楼酒吧里和与会者一起欣赏，卜先生先唱了起来，带动大家一起唱和。其时我已离开了会议，看到微信群里的现场视频，也意绪顿起。卜松山夫妇回到德国之后，合作演出 *Desperado*，卜先生弹钢琴，卜太太与他一起合唱，然后将视频发到了会议微信群里，造就了一段佳话。

对话与访谈

杰克逊·波洛克,《无题》,约1950年

中国语境中的现代性和合理性
——韩水法、施鲁赫特对话录

韩水法：大家好！非常高兴有这样一次机会和施鲁赫特教授[1]进行面对面的对话。我在1996年和施鲁赫特教授通过一次信。那时我正在写一本书，书名是《韦伯》。这本书在台湾出版，现在还没有出大陆版。施鲁赫特教授是著名的韦伯研究专家，我给他写信是想得到他的书，因为当时在国内找不到他的书。结果他非常爽快给我寄了两本，这两本书我一直保存到现在。

但是我们一直未曾谋面。这次能够邀请施鲁赫特教授来到北大讲学，实在是很难得的机会。施鲁赫特教授的四次讲座让我重温了韦伯的思想，讲座内容丰富而清晰。

---

[1] 沃尔夫冈·施鲁赫特（Wolfgang Schluchter）是德国海德堡大学教授，世界著名的韦伯研究专家。他应北京大学德国研究中心的邀请于2010年3月1日至16日来北京大学讲学，进行了四次学术讲演和一次学术对话。本稿即为是次对话的记录整理稿。担任对话翻译的是北大哲学系徐龙飞教授与社科院哲学所的王歌博士。

韦伯研究的核心问题是合理性问题，他也曾谈到中国。汉语界关于韦伯的研究经历过波折。七八十年代以前，也就是在"亚洲四小龙"经济起飞之前，关于韦伯对中国的评价，很多人持批评的态度；在华人社会经济起飞之后，人们的观点开始转变，华人世界开始关注韦伯，这个关注首先是从台湾开始的。

我要强调的是，韦伯的观点——不管是对中国具体的评价，还是理论方面的概念和学说——对于当今中国社会，依然有着现实的意义。这一点施鲁赫特教授在他的报告中也提到了。所以我们今天会围绕这样一个主题进行对话。

施鲁赫特：非常高兴能够再一次来到这个教室，和韩水法教授讨论关于韦伯的一些问题。让我还感到荣幸的是，能有机会和在座各位共同进行这方面的讨论。今天讨论的主题包含两个基本的概念，对此我们可以提出一个问题：这两个概念是一致的呢，还是有区别的？我认为，它们是有区别的。现代性包括合理性，但合理性并非必然包括现代性。

我们恰好可以将这一点用于韦伯。正如韩教授所说的那样，韦伯并没有使用"现代性"这一概念。他虽然谈到现代西方文化，但是并没有谈到"现代性"。他还谈到了与现代西方文化相关联的合理性进程，认为这种合理性进程促使了现代西方文化的产生。如同韩教授所讲，对于那些有着一定儒家文化的国家来说，韦伯是一个有意思的作者。在他的《世界宗教的经济伦理》一书中，我们发现了一个有趣的观点。这个观点是：在西方诞生的合理的资本主义如果得以实现——也必会实现，在这一点上韦伯与马克思观点一致，那么相比其他世界宗教而言，它会更容易地被那些受儒家思想影响的国家所采纳。"亚洲四小龙"便是很好的证明，它们的现代化也就发展得早一些。

有趣的问题是，中国的经济是追随"亚洲四小龙"发展起来的吗，还是说中国的经济发展有另外的理由？现在我向韩教授提出这个问题。

韩水法：这令人开心——施鲁赫特教授的这个问题恰好也是我下面要提到的问题。"亚洲四小龙"中，数中国台湾最具儒家特色。我们可以说台湾是儒家社会，但却不能称大陆为儒家社会。因为在大陆，传统的文化已经中断了。韦伯在《儒教与道教》这本书里列举了儒家社会对现代资本主义具有适应性的优点。就像施鲁赫特教授提到的那样，儒家社会是一个适应性很强的理性社会，没有奴隶制，宗教宽容，交换、迁徙、职业选择和生产方式都是自由的，也没有厌恶商人的传统（当然这点有所争论）。韦伯认为，中国没有封建制，没有大地主制，西方垄断在中国也不存在，并认为战争促进了商业的发展，这在中国也是存在的。

和研究宗教社会一样，韦伯在研究一个社会及其经济状况时，首先从这个社会的精英阶层入手。比如，研究新教社会中人的观念，首先研究的是新教社会里的精英阶层，即商人和官僚。而研究中国传统的儒家社会时，韦伯首先研究的是士大夫。

但1949年以后，这种社会精英阶层在中国已经不存在了。按照施鲁赫特教授的说法，现代性是在合理性之下的。改革开放是中国社会重新开始实现现代化的进程，它必然是一个合理化的进程。那么这个进程的主导阶层是什么？这是我们要研究的问题。因为今天的中国根本没有主流阶层，没有社会认可的、能够引导我们前进的精英阶层；我们没有主流的观念和道德，就像有些学者说的，现在是一个失范、混乱的社会。我们的社会行为是怎么进行的？社会的合理化又是以什么样的动力，向什么样的目标发展的？这个问题我们要请教施鲁赫特教授，而我们自己也应当有所反思。

施鲁赫特：首先必须解释，现代性理论的内容究竟是什么，有哪些不被今天的社会所采纳。经典的现代性理论是美国的理论，被认为是美国发展进程的立足点。据此，现代化是一个在一些国家或多或少同时进行的事件，它被卷入国家发展进程中。于是，现代化便成了工业化、城市化、个体化和通信密集化的过程。在许多国家都是这样的进程。

但这种模式很快就被放弃了，因为人们认识到，要实现现代化其实有着不同的道路。这恰恰是韦伯最初的想法，因为在他看来，现代资本主义是一种特殊的发展，在世界的其他领域并不发生，甚至不可能发生。因为它们的"扳道岔"和西方不同。这是韦伯的一个比喻，也就是说，人一旦选择一条道路，就有内在的驱迫感，会沿着这条道路继续前进。但也可以从中跳出来，即在不同的文化和文明之间进行交流。这同时又是一种合流，意味着一种文化能够汲取另外一种文化的内容。

所以从一开始，人们就没有期待资本主义在所有的地方都以同样的方式贯彻执行，而是应当有不同的样式。韩教授所说的非常重要，他提到了这样一个问题：在中国是否有过传统的中断，从而去除了"扳道岔"的前提条件，进入一个不能返回悠久传统的新境况之中？还是说情况并非如此？直到1911年，韦伯在他所知的范围内，一直都是中国文化的欣赏者。那么对他而言，中国文化中究竟有什么特别具有吸引力呢？具有吸引力的是在传统文化下建立起来的官僚阶层，其基本原则和重点是：人的能力。在这样的体系之中，有一个非常智巧的考试系统，其选择人才时，并不考虑他们的社会出身，而且选人才的目的是让他们准备好做管理工作。这实际上是合理性的一个因素，甚至是现代官僚制度的原则。在这样的传统文化中就包含了合理性，这个合理性本来应该包含在现代的文化当中，而在传统的合理性中，缺乏的正是现代国家的因素。

施鲁赫特：我认为存在基本原则。这个基本原则具有普适价值而不一定是因文化而异的。在各个国度里所存在的是这一原则的变种。关键的并不是各个国家所展现的不同的面貌，就像是一个人和其他人的不同之处一样。我们的出发点在于，在这些不同的特征背后的共同点，而这一共性对文化是具有决定意义的。实际上资本主义这个概念形式本身，也存在不同的变种，可是不同的变种之中，也有共同性。在不考虑文化的情况下，我们发现经济活动在根本上可以从两个方面来进行调节：一方面是盈利的目的，另一方面是可能的成本和产出。我们可以和韦伯一样将其称为形式上的合理性。也就是说，中国的一个企业，产生盈利的方式可能和德国美国的企业一样。在经济领域，这样的对比很容易被人接受，但是这样的对比放到其他的领域接受起来可能就比较困难了，比如法律和政治的领域。

比如关于在西方发展起来并像资本主义一样广泛传播的某些法律原则是否在中国适用就是一个颇具争议性的话题。因此我们要分清楚两个概念：一个概念是文化主义，它认为每一种文化都是独一无二的；另一个概念是文化变种，它们是从一个共同的原则下产生的。

在这个意义上，无论是具有中国特色的"资本主义"还是具有中国特色的官僚主义实际上总是涉及这样一个问题：它究竟是一个变种还是一个自成一家的事物？

韩水法：这就涉及我要进一步提出的问题，因为我们所谈论的是现代性和合理性，当然有好多不同层次的合理性，比如说我们要坐一把非常舒服的椅子跟坐一把昂贵的椅子，这两个目标不一样，会采用完全不同的行为。说得广泛一点，在现代社会，你要修一条铁路，这是一条最快的铁路，还是一条最便宜的铁路，目的不一样，合理性的意义也是不一样的。

我再说大一点，刚才施鲁赫特教授提到，他不怎么同意我的传统中断的说法。比如，现在还有对祖宗的崇拜。说到这一点，我想到今天上午我国总理温家宝在答记者问时提到的一点，他说了一句话，好多网站以特别大的标题标出来：最大的威胁是腐败！一般老百姓也腐败不起来，有的也就是小小的腐败，喝点小酒，当然他说的不是这些腐败，而是大的腐败，就是官员腐败，因为官员握有权力。现在我们就有两种不同的合理性。如祖宗崇拜和家族裙带关系，在中国一些人当官，就是为了光宗耀祖。为了达到这个目的，他们可以采取各种有利的和有效的手段，这当然是合理的。

但是我们还有另外一个观念：政治应该是清廉的。这是另一个目的，你的光宗耀祖的目的都要排除在外。这两种合理性就会起冲突。在我们的现实生活里面，不同的合理性之间的冲突非常厉害。现在的问题是，合理性是不是应该分层次？不同的目的有不同的合理性，是不是应当由最高的原则或者普遍的观念来支配？我是指，对社会来说，在制度层面，是不是需要一些普遍的观念？人们可以有不同的资本主义，或者不同的社会主义，但是不是有一个一般的社会主义原则、一般的资本主义原则，或者一般的市场经济原则？这些一般的原则在西方与在中国是不一样的，在德国与在美国是不一样的。这正是我们要考虑的问题。如果不一样，我们就会看到中国模式，就会看到德意志特殊道路。如果存在一样的一般原则，那么这种中国模式和德意志特殊道路会大打折扣，因为它的特殊性就会变得很弱。

施鲁赫特：首先我希望，我们坐的椅子至少不要塌陷。在这个意义上，我对我坐的椅子非常满意。它非常好地完成了它的任务，它只要质量没问题，一切都没问题。但是当我们谈到腐败的时候，问题就不是这么简单了。腐败所涉及的问题是：我们是否建立并贯彻了一个规则体系，一个法律体系，使得所有人，我强调，是所有人——包括那些拥有权力地位的人在内——都必须服从这样一个规则体系，腐败涉及的并不是不同的合理性，而是对合理性的伤害，因为在形式上平等的背后潜藏着我们必须称之为经济特权的东西。韦伯所建构的正当的统治同传统统治、卡里斯马统治的决定性区别体现在，有权力的、处于统治地位的人和被统治的人一样都必须服从这些规则。在现代的官僚（科层）统治体制当中，只有当体制内的人无论出身、年龄、性别、种族都有同样的平等的权利时，这一体系才可以被看作是合理的。

也就是说不能说有的人可以有两个孩子——尽管规定只能有一个孩子——因为他跟上层有关系，而另外一个人要有两个孩子的话，就得交20万的罚款。如果从人性角度来说，一个人有两个孩子总是很好的，但是既然这一规定已经在形式上制定好了的话，它就要适用于所有的人。实际上在这里就产生了一个很有意思的问题，这个问题，我猜想，也隐匿在你的问题之中。这个隐匿问题就是，我们执行形式上合理的体系会产生对这个体系的不满意，即使它对于所有的人都一视同仁。执行合理体系所导致的结果也会被人认为是不公平的，也就是从本质上来说不合理。这也就产生了在之前演讲当中所提到的关于形式的和本质的合理性的张力。

我可以举一个德国最近的例子，这个例子给人印象非常深刻。有一个售货员，在一家公司工作了30多年。有一天，一位顾客把1.5欧元的押金券忘在桌上了，她拿了过来，把它给兑换掉了。她实际上30多年来在这个公司里面非常诚信地工作。就是在这个时刻，她把1.5欧元押金装自己兜里了，而且押金公司反正也得不到。这个女售货员被解雇了，她就告到劳动法庭，但是劳动法庭并没有支持她的诉讼。当然从形式上来说，法庭无可厚非，他们的判决是根据那些已经制定的法律的条文。然而，所有知道这件事情的人，都认为这个判决是不合理的。也就是说这一判决是有损本质合理性的，因为这个女售货员的行为和后果不成比例。当然，这种形式上的合理性是如此之奇妙，以至于这个故事并没有结束，这个女售货员又告到了更高一级的法院，在那里，她打赢了这个官司。

我讲这个例子，是想说明两点。首先，形式上的合理性是非常重要的。因为更高那一级法院所遵循的也是那种形式合理性。其次，这个故事也告诉我们，形式上的合理性也并不代表一切，有从另一个角度出发的另一种合理性可能恰恰得出与形式合理性相反的结论。这一现象存在于从根本上来说作为一种体系的资本主义当中。一方面，存在马克思所说的劳动生产力有效提升，另一方面，存在着财富的不平等分配。形式合理的资本主义，并不一定能够保证所有人在程序上都是平等的。这之间的张力，一定要有一个政治上的处理。否则就会导致收入制度性的两极分化，而这种分化对于大众来说是无法接受的。

如果我看得正确的话，中国恰恰是在这样一种情形之中。

韩水法：刚才施鲁赫特教授提到的例子很有意思，我稍微评价一下，如果这个事情发生在中国，官司不会打到最高法院，很可能会采用这样一些手段。第一个办法就是找关系，看看熟人里有谁认识这个公司的老板，就找谁。如果这个或那个人不行，那会找很多人。第二个办法请公司老板吃饭。第三个办法，到他家里坐着哭，说"我还有孩子要上学"什么的。

在我们中国，合理性的方向有很多种，比如家里有很多孩子要抚养，这是实质的问题；比如托关系以人情为目标。在这些合理手段之间，哪一种占主导？这是第一点。

第二点，就如刚才施鲁赫特教授所说，那位女售货员在初级法院输了，她去上级法院打官司。她赢了，但她走的是法律程序，她既不是请客吃饭，也不是说情，也不是坐在老板家里。在我们中国社会里面，我们会碰到各种各样很烦的事情。你谋得一个职位，最后莫名其妙地被人挤走；街上的车老是堵着，如此等等。在这里面有一个问题：哪一种合理性更主要？在什么样的生活层面，什么样的社会领域，什么样的合理性应该以什么样的特定的目标为主导？比如大学里面，你究竟是以学术的合理性为主导，还是以其他的合理性为主导？

我举一个例子，我亲身经历过。有一位副教授申请晋升正教授。人家说你著作太少，评教授有点不太行，这是出于以学术为目的的合理性来说的。这位副教授举出一个绝妙的理由：我有两个孩子，没有时间写书，但是我还要当教授。这就是另外一种合理性。

大家可以想想，在大学里面，究竟是要以养孩子多寡为标准，还是以学术水平为标准？在我们的生活中这样的事情层出不穷。合理性与合理性之间，刚才施鲁赫特教授讲的形式合理性和实质合理性之间的张力，我们怎么来处理？这是一个重要问题。

施鲁赫特：这恰好是我们看到的一点，单一的形式上的合理性是不能解决所有问题的。它之所以正确，首先是因为它是一个过程的合理性，其次是因为它的结果是可以被掌控的。这一张力在资本主义经济中就是生产效率和分配公平之间关系的张力，在法律上就是在形式上对于法律的遵守与实质上的判决结果，也就是公正之间的张力。如果仅仅有一种形式上的合理性的话，那么人们生活在这个世界上就没什么意义了。所以我们要考虑每一种具体的情况。

刚才所举的例子，我如果想让他接受我的观点，我是请他吃一顿饭呢？还是我用一些理由来说服他呢？前者是甜美的贿赂，后者是靠证据来说话。

在两德统一之后，我们和一些曾经在民主德国就反对德国统一社会党并且想要推翻它的人进行过交谈。其中一位名叫鲍来因（Bäulein）的女士是反对民主德国的先驱（可惜她不久前去世了），她曾经说过一句后来广为流传的话：我们所追求的是正义，得到的是一个法治国家。这恰好是我们上面提到的那个张力在法律制度中的体现。这样的张力可以体现在经济领域，也可以体现在政治领域。这个张力是存在着的，同时限制它的程度也是有必要的。人们也必须要有机会将这样的讨论尽可能在公众场合提出来。这样一来，如果一个社会的发展方向存在着错误，那么这个错误便能由此彰显出来了。值得怀疑的是在一个中央集权的官僚体制中，是否有这样发展的空间？

（以下为提问和讨论环节）

黄卉：韩老师，听来听去，您的合理性，什么都可以是合理性，目的性也是，还有没有道德元素？

问：中国和西方都有仰望星空的人。人的欲望在社会发展中最终应当是具有合理性的。很久以来，哲学理脉里面有这样的思想，"文革"十年是一个中断。三十多年的改革开放，我们走的是非常正确的道路，包括现行的法制。现在有一些不公平的现象，我们也看得非常清楚，特别是未来和谐的小康社会的建设，就是要处理效率跟公平之间的关系。

问：如何看待在中国的合理性，如何看待"积善之家，必有余庆"这样一个因果关系？

韩水法：我先回答黄教授的问题，韦伯的合理性或者合理化，简单来说，有两个层次，一个是区分人类的行为，有目的－合理的、价值－合理的等等。你设定一个目标并且有效达到这个目标的途径，就是合理的，合理性是一个计算的概念。所以，把它翻译为理性化，意思不完全准确。

还有一个层次，现代西方的政治、西方的法律体系，来源于合理化的发展，包括西方的音乐合理发展，人的资籍的合理发展，法律、经济等一系列的问题合理化过程。

简单地说，合理的意思就是，你选择一个目标，最有效地达到那个目标的途径，就是合理的。

施鲁赫特：在这里我就不想再谈关于韦伯解读的话题了。我的观点可能会很不一样。不过我想谈谈关于和谐社会的问题。作为一个外来者，我并不觉得提出一个有关和谐社会的理论对于中国来说有什么奇怪。因为我觉得，这个国家有着悠久的传统，而在这一传统中，和谐一直处于中心地位，不是吗？保持天地之间的和谐，是皇帝的任务。相关的礼仪必须非常准确地进行，以至于不要有什么灾难从天而降，把天子从皇位上推下去。在历史上可能一直如此：如果哪个皇帝没能保持和谐，那么他的统治就难以维持下去了。我们现在当然要提出这样的问题：和谐社会的建设是否与事实相一致呢？如果不是的话，皇帝就该退位了。

问：按照现在的趋势，未来这个问题会不会解决？包括子弟小学问题，这些被政府推上台面的问题一直都存在。

施鲁赫特：当然我作为社会学家，我谈的只是理念的层面。我想世界上没有一个社会学家会说存在一个真正的和谐社会。从理论的角度，因为世界上所有的社会都是有阶层的社会，而且都是充满冲突的社会，而我们要解决的问题就是如何缓解这些冲突。至于有关想象一个社会当中的群体所有人都心满意足，都感觉非常幸福，这种叙述属于乌托邦。这不是现实的政治目标。当然我们可以说：继续做有关和谐的梦吧。总有一天，会醒来，意识到那仅仅是一个梦幻。

关于祭祀、祖先做怎样的事情荫庇后世，韦伯以及其他学者曾经都做过分析。这个问题涉及与超验、先验力量的魔幻关系，而世界性宗教和文化宗教的发展正是通过更加强大的思想体系以及实践超越了这一宗教发展过程。所谓的合理性也正是从这种可以被理解和解释的相互关系当中产生的。也就是说，在超验力量和它对于现实的影响之间存在着因果关系。那种魔力的世界观的特征就在于把现实的因果关系和象征的因果关系，也就是存在的象征等同起来，看成是一回事。比如说人们觉得自己怎么对待鬼魂就会在经验的现实中得到相应的后果，比如说我不会生病，或者是我生病了就是因为我做了什么惊扰鬼魂的事情。这确实是一种思想的发展，一种思想体系之后为。这是一个很古老的问题，韦伯在对于中国的分析当中也谈到了这一点，他认为在官僚阶层，也就是高级文官阶层和古老的习俗之间存在着张力，而在这里就是所谓魔力发挥作用的地方了。这已经超出我们今天关于合理性的对话的范畴了。

问：我有两个问题。第一，门森说，韦伯是渴望在魏玛选出平民式的超凡魅力领袖对抗德国魏玛的议会民主制，您认为这个成立吗？他是否真的愿意选出平民式的超凡魅力领袖对抗魏玛？第二，韦伯如何思考德意志政治民主所形成的特殊化道路的？

施鲁赫特：我想这个问题相对来说比较好回答，因为您所说的平民选举和超凡魅力领袖是不同的两个概念。所谓魅力领袖，他的特殊才华是被统治阶级所相信的。然而这里所说的不同于议会民主中由平民选举出来的领袖人物——法国、美国是这样——是大选中选出的领袖，但并不是韦伯所说的超凡魅力领袖。

当然，这种超凡魅力领袖形象有两种可能，一种是大部分人在大选当中认为他具有超凡魅力，所以选他。还有一种人，他被选中了，在任职期间，他处理危机的若干能力获得了"超凡魅力领袖"这样的盛誉。比如美国的杰斐逊总统，就是这样一个例子,他在任职之后才体现出了超凡魅力。但是通常一个选举的程序过程本身与超凡魅力领袖没有多少关系。

问: 为什么在一个社会主义中国的语境下,我们已经搞了一个国企精英股份权收购,但是农民不能拥有自己的生产资料?

韩水法: 这个问题提得非常好,我想从一个比较特殊的角度来回答。在政治上、直觉上大家的意见会有很大分歧。我刚才追问合理性有没有目标和原则,这对我们学者来说是一个关键问题。我们不是靠直觉来说话的,我们要提出论证,比如中国特色就是如此。大家要知道欧洲的所谓私人所有权,只有几百年的历史,是近代发展起来,它的市场经济、所有权和法律制度,都是如此。中国的法律体系不完善,规定不明确,但是它老早就有了。而说到应该怎么样的时候,不能拍着脑袋说话,而要实证,要理论分析。我们没有政治权力,但,我们可以运用学术和知识的权力。

施鲁赫特: 我只能同意他的想法。

2011年3月14日于北京大学二教405室

不忍终结，于是寻找出路
——韩水法教授访谈

问[1]：韩老师，您是国内著名的德国哲学学者，在德国哲学尤其是康德研究以及政治哲学研究方面取得了很大成就。现在回首当时来路，我很想知道您最初为什么选择走上研究德国哲学的学术道路？

韩水法：我年轻的时候有许多爱好，偏于喜欢读书，喜欢思考。我1976年高中毕业下乡，在杭州近郊插队。那时候感觉个人前途茫然，于是有空就读书，主要是历史和文学，像《中国通史》、《文学概论》、《中国文学史》、海涅的著作等等。半年后当了民办教师，并在本区的文化馆当业余创作员。1977年考大学的时候，第一个志愿是江南一所大学的新闻系，北大哲学系是第三志愿。当时录取程序与现在不一样，大概北大先选，就把我选上了。当

---

[1] 采访者为北京大学哲学系博士研究生李百玲。

然这也不能说不是我的选择。那时候的理想很多,做学术只是其中的一个。我学习兴趣向来广泛,很多时间就跑到中文系、历史系等系去听课——那时北大中文系有很好的老师,也写诗填词什么的。1982年本科毕业后又考上本系的研究生,上了研究生课之后,方向便慢慢集中到学术研究上来了。

德国古典哲学在那个时候有很高的地位。黑格尔哲学被看作顶峰,我读了不少黑格尔的东西,不过那种思辨总让我感到有点虚张声势。我更喜欢康德的思想,觉得他能够讲清楚,比较尊重事实、尊重经验,在这样的基础之上的理性运用,自然就有极深刻的东西在。现在可以说,康德哲学是"极高明而道中庸"。当时的喜欢虽然出于理智的天然倾向,但理解依然是不透彻的。我也喜欢分析哲学,但总觉得它既有一点过于琐碎,又有太过于理想的特点;另一方面也是相当重要的原因,即缺乏很好的数学基础与逻辑基础,这对于研究分析哲学来说,就等于缺乏必要的手段。现在我还是非常喜欢关注那些做分析哲学的聪明人提出问题和分析问题的思路,这对于理解康德、对于研究自己碰到的问题很有帮助。

德国哲学有一个特点,它所涉及的领域和问题非常宽广,深入其中别有洞天,你会发现你不得不面对一系列的其他问题。从思想发展的进程来说,许多重要思想家的理论资源就直接来自德国唯心主义哲学。比如马克斯·韦伯,他的哲学思想轨迹就是新康德主义—康德。哈贝马斯则说自己是在康德、黑格尔哲学的氛围下成长起来的,指的应该就是这样一种情况。在考虑政治哲学问题和现代社会问题包括中国问题的时候，康德哲学依然是有实际价值的思想和方法的资源。这可以从最近我关于"世界正义"的一系列文章里面看出。至于涉足政治哲学，可以说是通过三条途径：第一，像我们这一代人，受过一点教育，自然就会关心政治，环境使然，而从政治到政治哲学，就是从实践关切到理论关切的转变；第二，了解康德对现代哲学的影响，于是自然就会去阅读罗尔斯等人的著作；第三，韦伯研究原本是独立的研究，但韦伯对现代社会的独到见解与现代政治哲学也有直接的关系。从另外一个角度来说，这些途径也都可以用康德思想的线索串起来。

问：在德国古典哲学中，康德哲学是一个重镇。据我所知，您的学士、硕士和博士论文一以贯之，做的都是康德哲学研究。在一般人看来，康德哲学是非常深奥玄涩的，所以可以想见您当初选择康德哲学作为研究对象是非常具有理论眼光与勇气的。

韩水法：去年是康德逝世两百周年，全世界都在纪念康德，举办了许多学术会议。我当初选择康德哲学做研究题目，是和康德的这种地位相关的。因为确定大学毕业论文的选题时，我想选一个意义比较深远的题目来做；从智力的天性上来说，想选理论上有挑战性的、最难的题目来研究。这样的考虑和选择在今天看来还是非常有意义的。康德值得我们深入研究。康德哲学远远不是古典的、终结了的，他的思想现在依然有深刻影响力，依然活着。这可以在两种意义上得到证实：一种意义是他的思想在今天依然给我们直接提供了一些原则、方法，这些原则和方法在一般意义上还是有效的；另一种意义是他的哲学成为当代许多重要思想家的思想和理论的活的来源（这一点同样非常重要）。

当然，康德研究作为一种纯粹学术本身也是很吸引人的。一旦深入进去，就会让人难以脱身。有两个事实可以佐证：一是在西方世界，每年的康德研究文献总是比其他哲学家的研究文献要多；二是从康德研究入手的学者，大多一辈子离不开康德。

问： 您的两位导师——已故的杨一之先生、齐良骥先生都是国内外著名的德国哲学研究专家。从《微斯人，吾谁与归》中，我可以感受到您对他们怀有很深厚的感情。两位先生对您学术研究的路向和学术风格的取向有怎样的影响呢？

韩水法： 两位先生风格很不一样。我的硕士生导师齐先生是很严谨的人，也是非常学术化的学者。可以说他是为学术而学术的榜样，为人也非常好。齐先生家庭是蒙古族的大家族，为人处事很讲礼仪和规矩。博士生导师杨先生思路开阔、敏锐，学识渊博。杨先生家庭是老话所说的诗书世家，也是大家族。他当年携银到欧洲游学，几乎踏足欧洲所有的著名大学，英语、德语、法语都很纯熟。杨先生才气逼人，诗也写得好，思想非常独立，同时也是从事政治实践的人物。他在法国时参加了法国共产党中国组，后来又参加了德共中国组，因为不同意斯大林的路线，与他们分道扬镳，却又被纳粹政权抓入监狱；出狱后回国教书、从政。杨先生的性格是让人很喜欢的，与他谈天是非常愉快的事情；我喜欢，也敢与他争论，当然也有智力上的压力。齐先生是很肃穆的人，平常不敢和他开玩笑。在学术上他们的志向都很高远，写不好的东西宁可不写,他们的风范也影响到我治学的态度。另外,他们的趣味也非常高雅,中国传统文人令人着迷的气质,在他们身上很明显。

我的博士论文《康德物自身学说研究》,其主题是杨先生建议的。杨先生点题时当然有自己的观点。而我论文写到后来得出了与杨先生观点很不相同的结论。杨先生自然意外,但并没有否定我的观点,也没有让我修改,并最后做了很好的评价。这件事对我是很有影响的。齐先生在写评议书时给我的评价之高,也出乎我的意料。这篇博士论文后来在台湾商务印书馆出版。台湾学界反映也不错,有三四个书评。至今觉得遗憾的是,当时时间仓促,没有能够让齐先生、杨先生写个序。

问: 您的这篇博士论文提出了许多不同于前人的新概念和新观点,当时受到了许多好评。您自己现在怎么评价这篇论文呢?

韩水法: 我想有这几个方面。第一,方法。当时盛行的风气是宏大叙事,喜欢提出一些大而无当的框架,没有什么论证。而我当时是直接照西方康德学的方法来做的。写硕士论文时读帕顿两卷本英文版的《康德的经验形而上学》,把眼睛都读成了假性近视。后来当博士研究生,当时能找到的斯密、伏莱肖尔、贝克、柯亨和普豪斯等人的书,都认真读了。我注重的方法就是分析的和考证的。第二,观点。当时懂康德的人不多,知道物自身的人却不少,很多说法似是而非。我的研究就定位在澄清物自身的意义。但这样一来,却得出了与西方康德学者不同的观点。比如,我认为感性论中关于物自身的规定是最基本的规定,其他一切都由此而生发出来；物自身对自我的直接刺激，从双重意义上来理解，从而就有物自身与现象的区分；还有对直观提出三重意义的分析模式，即认识形式、认识能力与认识结果。因为基本上确立了一个自己的解释视角，所以在很多方面都有一些不同于他人的观点。此项研究的另外一个成果，就是形成了关于康德哲学的一个基本评价：康德哲学是内在一致的。

问：从1994年开始，您又发表了《主体问题分析——笛卡尔与康德之比较》《康德、胡塞尔意识研究的比较分析》两篇长文。它们与博士论文的研究有什么关系呢？

韩水法：我在康德研究里面比较关注的就是认识论和方法论。认识需要形式，而人关于自然的认识需要一套范畴。这样一种思想是康德首先完整地建立起来的。阅读、研究康德以及思考康德问题的过程，也就是形成自己观点的过程。一般而言，即使到今天，康德的原则并未受到根本的挑战。所以我当时的关注之点就在寻找这样一种主体结构，或者说意识结构。二十世纪八九十年代之交，我们系的青年教师曾经有过一个读书小组。我当时在小组里曾试图通过阅读和研究胡塞尔来探讨这样一类问题。你提到的这两篇论文就是从笛卡尔与胡塞尔的思想来看康德，就是要弄清是否可能存在这样一个普遍的结构。就康德、胡塞尔研究本身来说，后一篇文章有不少新的想法，但对所关注的上述根本问题来说，应该说只是推开了一个更加复杂的研究境域之窗。

问：1996年的时候您又写了《康德传》。您自己是如何评价这本书的？

韩水法：这是一本我不太想写的书。书中虽然也提出了一些纯康德研究的新观点，比如论证康德前批判时期的道德哲学与批判的道德哲学在某个基本方面的一致性；关于康德从前批判时期向批判时期转变的主要动因的考证等。但这些都是平时研究札记中的东西，在这本书中并没有展开分析和论证。王太庆先生在《读书》上评过这本书，说书中的观点都有根据。不过事实上，在进行康德与胡塞尔比较研究之后，我并不再想写纯康德研究的文章，因为如果我没有形成解释康德的新的视点，那么我就应该先返回去想问题。

问：我注意到，2003年您在《哲学研究》上发表了《论康德批判的形而上学》。这篇论文被引证和转载率很高。我觉得这篇文章中您的研究又有了新的推进。

韩水法：可以这么说，我是出乎其外而入乎其内。就我的学术研究计划来说，当时有一个回到康德的阶段。不过，这篇论文是考虑形而上学问题的结果，而不单单是思考康德的结果。我用"批判的形而上学"这个概念，是要揭示"任何反形而上学的努力都承带一个人们所制定的新的最终界限，因此都包含新形而上学的努力"。我认为这样一来，"最后一个形而上学家"的老调就不必重弹，而是要看看最近的一种形而上学是什么。这篇论文也可以说，是在诠证我自己的"批判的形而上学"这个概念。

问：您在这之前还翻译了康德的《实践理性批判》。您的译文受到许多人的推崇。您是怎么理解此项工作的意义的？

韩水法：翻译此书具体的缘由，在那本书的《后记》里面有交代。翻译此书另外还有两个原因：一是康德哲学术语的翻译必须统一（对于康德这样的哲学家来说，这一点非常重要）；二是现代汉语的学术表达形式是在不断形成之中的。由于中国传统文化和语言曾受到彻底的否定和人为的摧残，现代汉语表达力变得十分薄弱、粗糙。改变这种状况，对这项翻译来说既是一条宗旨，也是一种探索。因此，这项工作也可以说是我在汉语方面的一个努力。

问：在从事康德研究的同时，您也做韦伯研究，这在国内算是相当早的。而且您的研究好像是从翻译开始，与研究康德不太一样。大家比较熟悉的是您译的《社会科学方法论》。在几个译本中，它是被引用最多的一种。尤其是您为这本书所写的《前言》，更是被许多学者引用。那么，是基于什么样的理论关联，使您的研究从康德转移到韦伯？

韩水法：与研究康德一样，研究韦伯也首先出于学术理论兴趣。研究韦伯的理论兴趣可以从新康德主义讲起。我读过一些新康德主义的文献，而一旦追溯思想的源流，韦伯自然就会上位了。当然，还有其他现实的原因。二十世纪八十年代，当时一下子涌进国门的思想非常多，但韦伯特别吸引我。此外，当时我所处的学术环境也是相当不错的。那些年中国社会科学院研究生院的博士研究生不分专业，只按年级编成一个班，哲学、经济学、历史学、文学、国际关系学等等专业的都有。不同专业、不同年级的学生住在一起，随时就会有各种各样的讨论或争论。大家从不同的学科、不同的知识背景出发，讨论常常非常激烈同时也很有启发,拓宽了学术理论的视野,从而激发更深入、全面的思考。在这样一个环境下我开始韦伯研究,必然会有特殊的意义和记忆。比如碰到韦伯经济思想的问题,当下就可以请教专攻德国经济学的同学。

我从1985年开始研究韦伯。先是翻译研究韦伯的著作。不过,我与同学郭小平一起翻译的第一本译著一直没有出版。《社会科学方法论》的出版也不顺利。起先是上海译文出版社托人请我翻译的。此书是韦伯论文的选编,选目依据的是一个英文的本子,但我的翻译却是照德文原版译的。后来,编辑对照英译本审稿,发现有许多不同,就不想出版了。英译本有许多改写,当然会不同。自然,也有我翻译经验上的问题。那时气盛,不愿意与人计较。这样一来,这个译本原来是《社会科学方法论》的第一个汉译本,却差不多是最后出版的。不过,翻译韦伯让我受益无穷,直接体会了一种透彻的思想是如何流泻出来的,年轻的学术心灵受到非常深沉的撼动。

问:1998年台湾出版了您写的《韦伯》。这本书在大陆人们不容易见到。这是一个综合性的研究,是您研究韦伯的总结吗?

韩水法:不是,应该说是一个开始。因为这是约稿,有时间的限制,不能慢慢地将它写好。所以我现在再也不愿意接受约稿写书。你前面说到《社会科学方法论》的《前言》,就是这本书第二章的一个缩写版。韦伯的思想博大精深,没有多学科的修养,难以很好地理解,也难以做出中肯的评价和批评。直到现在,汉语界对韦伯的引用、解释有许多是相当片面的,所以在这本书中，我对此做了一些匡正。比如常有学者说，韦伯是用宗教与精神来解释现代资本主义的兴起。其实，韦伯对现代资本主义兴起之原因的解释，所考虑的是整个西方文明的独特性，这就是造成合理性的各种因素。新教伦理是将所有那些合理性因素整合起来、运转起来的契机。关于这一点，我在这本书里有详细的分析论证。

问：您以"韦伯论新教伦理与资本主义精神"为题，在大学、企业做的讲演，十分精彩，很受欢迎。

韩水法：这个讲演主要是分析和解释韦伯为什么说新教伦理是这样一种契机，而不是说单单新教伦理就是现代资本主义兴起的原因。因为对新教的现世禁欲主义、天职、现世成就与信仰之间的关系，如果不明白其中信仰的看似吊诡而实际上非常有道理的作用，理解起来会非常困难。关于这一点，我认为，我的理解是切中韦伯肯綮的，能够清楚地说出来。

问：那么您做韦伯研究的中心之点是不是主要就集中在这方面了？

韩水法：这是一个方面。我所关心的还有更加基础性的问题，比如人文学科、社会科学与自然科学的分野，人文学科、社会科学方法论、社会理论以及现代性问题。韦伯的理论都是综合性的、跨学科的，这也正是我所感兴趣的。另外，无论从积极方面，还是从消极的方面来说，韦伯的理论对于研究中国问题都非常重要，或者直接就可以说是方法，有方法论意义上的启示。相对于康德，事实上我对韦伯从一开始就提出了批判的观点，这主要是在涉及中国的问题上面。在《分裂的精神与规范的张力——中国近代经济伦理的理论研究》一文中，我不仅对韦伯的观点提出了批评，而且对一些重要学者的观点也提出了不同的意见。

问：这样说来，您还会有一个回到韦伯的阶段？

韩水法：希望是。不过在某些问题上是一定要应用韦伯的思想和理论的，比如我研究的政治哲学与启蒙、社会理论等问题。

问：说到启蒙，您去年发表的《理性的启蒙或批判的心态》很受关注，《复印报刊资料》等多家报刊都转载、介绍了。您还承担了一项国家社科基金项目，专门研究启蒙理论。康德与启蒙的关系是清楚的，但是韦伯、政治哲学与启蒙有一种什么样的关系？

韩水法：从哲学上来说，对现代性的一个适当的规定便是：现代性就是启蒙，现代社会就是启蒙时代；启蒙就是理性至上，启蒙的时代就是理性的时代，就是理性为社会、为人，也为外在的自然建立一种秩序的时代。虽然不能说康德建立了非常完备的理论，但大部分的基础理论是康德确立起来的，或者是经过他重新论证的。我始终强调的一点就是：为什么说康德哲学是现代性的？这就是因为它为现代性、现代社会的基本特征提供了比较完全的理论论证。其实讲现代性、现代社会不是一种太准确的说法。应该说它是理性的时代，这样对所谓后现代和前现代，我们就会得到比较清楚的认识。这样，康德与韦伯就在同一个问题上直接相关了。当然，我这里考虑的中心是人，所以在那篇文章的结尾我说："人们必须关切的乃是在这些变化之中人本身究竟经历了什么样的变化？"

我有一个想法：虽然后现代主义五花八门的流派要努力打

破现代秩序，但除了福柯的工作有一定的价值之外，其他的努力基本上是不成功的。我想举一个例子来说明：小孩子之所以敢对父母胡闹，是因为他（她）明明知道并确信父母是爱护他（她）的，并且会保护他（她）；其胡闹的指向正是其所依赖的东西。后现代各种流派的努力不能说是毫无意义的，但是在绝大多数情况下，它们是在现代制度和生活方式保护之下的一种活动。如果把现代的制度和生活方式全部取消，它们之中的绝大多数就会掉头回来寻求这种保护。

问：这个例子很有意思，细想起来很令人回味。这样说来，后现代主义的努力便是消极的了？

韩水法：这便引申出哲学的困境。关于现代性，关于理性制度，我们能说的大体上都说完了。我们想打破这种秩序的努力又不成功，所以大哲学家都离我们而去了，在思想上、在精神上我们真是有点寂寞。现在看来，想打破这种秩序的有点价值的现实努力也没有了。毫无疑问，我们处在一个转折点上。我们意识到了这一点，但是想说的、应该说的、能够说出一点新意的话好像又都说完了。我们不知道从哪里能够推门而出。康德在论证启蒙时说到"出口"。德语中的"出口"（Ausgang）是指一个时代的终结和另一个时代的开端，但我们找不到这个"出口"。所以，我的感受是"不忍终结"，便是努力寻找这种困境的出路。所以在这篇文章里面，主要的工作就是在比较康德与福柯两人对"出口"的分析和理解。而《启蒙：理性与理性主义》一文，则主要说明如果将理性误解为某种理性主义，就堵住了启蒙的出路。

问：那么，政治哲学研究与这个"出口"有什么关系呢？政治哲学近年来是热门的领域。在国内，您是最早自觉地从事政治哲学研究的学者之一。您在文章中提到，开始做政治哲学研究和讲课时，很多人都不知道它是怎么一回事。您主编的《政治哲学在中国》一书，第一次提出中国政治哲学的问题。近些年来，您不断地拓展研究领域，又是如何能够同时应对几个领域的研究工作呢？

韩水法：我现在的主要工作是政治哲学的研究。理论的出路，这个世界的出路，总是与我们自身的境域直接相关的。我1987年写《论两种平等观念》，1988年发表。这是我的第一篇政治哲学论文。第二篇是1989年年初论战性的《反新权威主义》。1997年我申请到一笔奖学金，到加拿大从事近八个月的政治哲学研究，回来后就开始发表文章，撰写讲义，当年就在北大开了"罗尔斯《政治自由主义》讨论班"。这几年我逐渐将精力集中在政治哲学，尤其是自由主义的研究上面，在自由与权利、中国传统社会的自由问题、平等问题上，下的功夫最多，也有心得。这在和这次访谈同时发表的《特权与普遍资籍》一文中可见一斑。

问：您将社会正义作为政治哲学的主题，这好像是有争论的。而您这两年又转向世界正义问题研究。世界正义与全球正义有什么区别？

韩水法：如果不用"社会正义"，也可以用"政治正义"这个概念指称。至于后一个问题，一般人都用"全球正义"，我觉得"世界正义"更好，因为全球是一个地理的概念，而世界是一个社会的概念。在这个研究中，我有三个关注点：第一，是分析罗尔斯在万民法中的理论错误，当然也涉及许多西方学者的偏见；第二，是世界正义与国内正义在理论上、实践上的一致性问题；第三，就是对人类社会共同体组成原则和方式变迁的考虑。在世界正义方面，一些有影响的西方哲学家存在一些明显的理论盲点，无论他们是有意识的，还是无意识的。去年发表的《论世界正义的主体》，今年在《中国社会科学》发表的《权利的公共性与世界正义》，讨论的中心就是这些问题。我正在写的《政治哲学》要将这两种不同范围的正义统一起来考虑。

问：能为我们介绍一下您目前正在从事的《政治哲学》这部著作的写作情况吗？许多人都在关心它的进展。这是否预示着您今后一段时间的研究走向呢？

韩水法：这是一本比较系统的政治哲学著作，重点在于阐述我自己对一些基本问题的理解，以及我提出的一些原则和观点。此外，与西方人写的政治哲学的书不同，中国传统思想和社会作为一种理论资源，在这本书中是很重要的部分。我希望它能够尽快完成，可以让我从容地去做启蒙研究。

按照计划，这本书老早就该出版了。但是一写起来，就不断发现新问题，于是就不断研究，便拖到现在。既然如此，也不怕拖了，以写好为原则。

问：从政治哲学可以进入许多现实问题。我注意到，您在《读书》《哲学门》和《中国社会科学》等刊物上发表了一系列讨论大学观念、大学制度的文章，从《大学制度与学科发展》开始，到北京大学改革时被张维迎推荐的《谁想要世界一流大学？》，再到《牵一发而动全身》和理论性的鼎力之作《批判的人文主义与大学观念》，直至最近好评如潮的《世上已无蔡元培》。可见您秉承作为公共知识分子的历史使命与道德责任。这是否可以看作是出于某种政治哲学原则的一种现实关怀？或者还有什么样的原因促使您对大学问题格外关注？

韩水法：可以这么说。如果说切近的原因，那就是对中国大学的一些看法。中国不缺人才，也不缺教育传统，更不缺人民对教育的重视，然而缺少现代的观念、好的管理制度。我所做的只是理论研究，有两个层面：一个是大学观念，另一个就是大学制度。

1998年的文章和《谁想要世界一流大学？》的基本观点就是，许多制度的改革明明是可以做的，为什么不做？我本意是想触动一下，最不济也有"未谓言之不预也"之意。后来北京大学改革了，问题更加突出。那些明显应该做、可以做却不做的事情，想做却做不了的事情，后面都有更为深厚的制度原因。《牵一发而动全身》就是想把这个问题点出来。《世上已无蔡元培》就是把这个原因直接说出来。

不过，我不是什么公共知识分子。我自己虽然把大学研究说成业余爱好，但其实完全是专业的态度、专业的研究。知识分子说什么事时，如果不是聊天、开玩笑，那么始终都要坚持学术的态度，是要做功课的。大学校长也要做功课，不做，连诗都念不对。批判的前提是学术。就我自己来说，《批判的人文主义与大学观念》就是一门功课。批判的人文主义是我自己提出来的概念。这篇文章研究的是现代大学所遇到的一般问题。批判的人文主义是针对这些一般问题的一种观念。这个观念的要点在于：一方面充分了解现代社会对人的生涯的压力，另一方面要求大学教育关心个人的长远发展。这样，大学就需要自由、独立的精神。大学是人类知识、精神和思想的公共领域，是服务于社会和人类基本利益的，这些知识和思想以及大学培养的人，都可以说是天下公器。这就是大学应当和可以保持独立性的根据。

问：西方哲学是您的研究领域，而中国思想作为您生活的一个大的背景，又在潜移默化地影响着您的思考方式与学术风格。您是如何在这两种大的精神形态之间保持一种游刃有余的平衡呢？也就是您常说的"研究西方学术，做中国人"。

韩水法：西方思想与中国思想，西方学术与中国态度，是一种非常有益的对立。拉一拉，张力很大啊！在德国时，有一次一位德国朋友问我，你没有宗教信仰会不会感觉到痛苦？她说的信仰是指基督教。我觉得这个问题很奇怪。宗教提供行为规范，但是提供行为规范的并不一定就是宗教。我们的传统有一套行为规范，就此而论，并不比西方缺少什么。所以我说我从中国传统思想之中得到了大部分的规范，基本上足以让我明智地处理日常事情。

重要的一点是，所谓"中国态度"和"中国精神"并不等于我们文化中没有的也要强说有。不能认为一切中国人的存在状态都是合理的，是好的。既然真正传统的东西对我们来说已经差不多像是外来文化一样，那么，简单地高喊传统与简单地批判传统都有极大的危险性。传统的东西既然不可能在其本来的形态上守住，现在唯一积极的态度就是：创造性地工作。中国态度、中国特色都只有在创造性的工作中才能得到维持。传统也只有在创新中才能得到再生。如果没有创造性的工作，我们真正的传统就真要成为古董了。更危险的是：中国将会只具有地域的意义，而不再具有文化的意义了。

如果有游刃有余的平衡，那就应该是处在这种创造性的工作之中，否则精神就会始终在这些冲突之中彷徨无计。

（原载《学术月刊》2005年第9期）

交叉学科问题
——答《中国社会科学报》问[*]

一 政治哲学的研究概况

政治哲学是一门涉及哲学、法学、政治学、经济学和社会理论等多个学科的综合性学科。政治哲学的研究领域非常广泛，主要探讨和考察人类社会之中具有普遍性、一定强制性的基本行为规范。政治哲学研究的重心不是实证的、经验的问题，而是作为应当的社会基本原则。政治的和社会的现象的复杂性决定了政治哲学所研究和探讨的价值和规范，也就是人类基本行为的规范，不是任何单一学科所能解决的，各学科对这类问题都有它们的要求与关切。当今的政治哲学研究集中在像政治学、法学、经济学和社会学等学科在其基础里必定要碰到的基本原则方面的疑难，

---

[*] 是稿为答《中国社会科学报》记者书面采访的文字。

以及当代有关人的权利的热点争论。因此，政治哲学的工作，一般说来，就是要重新分析和讨论一些主要观点，重新论证若干基本原则，在此基础上提出新观点和新主张：比如研究关于权利、平等、民主、种族、性别等现代核心主张、要求和根据，以及反思这些研究的方法论。对于这些问题的研究不是哲学、政治学、经济学或其他任何一门单一学科可以独自承担的。

说到交叉学科，我更愿意用综合性学科这个概念。现代学科体系是在十九世纪下半叶随着现代大学的建立而发展起来的。政治哲学也可以说是一种交叉学科，也就是综合性学科，不过，它的历史还不是很长，但是其研究的对象和内容古已有之。在古希腊，人们所理解的政治与今天有很大的差异，那个时代的政治研究也与今天的不同，内容极其广泛，从政治、道德到经济，包罗许多内容，也包含今天政治哲学的内容，即正义、道德等规范性的东西。不过，那个时代的研究也不能说就是综合性的学科，因为学科乃是现代的概念。今天，哲学家、法学家、经济学家和社会学家等都在研究政治哲学的问题，这也表明了这门学科的综合的特征。

二 未来学科的发展趋势

自从现代学科体系建立起来之后，分化和综合的混合发展就是一个基本的趋势。当然，我们也可以上溯至学科体系建立之前的情形。研究领域的不断拓展，研究对象在不同层次的不断变化，以及新的现象的不断发现，都是学科持续分化同时又不断综合的原因。政治哲学学科的未来发展趋势在大体上也无非如此。不过，相对而言，政治哲学对综合性的知识素养有更高的要求，即要求既具备坚实的哲学训练，又具备广博的政治学、法学、经济学和其他知识。就中国来说，这样的学者相当缺乏，这也是中国政治哲学发展的一个障碍。

三 交叉学科对于学术研究的意义

首先，所谓交叉学科，也就是一般跨学科研究，或综合性学科，是当代学术发展的主流，所以，不是是否应当这样做的问题，而是不这样进行研究，实际上就无法从事任何有原创性的学术工作，也做不好稍具深度和广度的学术研究。所以，今天中国学者自觉加强多学科的综合知识和训练，当是符合当代学术大势的明智做法。

其次，增加学科之间的交流和互动，有助于突破学科的界限，开辟新的领域和主题。这一方面固然需要学者个人的自觉努力，另一方面也需要大学和学术机构在制度上予以适当的和必要的安排。

2010年1月8日

审阅博士论文杂感

近一个月来，我主要是在读博士论文，除了本系本专业，也就是西方哲学领域的论文外，也要审阅一些与我的研究领域有关的其他专业的论文，如经济学、历史、法学和政治等专业的论文，有些是本校其他院系的，有些是其他学校的。每年四五月份，审阅和评议博士论文、参加论文答辩，成为大学老师的一项主要工作。教授们忙得一塌糊涂，所以有人甚至说大学的五月是"黑五月"。前不久听人说，有一位教授一个月竟然读了一百多篇博士论文，也不知真假。倘若是真的，这也就是世界大学史上的奇闻和笑话了。博士论文每篇十几万字，如果认真审阅，一篇论文至少要一周时间。一个月就算读一百篇，平均一天就得看三篇多，还要写评阅书，除非这位老师是神人，否则就是极度地敷衍了事，走过场而已。另一种可能就是论文质量太差，其实也就算不上是什么论文了。1980年人大常委会通过、2004年修订的《中华人民共和国学位条例》规定博士学位的获得要符合三项条件，即（一）在本门学科上掌握坚实宽广的基础理论和系统深入的专门知识；（二）具有独立从事科学研究工作的能力；（三）在科学或专门技术上做出创造性的成果。其实，按照大学和国际学术界的主流观念，没有创新，就没有博士论文。先不说其他，一天审阅三篇博士论文的老师，如何能够评定一篇论文是否有创新的成果呢？当然，其实大家也知道，真正有新的科学和技术的发现和发明、有新思想和新观点乃至新材料的博士论文，现在并不多见。

据报道，现在中国是世界上年产博士最多的国家。按照博士论文和博士的绝对量来计算，如果每篇论文都是有创新的成果，中国应该是科学发现、技术发明的大国，是新思想和新观点产生的大国。实际情况如何，大家都清楚。从博士论文和学位的绝对数量，与中国对世界科学、技术、思想和其他方面的新贡献相比，人们可以很直观地估量出现在的博士教育的问题有多大。

下面要说的是老调子重弹。我们不妨反思一下，为什么要有博士和博士学位？有些人是为了学位而读博士，将它看作一种荣誉，当作谋职谋利的手段，并非为了学术。这样，只要能够获得学位，学术等等的就不重要了。有些教授为什么要争当博士导师？有些学校为什么要争取博士学位点？堂皇的说法是为了学科发展，真实的目的通常是多种要求的混合，面子、资源和利益，再加上那么一点学术。

博士教育原本是一项精英教育，对教育和学术制度、学术关切和能力，以及对经费的要求相当高。单单就博士教育本身而论，它只能是一项纯粹的投入性事业，而不可能用来谋利或谋财。只有从一个社会和国家的整体来考虑，教育才能够体现自身的经济意义。可是，在中国，许多学校恰恰就是为了后一个目的。这一点对于中国博士教育的消极影响，无疑是巨大的，而在特定的层面，几乎就是致命的。

另一方面，许多博士论文从表面上看是规范的，也不是完全没有一点新的东西，但需要用放大镜去找出来——当它稀释在十几万字的博士论文里，确实也很难发现，实际上也不值得做成一篇博士论文。这样，许多没有什么新意的博士论文通过了，学生也获得了博士学位，它的直接后果就是把那些真正以原创为目的的人给淹没了；既然没有原创性，不必经过创新的辛苦和努力，也能够获得博士学位，许多人也就会照此办理，不仅有学生，也有学校和导师。这是中国大学教育和学术界的一个普遍现象，原因当然很复杂，但主要的方面其实也是很清楚的。

我们平时读书，简单地说，主要读两类书，专业领域的书——这通常直接与研究相关，和感兴趣的书；还有就是在网上随机浏览一些文章和资料。审阅博士论文，属于专业领域的事情，但要写评语，就有不同的要求。为研究或搜集资料而读专业的书籍，可以不必全文阅读，有些不相干的内容可以省略。但读博士论文就不同，要考察许多方面，从选题立意、谋篇布局、新思想和新观点的论证——有时还得费心去发现新观点的所在，到行文是否流畅，标点符号是否合理，参考文献是否齐备，书写格式是否规范，都在审查之列。可笑的是，有些博士论文的作者，连学术论文写作的基本知识也没有，就弄出洋洋洒洒十几万字的东西来。审阅这样的论文，有时真的很为难。责任当然不全在学生身上，因为我们的大学教育体系，或者人们更愿意说的，培养体系是不完整和不周全的。比如，许多学生，从大学到获得博士学位，就从来也没有修过学术论文写作课程；有的学校根本就没有这样的课程。博士导师得为学生改标点符号、错别字、引证格式，这也是中国博士教育的特色。当然，查阅原始文献、查证资料和核对译文，以及对论文结构进行通盘的考察等，也是审阅博士论文必不可少的工作。倘若严格遵守学术规范，审阅博士论文是一件颇费精力和时间的工作。所以，在欧美大学里，一个教授一年所能审阅的博士论文极为有限，而在日本这是一项报酬很高的工作。在中国大学里，没有人会来考虑如下的问题：增加一名博士生，阅读一篇博士论文，需要增加多少工作量，多少资金配套。这就有如以前在农村生孩子，多一个，无非就是多添一副碗筷而已。大学的扩招、博士点的增加、博士数量的增长，背后是有这样一种小农观念在起作用的。

其实，一篇好的论文，对教师也是有相当大的惠益的，它可以促使老师拓展、更新自己的知识和观念，了解专业领域的最新进展，或者直接挑战他既有的观点。这就是教学相长的一个方面。一所高水平的大学，优秀的老师固然对学生有积极的影响，优秀的学生对教师同样也有积极的影响。这也就是为什么优秀的学者要首先选择高水平的大学任教的一个缘故。如果一位老师长年累月地阅读低水平的论文，即使他原来很优秀，也容易变得平庸起来，从学术品位到精神气质，都会发生变化。

对以学术为志业的学生来说，博士论文通常是奠定其学术事业的基础，确定其学术定位的标杆。从一篇博士论文很容易看出一位学者长远发展的前景。在整个中国学术和教育制度无法根本改变的情况下，志在学术的青年学子，只有坚持自己的志向和标准，而不为制度、社会风气所改变，才可能在学术上真正做出成就来。

近些年来，我也读到过一些优秀的或相当优秀的博士论文，从绝对量来说，还是有所增长的。这说明，中国学术是有潜力和希望的，只是这些希望和前景现在主要寄托在那些有理想、有志向和有原则的个人身上。他们的努力，不仅要克服学术上的困难，还要克服社会的和制度的障碍。

2011年6月6日

（原载《中华读书报》2011年6月15日第10版，由该报记者陈菁霞采访整理）

汉语作为学术语言的前景
——专访北京大学哲学系教授韩水法

问[1]：近年来，您开始关注汉语作为学术语言的前景问题。在您看来，汉语在当今学术界的境况如何？

韩水法：毫无疑问，汉语不是当今主流的学术语言。在自然科学领域，用英文发表文章是常规，具有权威性；在社会科学领域，情况虽然有所不同，但也差不多。汉语没有什么地位。在国内，自然科学领域的情况与国际上大体一样，社会科学领域和人文学科稍有不同。不过，只要是国际会议，即便在中国召开，工作语言基本上也是英语。甚至有的会议的与会者都会讲汉语，但还是用英语发言和讨论。另外，在所有领域，英语的发表比汉语的发表受到更大的鼓励和奖励。

今天，从总体上来说，汉语是一种"半学术语言"，在中

---

[1] 采访者为《中国科学报》记者郝俊、实习生郑毅。

国这个区域里、在一定范围内才是学术语言。同时我们也知道，汉语是世界上使用人数最多的语言，也是联合国六种工作语言之一。

问：在历史上，汉语是否曾经作为学术语言广为传播？

韩水法：汉语的起源，尚不可考；汉字的出现可上溯至四千年前，它是东亚地区最早的文字。在东亚，汉语是相对最为成熟、发达的语言，一度作为东亚地区的通用语。在一段时间内，汉语是思想的、学术的、技术的和政治的语言，也是宗教的语言。这就是说，当时日本、朝鲜和越南等国要获得新的思想、知识、技术、宗教和政治制度等，都要通过汉语的途径。

汉语对邻国的思想、政治、宗教、生活方式都产生了重要影响。例如日本的和服，也被称为"吴"服，正是从我国江南地区流传过去的。直到十八世纪，日本的主要书写语言还是汉语。汉语曾经很辉煌，也是重要的文学语言，特别是诗歌的语言。

问：这段辉煌的历史为何没能延续？

韩水法：十九世纪西方文明大举进入东亚之后，汉语开始走向衰落。原因很简单：当你想获得新知识、新技术、新思想或者新的生活方式时，汉语不再能提供什么有价值的东西。

在这种情况下，东亚各国开始先后废弃汉语汉字，也就理所必然了。日语虽然保留了许多汉字，但放弃了汉语的书面表达方式。到了"五四"时期，一些影响重大的知识分子，也对汉字采取否定的态度，他们认为汉字是中国落后的原因，因为汉字难学，汉语影响了中国人的思维。

问：有一种说法认为，汉语缺乏逻辑，并且在深层次影响了中国人的思维方式。这甚至被归结为近代科学没有在中国诞生的原因之一。对此您怎么看？

韩水法：语言与科学之间的关系，是相当复杂的。汉语的衰落与西方科学，尤其是近现代科学的兴盛，从现象上来看，似乎存有关联。但是，汉语与说汉语的群体缺乏科学的传统，是两个伴随的现象，若要说到两者之间的因果关系，现在还没有令人信服的证明。另外，特定的语言与思维之间的关系，是一个尚待研究的课题；至今也没有出现什么令人信服的理论，能够说明一种语言是如何影响说这种语言的人的思维和思维方式的。

应当说，汉语在其辉煌时期有其局限性，最主要的原因就是科学在中国古代并不发达。然而，历史上有多种语言曾经作为世界性的科学语言，却走向了衰落。

例如，西方文明的源头可以追溯到古希腊。在古代希腊，曾经有那么辉煌的哲学、自然科学、数学、文学、艺术和政治思想，在很长一段时期内，古希腊语是哲学、科学、政治、文学、宗教和法律等的国际通用语言。但是，如此辉煌的语言也衰落了，古希腊语现在成了死语言。

再如，拉丁语原本是一种部落方言，随罗马人的崛起成为欧洲政治、宗教、法律、哲学、科学、文学和艺术等的语言。拉丁语作为欧洲大学的官方学术语言一直维持到十八世纪。今天，除了梵蒂冈，拉丁语基本上没有人用了，不仅不再是国际通用语言，已经接近于死语言了。

问：从这些历史中能否总结出，作为学术语言需要具备哪些条件？您认为汉语作为学术语言的前景如何？

韩水法：世界上没有任何一种语言，天然或者天生就是学术语言。任何一种语言，在理论上都有成为学术语言的可能性。人们看到，语言本身具有极强的内在拓展和自我构造的能力。在全球化时代，如何来评判一种语言的先进与落后，既十分复杂，又至关重要。

经过不断的发展，今天汉语能够胜任表达怎样复杂的思想，汉语能否在中国成为完全的学术语言，取决于社会制度和生活方式，取决于文明的结构，取决于汉语使用者的创造力和态度。讨论汉语作为学术语言的问题，我们需要明白，关键并不在于语言或文字本身，而在于汉语共同体的社会制度和生活方式。未来，汉语要成为一种完全的学术语言，一种国际性的学术语言，汉语共同体必须提供丰富的新思想、新知识、新理论乃至新的生活方式。

我们不希望看到世界的语言越来越单一，这是一种文明态度。因此关心和研究这个问题就非常重要。但语言本身只是所有问题中的一个环节，甚至是不重要的环节。如果我们不改变我们的社会制度和生活方式，汉语作为学术语言的前景是相当黯淡的。

2012年10月20日

"二战"后我们如何理解和实践民主
——《中国社会科学报》访谈稿[*]

民主缺失导致法西斯独裁统治

二十世纪的欧洲,建立了法西斯独裁统治的国家主要是德国和意大利。就两国来说,其民主的历史并不悠久,传统并不深厚。德国于1871年统一为帝国,是通过铁血宰相俾斯麦的战争和扩张政策实现的。1861年,意大利建立王国,后借普奥战争和普法战争之机,把奥地利和法国势力赶出意大利,于十九世纪七十年代初最终完成了统一。统一之前的德、意,都是由许多分散的小邦国割据一方。统一之后,虽然通过了宪法,实行议会民主制,但因为复杂的历史背景和特殊的统一途径,两国的封建残余势力和军国主义传统大量保留,侵略性很强,战争危机依然存在。

---

[*] 未刊出,采访者为《中国社会科学报》胡明峰。

1918年德国爆发十一月革命，威廉二世被迫退位，德意志帝国灭亡。其后建立的魏玛共和国是德国历史上第一次走向民主共和的尝试，后因希特勒及纳粹党在1933年上台而结束。《魏玛宪法》是德国历史上第一部实现民主制度的宪法，它建立了一个议会民主制、联邦制的共和国，堪称现代宪法的源头，但也存在种种弊端，比如赋予总统紧急处分权，使希特勒的法西斯独裁有机可乘。意大利亦是如此，虽然历史上曾有共和国传统、民主传统，但也非常薄弱。可以说，"二战"之前德、意两国的民主制度还没有建立起来。

只有民主能够保证人的基本权利

法西斯独裁统治和极权体制是对个人权利的侵犯，民主则把个人权利放在最优先的地位。德国在"二战"后制定的基本法，第一章第一条第一款就讲人的尊严和权利不能以任何形式遭到侵犯，这是所有宪法里最严格的表述。对个人权利的侵犯是导致极权的重要原因。在现代社会，要防止极权就要保护个人权利，而现代社会的个人权利首先就是政治上的选举权，因此这与民主是紧密结合在一起的。

民主的内涵有两个方面：一方面，民主是一种现代社会的管理形式。在现代复杂的社会形态下，民主是最有效的、最节约的管理方式。一个复杂的社会，不可能靠少数精英协调得很好，民主制度强调民众参与，通过各种方式使社会各个方面协调运转。

另一方面，民主是一种现代社会的生活方式。关于如何实现自由、平等和公共决策，每个人的想法都不一样。如何汇成一种意见？这不依靠社会外在的强制，而要依靠社会内在的协调。这就需要社会中的每个成员参与治理。由此可见，只有民主制度才能够保证每个人的基本权利。

民主需要长期的学习和实践

民主是民众自己组织、自己管理的过程，民主制度下的自我管理需要不断学习、不断实践。不经过这样一个过程，便不知道哪些程序是有效的，哪些是有问题的。希特勒通过一种民主的形式上台，又通过篡改《魏玛宪法》建立起法西斯独裁统治，发动战争，留下的历史教训是深刻的。这与德国历史上缺乏民主实践有关系。普鲁士的容克地主掌握国家权力，等级制度严格，强调服从和遵守军令法纪，民众没有真正地经过民主的改造和洗礼，实际上是被精英组织起来的。但并非所有的精英都是道德楷模，在某些特殊情况下，一味跟着"精英"走，民众的服从就会变成巨大的破坏力量。

英、法没有产生法西斯独裁和极权体制，是因为它们经过了长期的民主洗礼，可以说是具有悠久历史和深厚传统的民主国家。比如英国，历史上通过了很多民权保障法案。1215年的《大宪章》，确立了王在法下的原则，形成了人权保护的开端，促进了议会制度的确立，奠定了英国近现代宪政民主的基石。1689年的《权利法案》，其核心内容是限制王权，确立议会至上的资产阶级宪法原则。后来经过十九世纪和二十世纪的多次改革和立法，终于在1928年基本实现了成年公民普选权。英国的民主制度是不断改良的过程，具有选举权的人慢慢增多，民主的基石便渐渐稳固，不容易产生极权。

由此可见，民主需要长期的学习和实践过程。它是有规则的，遵守规则非常重要。罗尔斯在《政治自由主义》中谈到，民众基本的能力就是理性的能力，通过理性制定的原则，我相信我能遵守，别人也能遵守。在民主化的过程中，有些国家还在经历动荡和战乱，有些人不愿意遵守规则，但是经过一段时间，发展到一定程度，就会发现民主是最有效的、最好的规则。所有国家都有一个学习遵守规则的过程，英、法是这样，德国更是这样，当代世界各国皆然。

民主要求每个人的自主参与

民主建立在每个人享有权利的基础上，但民主本身也承带如下一些要求：第一，每个人都具备同等的理智能力，能够对事关共同体的各种事务做出自主的判断和决定；第二，每个人都同等地具有共同体治理所需要的各种行政能力；第三，共同体所有公民共同议事、共同处理行政事务或者若干人共同处理行政事务的理想条件是存在的，这些条件包括生存无忧、充足的空闲时间、适当的距离、足用的场所、意见传达的可能性等等。显然，这些条件即便在一个合理的理论设计中也是无法充分地满足的，而在现实中情况更是如此。

因此，民主的目标并不是特定的，也不是落实在政治共同体的整体上面的，而是一般的并且落实到共同体的每一个成员上面的。这就是公平而稳定的环境下每个人自主的生活。由此就关联到民主的另一方面，即它是每个人学习成为自主的个人的过程。

所谓启蒙，不是某些精英给人以启蒙，而是每个人自己的启蒙，启蒙的核心在于每个人的自主行动。每个人都是启蒙的主体，最重要的是每个人、每个公民都要自己来决定、参与一些事情。民主的政治和生活，只有通过每个人的自主参与才能成熟起来。

2015年6月29日

光启随笔书目

（按出版时间排序）

《学术的重和轻》　　　　　　　　李剑鸣 著
《社会的恶与善》　　　　　　　　彭小瑜 著
《一只革命的手》　　　　　　　　孙周兴 著
《徜徉在史学与文学之间》　　　　张广智 著
《藤影荷声好读书》　　　　　　　彭　刚 著
《生命是一种充满强度的运动》　　汪民安 著
《凌波微语》　　　　　　　　　　陈建华 著
《希腊与罗马——过去与现在》　　晏绍祥 著
《面目可憎——赵世瑜学术评论选》赵世瑜 著
《中国的近代：大国的历史转身》　罗志田 著
《随缘求索录》　　　　　　　　　张绪山 著
《诗性之笔与理性之文》　　　　　詹　丹 著
《文学的异与同》　　　　　　　　张　治 著
《难问西东集》　　　　　　　　　徐国琦 著
《西神的黄昏》　　　　　　　　　江晓原 著
《思随心动》　　　　　　　　　　严耀中 著
《浮生·建筑》　　　　　　　　　阮　昕 著
《观念的视界》　　　　　　　　　李宏图 著

光启随笔书目

《有思想的历史》　　　　　　　　　王立新　著
《沙发考古随笔》　　　　　　　　　陈　淳　著
《抵达晚清》　　　　　　　　　　　夏晓虹　著
《文思与品鉴：外国文学笔札》　　　虞建华　著
《立雪散记》　　　　　　　　　　　虞云国　著
《留下集》　　　　　　　　　　　　韩水法　著
《踏墟寻城》　　　　　　　　　　　许　宏　著
《进学丛谈》　　　　　　　　　　　葛晓音　著
《从东南到西南——人文区位学随笔》　王铭铭　著
《法海拾贝》　　　　　　　　　　　季卫东　著
《游走在边际》　　　　　　　　　　孙　歌　著
《考古寻路》　　　　　　　　　　　霍　巍　著
《古代世界的迷踪》　　　　　　　　黄　洋　著
《稽古与随时》　　　　　　　　　　瞿林东　著
《将军不敢骑白马》　　　　　　　　卜　键　著